Helmut Meinhövel

Wer andere jagt
wird auch mal müde

Kurioses und Nachdenkliches

aus der Personalabteilung

Bibliografische Information der Deutschen Nationalbibliothek:
Die Deutsche Nationalbibliothek verzeichnet diese Publikation in der
Deutschen Nationalbibliografie; detaillierte bibliografische Daten
sind im Internet über dnb.d-nb.de abrufbar.

TWENTYSIX – der Self-Publishing Verlag
Eine Kooperation zwischen der Verlagsgruppe Random House
GmbH und der Books on Demand GmbH

Herstellung und Verlag:
BoD – Books on Demand, Norderstedt

ISBN: 978-3-740745684

<u>Für meine Frau</u>

Die mir viel Liebe und Verständnis entgegen gebracht hat, wenn ich mich wieder mal egoistisch in meine Schreibkammer zurückgezogen habe, während sie auf ein Miteinander und auf meine Unterstützung gehofft hatte.

Inhalt:

Hinweis:

Bei allen auf mehrere Personen bezogenen Bezeichnungen meint die gewählte Formulierung (z. B. Mitarbeiter) beide Geschlechter. Die männliche Form wurde aus Gründen der leichteren Lesbarkeit gewählt.

Ein Wort zuvor

„Es irrt der Mensch, so lang er strebt", sagt Goethe in seinem Werk Faust I. Aber auch: „Wer immer strebend sich bemüht, den können wir erlösen" (Faust II). Und jeder fleißige und strebsame Mitarbeiter erwartet, dass sich die Mühe für ihn lohnt. Und den hoffentlich gerechten Lohn errechnet ein Lohnbuchhalter in einem Lohnbüro. Der Lohnempfänger erhält nach Abzug der Lohnsteuer und der Sozialversicherungsbeiträge seinen Netto-Lohn. Früher in der Lohntüte.

Die Mitarbeiter in den Zentralen von Großunternehmen sind Angestellte. Sie erhalten ihren Lohn (pauschal) als Gehalt. Sie sind somit Gehaltsempfänger und waren (früher) angestelltenversicherungspflichtig.

Sie bekommen ihr Netto-Gehalt auch erst nach Abzug der Sozialversicherungsbeiträge und der Lohnsteuer (nicht etwa Gehaltsteuer). Das hört sich sonderbar an, ist es aber nicht. Auch der Gehaltsempfänger erstrebt und erhält im Idealfall ein gerechtes Gehalt. Hat er dies erreicht, ist er selten zufrieden, sondern wird sich bemühen, eine höherwertige, somit erstrebenswertere Position im Unternehmen zu erhalten. Das scheint im Menschen so angelegt zu sein.

In den Personalabteilungen großer und auch mittelgroßer Unternehmen betreuen spezielle Fachleute die Mitarbeiter von der Einstellung, über die Bezahlung, Ausbildung, Entwicklung, Förderung, bis zur Pensionierung. Sogar darüber hinaus, wenn es betriebliche Altersversorgungsregelungen gibt.

Das sind die Personal-Fachleute, die kompetent, verschwiegen, fleißig, oft unauffällig hinter den Kulissen ihre Arbeit machen. Die viel erfahren, aber nicht darüber reden dürfen. Die sich irren können, aber doch unverdrossen nach Gerechtigkeit streben (sollten) und bei

Jüngeren auch mal ein Auge zudrücken können. Die die Interessen des Unternehmens wahrnehmen müssen, aber auch ein Ohr für die berechtigten Belange der Belegschaft haben.

Einer dieser strebsamen und unverbesserlichen Optimisten ist Kern. Ein junger Mann mit Ambitionen, der, beginnend in der sogenannten Wirtschaftswunderzeit in den 1950er und 60er Jahren, die beruflichen Aufstiegsmöglichkeiten nutzte, die sich ihm boten.

Fast ganze Jahrgänge von jungen Männern, insbesondere die Jahrgänge 1920 – 1925, waren im 2. Weltkrieg gefallen. Dadurch ergaben sich außerordentlich gute Chancen für die wenigen Rückkehrer aber auch für die nachwachsende Generation, schon in jungen Jahren in Leitungsfunktionen aufzusteigen.

Die Chancen, fehlende notwendige theoretische Kenntnisse wettzumachen, sind heute wesentlich größer als damals. Eine berufliche Entwicklung „von der Pike auf" in eine Führungsposition ist heute selten, obwohl sie Vorteile bietet, wie man sehen wird. Es zeigt sich auch, dass strebende Mühe belohnt wird und wie nah Ernstes und Kurioses nebeneinander liegen .

Ähnlichkeiten mit lebenden Personen oder stattgefundenen Begebenheiten wären rein zufällig. Namen sind Schall und Rauch.

Der Ernst des Lebens beginnt

Im Frühjahr 1949 absolvierte Kern die Handelsschule mit gutem Erfolg. Es war der erste komplette zweijährige Lehrgang nach dem Krieg. Die Schule fungierte als Auffangbecken unterschiedlicher Jahrgänge. Der Älteste war bereits 22 Jahre alt. Er wurde als Soldat im Krieg schwer verwundet. Beide Beine unterhalb der Knie mussten ihm amputiert werden.

Kern war noch fünfzehn, voller Tatendrang, hatte aber noch keine Vorstellung über ein wie auch immer geartetes Berufsleben. Lediglich im Kaufmännischen sollte es sein, dessen war er sich sicher.

Das Arbeitsamt, das er jeden zweiten Tag mit dem Fahrrad ansteuerte, machte ihm wenig Hoffnung. Lediglich zwei Stellen als Drogerie-Lehrling waren gemeldet. Obwohl ohne rechte Lust zu diesem Ausbildungszweig, sprach er dort vor. Die Entscheidung wurde ihm schnell abgenommen. Die eine Stelle war bereits vergeben. Beim zweiten Gespräch hätte er eine Hand in seiner Parker-Seitentasche gehabt, wie er später erfuhr, und wurde zweiter Sieger.

Da erreichte ihn ein Brief seiner ehemaligen Handelsschullehrerin, die ihm mitteilte, dass sie ihn empfohlen habe und wenn er Interesse hätte, „dann sprich bitte am Dienstag um 9 ½ Uhr vormittags auf dem obengenannten Büro vor. Du musst Dein Zeugnis mitnehmen und kannst Dich auf mich berufen. Ich benachrichtige gleichzeitig Rösner und Dreischhoff, damit keiner zu kurz kommt.

Hals und Beinbruch!

Recht herzliche Grüße

E. Erkens"

Bot sich hier eine Chance?

Im Vorstellungsgespräch, bei dem auch Herr Gerlach, der Leiter der kaufmännischen Seite des Amtes zugegen war, meinte er, ein besonders freundliches Interesse des Leiters des Amtes erkennen zu können. Zumal dieser fast genau so groß wie Kern selbst war. Auch Herr Gerlach schien nicht abgeneigt zu sein.

Zu Hause angekommen berichtete er seinen Eltern, dass das Vorstellungsgespräch für seine Begriffe ordentlich verlaufen war und er sämtliche Fragen richtig und wahrheitsgemäß beantwortet hätte. Und da sein Zeugnis besser als das von Rösner war und Dreischhoff kein Konkurrent wäre, weil er Bergingenieurwesen studieren wollte, er, aller Wahrscheinlichkeit nach, die Stelle bekommen würde.

Seine Eltern meinten, das wäre noch lange kein Grund derart optimistisch zu sein, da könne noch viel dazwischen kommen.

Es kam aber nichts mehr dazwischen, denn bald hielt er seinen Arbeitsvertrag triumphierend in Händen.

„Hab ich das nicht gesagt? Mein Gefühl hat mich nicht getrogen".

Sein Anfangseinkommen betrug 95,-- DM monatlich, bei 48 Arbeitsstunden pro Woche. Sein Vater bekam netto das Doppelte für die Arbeit über Tage auf der Zeche. Damit konnte er mit 50 % zum Familieneinkommen beitragen, das kaum reichte, um 5 Personen (Kern hatte noch zwei jüngere Geschwister) durchzubringen. Seine Freunde und Altersgenossen, die bereits in der Lehre waren, bekamen im 2. Lehrjahr monatlich 40,-- DM. So freute sich auch die Familie mit ihm.

Die Zeit bis zum Dienstanfang am 2.5.1949 wollte er noch nutzen, um sein Taschengeld aufzubessern. Er hatte sich umgehört, ob es nicht irgendwo noch was zu verdienen gab. Und tatsächlich, Förster Möller suchte Arbeiter für die Wiederaufforstung in der Haard an der Ahsener Straße. Kern schwang sich sofort aufs Fahrrad und fuhr hin.

Der Förster war nicht da. Seine Frau musterte Kern eingehend von oben bis unten und bemerkte „Es ist nur noch ein Arbeiter vonnöten, der die Eicheln und Bucheckern an Ort und Stelle zur anderen Seite der Ahsener Straße schafft. Die Säcke sind nicht leicht, zwei Mann haben schon aufgegeben".

„Kann ich mir die Säcke mal ansehen?". „Ja, kommen Sie mit."

Kern hob einen der Säcke an, die mit Saatgut in Sand gefüllt waren und legte ihn sich auf die rechte Schulter. Sie waren etwa 75 cm hoch, hatten aber nur einen Durchmesser von rund 30 cm. „Sie sind nicht leicht, aber es müsste gehen". Kern war entschlossen, die Arbeit anzunehmen. „Haben Sie keine Schubkarre, der Weg ist ziemlich weit, wie ich gesehen habe?" „Zurzeit nicht, die Schubkarre hat ihren Geist aufgegeben und ist zusammengebrochen." „Ich kriege das hin, irgendwie. Verlassen Sie sich drauf" drängte Kern, er brauchte das Geld. „Gut, Sie können sofort anfangen, der Stundenlohn beträgt 50 Pfennig. Gearbeitet wird 8 Stunden am Tag. Die Leute arbeiten direkt in Höhe gegenüber unserem Haus. Über die Straße finden Sie sie. Hier ist das Lager, wo Sie die Säcke entnehmen können. Sie haben dafür zu sorgen, dass immer ausreichend Saatgut an Ort und Stelle ist. Fangen Sie mit den Eicheln an!"

Kern legte sich den ersten Sack über die rechte Schulter und ging so schnell er konnte Richtung Arbeitsstelle. Bereits nach 50 m ging ihm die Puste aus und er musste den Sack absetzen. Dann legte er ihn auf die linke Schulter. Etwas außer Atem kam er bei der Truppe an, die ihn grinsend empfingen. Puhh...

„Na, schwere Arbeit, was? Nichts für Bubis, übernimm Dich nicht! Wir brauchen heute noch mindestens 5 Säcke, davon 2 Säcke Eicheln." Kern ging mit weichen Knien zurück, hatte sich aber bald wieder gefangen. Den zweiten Sack legte er sich, während er ging, mehrfach wechselnd über die Schultern. Er brauchte dringend eine Pause. Er erholte sich zwar etwas, während er zurückging, aber auf Dauer würde er das nicht durchhalten.

Er sah sich die Schubkarre im Schuppen etwas näher an, ein Holm war durchgebrochen, wahrscheinlich hatte man die Karre überladen.

Nach längerem Suchen fand Kern im Schuppen kurze, schmale Bretter sowie Hammer und Nägel und begann die Schubkarre vorsichtig zu reparieren. Seine weitere Tätigkeit hier an der frischen Luft stand und fiel mit dieser blöden Karre, musste er feststellen.

Dann hatte er es geschafft, die Karre hing zwar auf der einen Seite etwas durch, hatte aber die Stabilität, um zwei Säcke tragen zu können. Von nun an war es eine Freude, den Leuten vor Ort ihr Saatgut zu bringen. Es waren drei Gruppen zu jeweils 2 Personen. Der Eine hackte die Erde in einer Reihe auf, die ein Pflug gezogen hatte, der Andere legte das Saatgut in das Saatloch und machte es wieder mit Erde zu. Das ging 8 Stunden pro Tag so. Die Entfernung zum Försterhaus wurde immer größer. Kern musste sich sputen.

In den Pausen lernte er ein Team etwas näher kennen. Einen Mann, mittelgroß, schlank, ca. 50 Jahre alt und blond sowie eine schwarzhaarige vollschlanke Frau von ca. Mitte 20. Beide sympathisch, freundlich. Der Mann murmelte oft vor sich hin: „Mucha – Fliege – Cosa – Ziege, Mucha – Fliege – Cosa – Ziege". Zwischendurch lachte er laut. Dann lachte auch die Schwarzhaarige. Die anderen Arbeiter hielten sich zurück, waren lustig, aber Kern gegenüber nicht sehr gesprächig.

Manchmal traf er am vereinbarten Ort niemand an, alle waren verschwunden. Egal, er lud seine Säcke ab, immer bedacht, dass genug Saatgut vorhanden war und die Schubkarre auch durchhielt.

Einmal kam er mit seiner Lieferung an als der Blonde und die Schwarzhaarige gerade Pause machten, im Gras saßen und etwas aßen. Sie lehnten bequem an einem Baum, der inmitten der Aufforstungsfläche stehengeblieben war. Sie zogen Kern in ein Gespräch. Das ihm gleichzeitig angebotene Butterbrot lehnte er ab, es roch nach Knoblauch. Dabei erfuhr er, dass der sympathische Blonde ein ehemaliger Kriegsgefangener aus dem Osten war, der Einiges im Krieg durchgemacht hatte. Seine Hände zitterten, er sprach nur gebrochen Deutsch.

Die Schwarzhaarige war im Bergmannsheil Bochum als Krankenschwester tätig gewesen und musste dort ausscheiden, weil sie ihrem Beruf nicht mehr gewachsen war. Sie assistierte dem Pathologen dort nahezu täglich bei der Öffnung der Brustkörbe verstorbener Bergleute. Dabei wurde als letzter Beweis im Streit um die Anerkennung, der Grad der Silikose in der Lunge festgestellt, der Berufskrankheit der Bergleute, die viel unter Tage vor Kohle gearbeitet hatten. Die auch als „Steinstaub" genannte Berufskrankheit wurde als Unfall bewertet und führte zu einer höheren Knappschaftsrente. Sie hatte die Aufgabe, den Brustkorb aufzuhalten währenddessen der Arzt die Lunge öffnete. Dabei stieg ein besonderer Geruch hoch, der sie fast süchtig machte, und sie meinte, ohne diesen Geruch nicht mehr leben zu können. Das führte am Ende bei ihr zu einem totalen Nervenzusammenbruch und sie war fortan arbeitsunfähig.

Bei diesem Bericht aß sie munter ihr Butterbrot auf. Kern war dagegen jeglicher eventuell aufkeimender Appetit vergangen und er machte sich mit den Worten „Ich muss wieder los" mit seiner Karre aus dem Staube. Nur weg von denen, dachte er, und, die fällt schon wieder auf die Füße. Warum nur müssen die Leute ihre ureigensten Probleme wildfremden Menschen offenbaren? Bei dem schönen

Wetter fiel es ihm dann doch wieder leicht, sich auf seine Aufgabe zu konzentrieren.

Die Zeit verging bei der Arbeit besonders schnell. Nach vier Wochen waren die Eicheln und Bucheckern in der Erde. Der Förster war zufrieden. Kern war stolz auf sein erstes beruflich verdientes Geld.

Der Chef

Am 2.5.1949 trat Kern seine erste Arbeitsstelle an, mit noch 15 Jahren. Alle sagten „Du" zu ihm, er hatte keine Probleme damit.

Seine Einarbeitung bestand zunächst in der Aufnahme von Stenogrammen und Übertragung in die Schreibmaschine und verlief problemlos. Das viele Sitzen am Schreibtisch, seiner Kollegin Wesselbaum gegenüber, fiel ihm allerdings schwer.

Wegen seiner offenen und hilfsbereiten Art übernahm er auch private kleinere Aufgaben, die mit den Worten begannen „Kern, kannste nicht mal, ..würdest Du auch mal für mich, ..bring mir doch das und das mit, wenn Du in die Stadt gehst!"

Auch Frau Wesselbaum bat ihn, doch mal zum Standesamt im Parterre zu Herrn Neumann zu gehen und ihm einen Brief zu übergeben. Froh über die sportliche Unterbrechung seiner sitzenden Tätigkeit rannte er die Treppen hinunter, klopfte an dessen Tür und übergab ihm den Brief, drehte sich auf dem Absatz herum und wollte das Zimmer wieder verlassen.

„Nicht so schnell", meinte Herr Neumann, „sagen Sie mal, wie kommen Sie denn mit der strengen Wesselbaum klar?"

„Ich komm' gut mit ihr aus" entgegnete Kern lächelnd, ging aus dem Zimmer und schnurstraks wieder nachdenklich zurück zu seinem Arbeitsplatz. Was sollte diese Frage?

Dort angekommen empfing ihn sein Gegenüber. „Was hast Du Herrn Neumann über mich erzählt, ich wäre streng und zickig? Wie kommst Du dazu, das finde ich unerhört!"

Kern war aufs Tiefste betroffen. „Ich habe überhaupt nichts gesagt, wollte sofort wieder gehen, aber er hielt mich auf und wollte mich aushorchen!" Kern wurde wütend. „Was ist das für ein Mensch, der ist doch nicht normal, zu dem gehe ich nie mehr, darauf können Sie sich verlassen". „Wir sind uns spinnefeind, deshalb habe ich Dich gebeten, ihm den Brief zu übergeben". „Ich habe wirklich nichts gesagt, glauben Sie mir". „Ja, ich glaube Dir, aber lerne daraus!"

Noch mehrere Tage ging ihm der Fall nicht aus dem Kopf, so ein Miststück! Sowas kann doch nicht wahr sein!

Kern beschloss, in Zukunft auf der Hut zu sein. Er berichtete Herrn Gerlach, seinem Vorgesetzten, von seiner menschlichen Enttäuschung.

„Hätten Sie sowas für möglich gehalten?" Gerlach war ein 60-jähriger, rundlicher Mann, litt unter schwerem Asthma, war sehr erfahren und herumgekommen und hatte viele Dienstjahre auf dem Buckel. Er ging mittags immer nach Hause. Alle 20 – 25 Schritte blieb er stehen, weil ihm die Luft ausging.

„Ach Kern," hüstelte er, „Du wirst noch viele Enttäuschungen im Leben erfahren, glaube mir. Das war nun wirklich harmlos, vergiss es!"

Er fuhr fort: „Aber was würdest Du machen, mal so als Beispiel, wenn unser oberster Chef, Oberbaurat Klotz, Dir eine ‚runterhauen' würde?" „Das ist aber eine seltsame Frage, Herr Gerlach, außerdem ist die viel zu weit hergeholt, also da kann man nichts machen".

„Nein, nein, vieles ist möglich. Du nimmst den nächstbesten Stuhl und haust ihm den auf seinen Kopf. Bei Deiner Größe von über 1,90 m sollte das kein Problem sein." „Also, Herr Gerlach, Sie machen Witze". Kern war verwundert.

„Hättest Du den Mut dazu?" „Wahrscheinlich nicht, ich könnte ihn verletzen. Dagegen wäre eine Backpfeife ein Klacks".

Gerlach ließ nicht locker. „Du bist sehr groß gewachsen, musst Du oft den Kopf einziehen, sagen wir, auch bei Straßenschildern?"

„Ja, das kommt schon mal vor, ich muss stets vorsichtig sein, um mir nicht den Kopf zu stoßen". „Dann mache Folgendes: Beim nächsten Straßenschild, das niedriger angebracht ist als Du groß bist, läufst Du davor und legst Dich anschließend lang hin auf den Boden und wartest ab, was passiert". Gerlach grinste ihn an und hustete.

„Aber, Herr Gerlach, sowas mache ich nicht!" „Denk mal darüber nach! Das wäre ein richtig schöner Versicherungsfall und alle Schilder in Deutschland würden anschließend höher angebracht." Kern lachte und machte sich wieder an die Arbeit.

War Kern nicht ausgelastet mit seiner Arbeit, half er den Technikern bei Terminarbeiten. Er machte Lichtpausen, beschriftete Zeichnungen und konnte auch mit der Ziehfeder und Tusche umgehen. Während die Techniker für jede Unterstützung dankbar waren, sah Gerlach das überhaupt nicht gern und stichelte auf seine Weise: „Wenn die Techniker Dich kritisieren, dann nimmst Du Dir Tusche und schüttest sie quer über die ganze Zeichnung. Dann lassen sie Dich in Ruhe, und zwar für immer." Kern lachte dann, aber da er ansonsten mit Gerlach gut auskam, störten ihn dessen Sprüche nicht.

Er machte sich vielmehr zunehmend Sorgen über das übertrieben freundliche Verhalten des Amtleiters ihm gegenüber. Beim Stenogramm, bei dem Kern ihm bisher immer gegenüber am Schreibtisch saß, sagte er plötzlich: „Komm mal mit Deinem Stuhl an meine Seite". Zögernd folgte Kern der Aufforderung. Während er diktierte, fasst er Kern ans Knie oder legte seine Hand darauf. Kern war sehr irritiert und drückte seine Hand beiseite. „Herr Oberregierungsrat, so kann ich nicht stenographieren."

Der Chef ließ dann von ihm ab, legte aber immer öfter seinen Arm um ihn, wenn er zu ihm gerufen wurde. Besonders auffällig für Kern war, dass er ihn im Lichtpausraum aufsuchte, der sich auf dem Dachboden in der Mitte des Amtsgebäudes befand. Hier erkundigte er sich nach dem Fortschritt seiner Terminarbeit. Dabei nahm er Kern freundschaftlich in den Arm, drückte ihn und lobte ihn für seinen Arbeitseifer. Bei einem weiteren Besuch presste er Kern an sich und versuchte ihn zu küssen. Erschrocken wich Kern zurück und der Chef verließ den Pausraum.

Kern fühlte sich in seinem Dilemma äußerst unwohl. Einerseits war sein Chef die höchste Respektsperson in seinem Arbeitsverhältnis, andererseits war ihm die Sache suspekt und unangenehm. Wie sollte das weitergehen? Hier oben, allein im Lichtpausraum mit seinem obersten Dienstherrn, der einen Narren an ihm gefressen hatte, warum auch immer. Er musste ihn hier oben irgendwie auf Abstand halten, ohne seinen Arbeitsplatz aufs Spiel zu setzen. Kern wusste schon, wie er störende Besucher abschrecken konnte. Wenn Techniker Zeichnungen brachten oder Lichtpausen abholten, klagten sie fast immer über die schlechte Luft im Pausraum. Das kam vom Salmiakgeist, der in zwei Trocknungskästen verdunstete und der für die Entwicklung der Lichtpausen sorgte. Öffnete er einen dieser Kästen, flüchteten sie und störten ihn nicht zu lange.

An diesen etwas beißenden Geruch hatte Kern sich längst gewöhnt. Angeblich war dieser Dunst sogar gesund, er sollte vor Erkältungen schützen. Bei normalem Betrieb war er gut zu ertragen, da die Verdunstungskästen nur zum Einlegen und zur Entnahme von Pausen geöffnet wurden. Ein zu kleines Fenster sorgte für zu wenig Frischluft.

Kern hatte bereits zu Anfang seiner Tätigkeit festgestellt, dass der Beton-Estrich auf dem gesamten Dachboden leicht vibrierte, wenn ein Besucher darüber ging. Diese leichten Schwingungen spürte er an den Füßen, selbst dann, wenn die Lichtpausmaschine lief. Deshalb meldeten sich seine seltenen Besucher ohne es zu wissen förmlich an. Klotz war ein großer, starker, massiger Mann, nicht ganz so groß wie Kern, aber schweren Schrittes. Er kam, beinahe hätte Kern ihn überhört. Kern riss schnell beide Trocknungskästen auf, ein scharfer Geruch drang in den Raum. Schon stand er in der Tür. „Das ist ja nicht zu ertragen hier, wie hältst Du das nur aus?" Unsicher schaute ihn Kern an: „Ach, das ist halb so schlimm, da gewöhnt man sich dran". Klotz nahm Kern in den Arm, küsste ihn auf den Mund und atmete schwer. Kern drückte ihn weg. Die Luft war wohl zu schlecht für ein längeres Verweilen. Mit einem kurzen „Mach weiter!" verließ er den Pausraum. Kern schloss die Kästen, ging ans kleine Fenster und holte tief Luft. So, das wäre für erste überstanden, so schnell kommt der nicht wieder, dachte er.

Klotz war für längere Zeit auf Dienstreise. Als er zurückkam, diktierte er viel. Kern hatte seine Steno-Fertigkeiten im Stenografenverein weiter gesteigert und Klotz war mit seiner Arbeit zufrieden. Hin und wieder nahm er das Tempo heraus, als wenn er ihn schonen wollte. Ganz anders als Hofer, sein Stellvertreter, der nicht selten die angefangene Seite aus der Maschine riss mit dem Bemerken „schreib einfach weiter!". Sogar ein privates, fast väterliches Interesse schien er bei Klotz zu bemerken. „Hast Du schon eine Freundin?" fragte er.

„Nicht direkt, eher eine Schulfreundin, mit der ich mich ein paar Mal getroffen habe." „Und was macht ihr dann so, wenn ihr euch trefft?" „Wir gehen spazieren, oder ins Kino, und dann bring ich sie wieder nach Hause". „Soso, naja, Du bist ja noch so jung.". „Jetzt komm mal wieder mit Deinem Stuhl zu mir herüber und setz Dich neben mich!" Widerstrebend gehorchte Kern und saß wieder zu seiner Rechten.

Klotz legte, während er diktierte, wieder seine rechte Hand auf Kerns Knie. Kern hatte es geahnt und schob sie beiseite und bemerkte entschieden „So kann ich nicht stenografieren, das stört mich gewaltig.". Die Hand kam noch öfter auf sein Knie, jedesmal schob er sie weg.

Bei der Vorlage der Unterschriftsmappen musste er jeweils um den Schreibtisch herumgehen und den Deckel der Mappe aufschlagen. Eine kurze Umarmung und ein freundliches Wort waren jedesmal dabei.

Es musste viel getippt werden, z. B. Erläuterungsberichte sowie Kostenberechnungen, bei denen Kern sich amüsierte, weil die Zwischensumme für Teilbereiche jeweils um 10 % erhöht wurden mit dem Text „für Unvorhergesehenes und zur Abrundung".

Als der Chef wieder im Hause war, ging Kern ihm aus dem Weg, wann es nur eben ging. Dann erhielt er den Auftrag, die bereit gelegten Unterschriftsmappen nach Dienstschluss dem Chef in seine Wohnung zu bringen.

Nun war guter Rat teuer. Augen zu und durch, dachte Kern. Er klingelte an der Haustür. Klotz machte die Tür auf und sagte: „Komm rein". „Ich muss noch zur Post", rief Kern aufgeregt, drückte ihm die Unterschriftsmappen in die Hand und weg war er. Puh, das war noch einmal gutgegangen, wer weiß, was der vorhatte.

Kern überlegte, ob er kündigen sollte. So konnte es nicht weitergehen. Er beschloss, zunächst Herrn Gerlach zu sprechen.

„Na, was gibt es?", fragte Herr Gerlach ihn. „Warum willst Du mit mir sprechen?". „Herr Gerlach, sind Sie mit meiner Arbeit zufrieden?". „Ja, aber das weißt Du doch, aber weshalb fragst Du?" „Hat der Chef sich über mich beschwert? Muss ich kündigen?". „Nein, wieso? Aber jetzt heraus mit der Sprache!" „Der Chef küsst mich und nimmt mich oft in den Arm!" Kern berichtete alles, was vorgefallen war und dass er das nicht länger ertragen kann.

Da haute Herr Gerlach mit der flachen Hand auf den Tisch: „Macht er das schon wieder, das ist ein Arschficker, verstehst Du das?". „Nein." „Bleibst Du bei Deiner Aussage?" „Ja natürlich, ich habe nur berichtet, wie es mir ergangen ist." „Gut, mach' Dir keine Sorgen, ich regele das".

Jetzt war es heraus. Kern atmete auf. Auf Herrn Gerlach war bisher immer Verlass, er wird es schon richten. Kern lag auf der Lauer, wie sollte er sich verhalten, wenn der Chef von seiner längeren Dienstreise wieder zurückkam? Klotz tauchte aber nicht mehr auf.

Der Vorfall trat immer mehr in den Hintergrund. Ein neues Dienstgebäude wurde bezogen. Kern bekam ein Einzelzimmer. Mehrere Ingenieure wurden eingestellt, ebenso ein oberschenkelamputierter Telefonist und Pförtner, sowie ein Hausmeister. Der Hausmeister kam aus Breslau. Er bezeichnete sich selbst als "Breslauer Lerge", was soviel wie Alteingesessener bedeutete. Er war Ende der Zwanziger Jahre Berufssoldat im sogenannten 100.000-Mann-Heer gewesen. Den 2. Weltkrieg hatte er als Soldat und Kriegsgefangener gerade mal so eben lebend, aber gesundheitlich schwer angeschlagen überstanden. Er war oft krank, deshalb musste Kern ihn oft für Botengänge, Lichtpausen oder der Betreuung der Heizung vertreten. In der einstündigen Mittagspause, in der Kurt Bach, der Pförtner und Telefonist nach Hause ging, vertrat er ihn, indem er sein Mittagsbrot im Empfang aß und sich dort eine Stunde lang aufhielt.

Baurat Hofer, der Vertreter des Amtsleiters hielt die Stellung. Er war seit Jahren immer der stets gegenwärtige zuverlässige Vertreter des jeweiligen Leiters gewesen. Die geringe Aussicht, jemals Erster werden zu können, hatte ihn unzufrieden, reizbar sowie übertrieben streng und kleinlich werden lassen. Obwohl er als Mitglied einer philantropischen Gesellschaft doch ein "Menschenfreund" sein sollte, wie Kern meinte, der regelmäßig seine Beitragsüberweisungen an die Gesellschaft mit der Schreibmaschine ausfüllte.

Vor Jahren wäre Hofer noch unausstehlicher gewesen, erzählte man ihm. Einige Techniker hätten ihm sein Verhalten gerne heimgezahlt, fanden aber keine Mittel dazu.

Hofer hinkte. Der Vorfall, der zu seiner Behinderung führte, geschah im Zeichensaal. Hofer stürmte herein. Mit den Worten "Jetzt wollen wir mal sehen, was Sie hier fabriziert haben" trat er ans Zeichenbrett eines Mitarbeiters, drückte ihn an die Seite und fuhr fort: "und was soll das hier bedeuten?". Der Ingenieur trat näher und schob dazu seinen Stuhl etwas zur Seite. Hofer wollte sich setzen, stieß mit seiner Wade an den Stuhl. Durch den leichten Schub rutschte dieser auf dem glatt gebohnerten Linoleumfußboden etwas nach hinten. Hofer setzte sich unverhofft unglücklich auf den Fußboden und brach sich das Becken. Er wimmerte vor Schmerzen, was bei den Umstehenden keineswegs besondere Mitgefühle auslöste. Im Gegenteil, man meinte, er würde wie immer übertreiben, schließlich wäre er selbst Schuld an seiner Misere und hätte es schon länger verdient gehabt.

Man konnte ihn aber auch nicht so liegen lassen und holte die für solche Fälle vorgehaltene Bahre herbei. Zu Zweit hob man ihn an und ließ ihn etwas unsanft auf die Bahre fallen, was zu vermehrten Schmerzausbrüchen bei Hofer führte. Selbst beim Transport in den herbei gerufenen Krankenwagen schaukelte man ihn noch etwas durch. Danach war man ihn endlich für einige Monate los.

Von seinen vielfältigen Aufgaben interessierte Kern vor allem die Lohn- und Gehaltsabrechnung. Eine Lohnsteuerkarte in der Hand haltend sinnierte er: Jeder Mensch auf der ganzen Welt muss irgendwie seinen Lebensunterhalt bestreiten, will er nicht verhungern. Die meisten Menschen sind Arbeitnehmer. Sie arbeiten für Geld, Lohn oder Gehalt genannt. In den großen Unternehmen wird es hauptberufliche tätige Lohn- oder Gehaltsabrechner geben, die für die Berechnung und Auszahlung von Löhnen und Gehältern zuständig sind. Das wäre ein erstrebenswertes berufliches Ziel für mich. Eine Spezialisierung würde sich sicherlich auch finanziell positiv auswirken.

Kern war trotz des insgesamt positiven betrieblichen Umfeldes und der Arbeitsatmosphäre unzufrieden. Das lag daran, dass er noch 1953 nur 175,-- DM monatlich verdiente. Seine Freunde, die ohne Ausnahme eine dreijährige gewerbliche Lehre, wie z. B. zum Maler und Anstreicher, Zimmermann oder Maurer absolviert hatten, erhielten als Gesellen bereits monatlich rund 280,-- bis 300,-- DM brutto. Als Lohnabrechner, z. B. in der freien Wirtschaft, könnte er dieses Einkommen oder auch mehr erzielen.

Er könnte neben seinen beruflichen Erfahrungen immerhin auf seine unbedingte Korrektheit, Vertrauenswürdigkeit und Verschwiegenheit hinweisen. Diese Attribute führten unter anderem dazu, dass er auch private Briefe für mehrere Angestellte im Haus mit der Schreibmaschine schrieb, den Inhalt zur Kenntnis bekam, aber nie darüber irgendeine Andeutung oder Bemerkung fallen ließ, auch nicht in geselliger Runde mit Alkohol im Spiel, z. B. beim Kegeln im Kollegenkreis.

Einige Arbeitskollegen oder deren Frauen gerieten schon mal heftig aneinander, insbesondere die, die vorher besonders eng befreundet waren. Anstatt die Auseinandersetzung verbal auszutragen schrieben sie sich Briefe. Dann kamen sie zu Kern und fragten höflich: Kern, bist Du so nett und schreibst mir mal einen privaten Brief?". „Ja, selbstverständlich." „Ich bin sicher, dass Du den Inhalt für Dich behältst." „Da können Sie wirklich sicher sein." Der Briefschreiber blieb dann im Zimmer bis der Brief fertig getippt war.

Wie selbstverständlich kam dann der Angeschriebene zu ihm und fragte: „Kannst Du mir mal einen privaten Brief schreiben? Du redest doch nicht darüber?". „Auf keinen Fall", sagte dann Kern und schrieb die Antwort auf den vor wenigen Tagen getippten Brief ohne mit der Wimper zu zucken oder einen wie immer gearteten Kommentar abzugeben.

In einer neuen Stelle, z. B. im Personalwesen eines größeren Unternehmens, wäre seine Verschwiegenheit und Vertrauenswürdigkeit von Vorteil. Eine Stelle dieser Art zu bekommen, war gewiss schwierig.

Um meine Chancen zu erhöhen, muss ich meine Ausbildung verbessern, sagte er sich und schrieb sich als Vollhörer bei der Verwaltungs- und Wirtschaftsakademie in Essen ein und beantragte Dienstbefreiung an drei Tagen in der Woche ab 14:00 Uhr. Die Dienstbefreiung konnte nicht abgelehnt werden. Kern hatte einen entsprechenden Erlass, veröffentlicht im Gesetz- und Verordnungsblatt für Nordrhein-Westfalen, herausgefunden. Das war ein herber Schlag für den Arbeitsablauf im Amt. Seine Arbeitskraft fehlte spürbar, sodass man beschloss, ihm die nächsthöhere Vergütungsgruppe VIII anzubieten, wenn er sein Studium aufgab und seine normale Arbeitszeit wieder aufnahm. Kern willigte notgedrungen ein, die tägliche Fahrten mit dem Fahrrad von Wohnort zum Dienstort und von dort nach Recklinghausen zum Bahnhof und zurück, d.h. 18 km bei Wind und Wetter, hatten ihn sehr geschlaucht. Das war im Amt nicht verborgen geblieben.

Die Höhergruppierung war zwar ein Erfolg, die damit verbundene Gehaltserhöhung jedoch nur ein Trostpflaster, mehr nicht. Sein Gehalt betrug ab dem 1.2.1955 monatlich 237,80 DM. Die nächste Steigerung um 16,-- DM ab dem 1.5.1956, war bereits vermerkt. Das alles war sehr unbefriedigend und ein Grund mehr, sich umzusehen. Kern stieß auf eine Chiffre-Anzeige in der Tageszeitung „Die Welt", in der eine „jüngere Kraft" für die Personalabteilung mit guten Steno- und Schreibmaschinenkenntnissen gesucht wurde. Diese Voraussetzungen konnte er vorweisen. Seine Bewerbung hatte Erfolg. Er bekam einen Vertrag ab dem 1.7.1956 als Personalsachbearbeiter in der Stahlindustrie. Das Anfangsgehalt von 400,-- DM, nach erfolgreicher Probezeit 450,-- DM, konnte sich sehen lassen.

Es gab jedoch eine Schwierigkeit. Er konnte die Kündigungsfrist nicht einhalten. Baurat Hofer wollte ihn zu diesem Termin nicht gehen lassen. Kern brachte seine Entschlossenheit zum Ausdruck: „Herr Baurat, diese Chance lasse ich mir nicht entgehen, was auch passiert, ich bitte um Verständnis!" Baurat Hofer kapitulierte: „Aber nur, wenn Du eine adäquate Ersatzkraft beschaffst."

Das müsste zu schaffen sein, dachte sich Kern. Er rief seine ehemalige Lehrerin aus der Handelsschule an, auch das Arbeitsamt, und hörte sich unter gleichaltrigen früheren Kollegen um. Er lud Bewerberinnen zur Vorstellung bei sich ein, was zur Empörung bei Hofer führte. Der stürmte in sein Zimmer und schrie ihn an: „Sie spielen sich hier als Leiter des Amtes auf, herzlichen Glückwunsch!" Er gab ihm die Hand. „Was erlauben Sie sich? So geht das nicht!"

Kern entgegnete betont erstaunt: „Aber Herr Baurat, Sie haben selbst gesagt, ich soll eine Ersatzkraft stellen, das versuche ich, nichts anderes. Übrigens habe ich bereits eine entsprechende junge Dame gefunden." „Die will ich erst sehen", der Baurat verließ das Zimmer und knallte die Tür hinter sich zu.

Fräulein Bellmann hatte nicht nur die besten Zeugnisse, sie machte auch persönlich einen sehr guten und sympathischen Eindruck. Kern hatte ihr sein Arbeitsgebiet genauestens beschrieben, sie war angetan von der Aufgabe, sie wurde eingestellt. Kern war stolz, das war seine erste Einstellung.

Personalsachbearbeiter

Da er noch zwei Tage Resturlaub hatte, trat er seine neue Stelle bereits am 28.06.1956 an. Er wurde schon erwartet. Vieles war liegengeblieben. Sein Chef stellte ihm den Arbeitsdirektor vor, der fragte ihn prompt: Sind Sie Gewerkschaftsmitglied?" Kern antwortete wahrheitsgemäß: „Nein"." Haben Sie etwas gegen Gewerkschaften?" „Selbstverständlich nicht." „Ich wünsche Ihnen viel Erfolg bei uns!"

Das Gespräch war beendet, der Arbeitsdirektor gab ihm die Hand, ab 1.7.1956 war Kern Mitglied der IG Metall. Kern hatte die Gehälter von rund 550 Angestellten in der zentralen Personalabteilung abzurechnen. Die Einarbeitung klappte hervorragend, fiel Kern aber sehr schwer. Er musste sich an ein fast ununterbrochenes konzentriertes Arbeiten über acht Stunden täglich gewöhnen, in einem Zimmer mit insgesamt sechs Personalsachbearbeitern und einer Hilfskraft. Schon das ständige Sitzen war anstrengend. Er wurde dem 60 Jahre alten Sachbearbeiter Willibald zugeordnet, der ihn einarbeiten und dessen Aufgabengebiet er später einmal übernehmen sollte. Willibald war schnell von Kern angetan, weil dieser alle ihm erteilten Aufgaben in kurzmöglichster Zeit richtig erledigte. Für Kern war Willibald sehr wichtig, weil er schon Jahrzehnte im Unternehmen tätig war, auch in höherwertigen Positionen außerhalb der zentralen Gehaltsabrechnung, in denen er sich aber nicht durchsetzen konnte.

Bereitwillig, fast väterlich, gab er sein Wissen an Kern weiter. Willibald hatte in seiner Jugend in Sachsen eine vierjährige kaufmännische Lehre absolviert. Er erzählte, dass sein Vater für ihn pro Jahr 30 Goldmark Lehrgeld zahlen musste. Er war im Ersten Weltkrieg schwer verwundet worden. Seine Kopfverletzung konnte man an seiner tiefen Narbe an der Stirn noch gut erkennen.

Willibald war schwerbehindert und genoss als Hirnverletzter einen besonderen Kündigungsschutz. Zu Kern sagte er vertraulich, er hätte einen „Jagdschein" (ein besonderer Schwerbehinderten Ausweis). Wenn er im Affekt dem unbeliebten Büroleiter Thiem eine „runterhauen" würde, könnte er nicht verklagt werden.

Kern schaute ihn überrascht an. Wieso kommt der auf sowas? Willibald war für ihn ein besonders friedlicher Kollege.

Seit vielen Jahren musste er für jeden Neuen in der Abteilung die sogenannte „Fechterstellung" aus seiner Militärzeit im Ersten Weltkrieg zelebrieren. Allerdings immer erst nach mehrfachem, charmanten Bitten und Drängen der weiblichen Kolleginnen. Die organisierten dazu einen Stubenbesen, den Willibald in beiden Händen hielt, die „Kehrseite" an der rechten Achselhöhle. Damit sprang er martialisch hin und zurück und stieß den Besenstiel wie ein Bajonett nach vorn in einen imaginären Gegner und zog ihn wieder zurück. Hätte es nicht den ernsten Hintergrund gegeben, hätte Kern sich evtl. amüsieren können.

Kriegsversehrt war auch der Zimmerkollege Pitt, allerdings durch den Zweiten Weltkrieg. Ihm musste der rechte Arm amputiert werden. Pitt, Jahrgang 1922, war der unerschrockene Fallschirmjäger geblieben, nichts konnte ihn umwerfen. Einmal bewunderte Kern dessen Nervenstärke besonders. Mittags gingen Willibald, Pitt und Kern regelmäßig gemeinsam zum Essen. Es gab zunächst eine Bouillon. Dass sie glühendheiß war, sah man ihr nicht an. Die Fettschicht verhinderte aufsteigenden Dampf.

Pitt aß als Erster und verbrannte sich heftig die Zunge, ließ sich nichts anmerken und sagte hinterlistig: „Die Suppe ist ja kalt." Willibald nahm nichtsahnend einen vollen Löffel Suppe zu sich und schrie vor Schmerz auf, ließ den Löffel fallen, spuckte die Suppe zurück in den Teller und schnappte nach Luft. „Du Schuft!", schnaubte er. Pitt lachte nur. Kern prüfte vorsichtig mit spitzen Lippen die Temperatur der Suppe. Sie war wirklich außerordentlich heiß. Willibald war noch Wochen danach wütend auf Pitt.

Der Chef war ebenfalls an Beinen und am rechten Arm mit der Folge einer Versteifung des rechten Armgelenks verwundet worden. Er hatte Pitt im Lazarett kennen- und schätzen gelernt, ihre Feldbetten standen nebeneinander, und ihn später zu sich nach Witten geholt.

Auch die Eingewöhnung im privaten Bereich war für Kern zunächst, gelinde gesagt, ungewohnt. Er kam im werkseigenen Ledigenheim unter und teilte sich ein Zimmer mit Matthes, einem Buchhalter. Der war so freundlich, ihn am Ende des ersten Arbeitstages abzuholen und bis ins Zimmer zu begleiten. Er bot sich sogar an, teilweise seinen schweren Koffer zu tragen.

Matthes hatte Grundsätze. Auf dem Weg erklärte er: „Im Heim gibt es einen Mann namens Ungelegen. Wenn Sie mit dem sprechen, sind wir geschiedene Leute." Außerdem: "Uns ist ein persönliches Sie lieber als ein unpersönliches Du". Der Buchhalter war schon älter als er, Kern nahm sich vor, seine Personalakte mal genau zu studieren. „Wenn das alles ist, komme ich schon klar." Matthes war befreundet mit Herrn Siegel, einem älteren, erfahrenen und abgeklärten Abteilungsleiter aus dem Vertrieb, der ein Einzelzimmer bewohnte. Von nun an war Kern der Dritte im Bunde. Später kam noch ein Vierter Norddeutschland hinzu, mit dem sich Kern besonders gut verstand.

Ein Betriebsausflug

Bereits am 28.6. statt wie vereinbart am 1.7. anzufangen war für Kern zunächst sehr unbequem, eigentlich zu früh, erwies sich aber in mehrerer Hinsicht als Glückstreffer.

Der Büroleiter, Herr Thiem, ein penibler, schwerhöriger, etwas übertrieben strenger älterer Herr von Mitte 50 teilte Kern zu seiner Überraschung mit, dass am 30.06. der Betriebsausflug der Hauptverwaltung stattfände und dass es ihm gelungen sei, ihn noch auf die Liste des erforderlichen Sammelpasses zu setzen, weil es ja ins Ausland nach Arnheim, Holland, ginge. Und zwar mit einem Ausflugsdampfer. Er könne also mitfahren am 30.06. Es ginge mit dem Bus von Witten nach Köln, dort aufs Schiff, stromaufwärts bis nach Braubach. Dort war ein Landgang geplant (Marksburg). Dann gehe es rheinabwärts bis Arnheim, dort ebenfalls ein Landgang, danach erfolgt die Rückfahrt nach Köln und die Busfahrt zurück nach Witten.

Kern traute sich nicht zu fragen, ob das alles etwa kostenlos sei. Willibald lachte, als er ihn später heimlich darauf ansprach: „Also, was denken Sie denn, Kern, wo kommen Sie her?"

Der Bus fuhr pünktlich ab. Kern war froh, noch ein sauberes Hemd aus seinem Vorrat zu haben. Im Bus lernte er immer mehr Kollegen kennen und musste sich konzentrieren, die Namen der neuen Kollegen richtig zuordnen zu können. Alle waren guter Stimmung. Auf dem Schiff hatte jede Abteilung ihren eigenen Tisch. Die Tische waren weiß eingedeckt, auf jedem Platz ein weißer Teller mit einem kalten halben Hähnchen. Das sollte die Vorspeise zu dem Mittagessen sein, das bald folgte. Dazu standen Weinflaschen mit Gläsern auf den Tischen. Viele Begrüßungen, Gelächter rundherum. Kern hielt sich an Pitt, der sich als Stimmungskanone entpuppte. Willibald fuhr nicht mit, aus familiären Gründen.

Der Arbeitsdirektor begrüßte die Mitarbeiter, blickte auf das vergangene erfolgreiche Wirtschaftsjahr zurück und gab bekannt, wenn es so weiterginge wie im ersten Halbjahr, wäre für das laufende Wirtschaftsjahr ein ebensolcher Erfolg zu erwarten. Zum Schluss wünschte er allen einen fröhlichen Verlauf des Ausfluges und guten

Appetit. Das Essen wurde aufgetragen. Beim Essen wurde es ruhiger.

Das Schiff hatte inzwischen abgelegt, ein leichter angenehm kühler Fahrtwind durchströmte das Deck. Kern half Pitt beim Zerkleinern des Filets und beim Einschenken des Weines. Und weil er gerade dabei war, ging er um den Tisch der Personalabteilung herum und schenkte allen ein, was freundlich zur Kenntnis genommen wurde. Der Wein hob die Stimmung. Kern sah sich um, überall freundliche Leute. „Bin ich im Schlaraffenland?" fragte er sich immer wieder. Er erinnerte sich amüsiert an die letzten selbstfinanzierten Betriebsausflüge des Amtes nach Bad Lippspringe, der nur deshalb zustande gekommen war, weil er mit seiner Liste jeden Monatsersten von jedem Kollegen 2,-- DM kassiert hatte. Sicher, auch auf diese Weise war er nach Sandfort, nach Amsterdam oder zu den Externsteinen und zur Müngstener Brücke gekommen. Aber damit war dieser Ausflug mit dem Schiff auf dem Rhein nicht zu vergleichen.

Ein großer kräftiger Mann begrüßte den Chef. Der stellte ihm Kern vor mit den Worten: „Jetzt habe ich einen Mitarbeiter, der größer ist als Du". „Der junge Mann muss aber noch zulegen, der ist noch ziemlich schmächtig!" meinte der. Kern erfuhr später, dass Herr Anschütz früher so stark war, dass er den Vorgänger unseres Chefs auf dem Stuhl sitzend mit einer Hand am Stuhlbein auf den Schreibtisch stellen konnte. Der verstorbene Herr Zimmermann soll zwar etwas schmächtig gewesen sein, aber das war eine reife Leistung, das musste man anerkennen.

Der Arbeitsdirektor kam an den Tisch der Personalabteilung. Kern musste weichen. Mit den Worten „Ich wollte mir sowieso das Schiff ansehen", räumte er seinen Platz und sah sich um. Herrlich, auch die Landschaft, die rechts und links des Rheins vorbeizog.

Als er zum Tisch zurückkam, saß Dr. Eversen immer noch auf seinem Platz. Er wurde schnell an einen anderen Tisch platziert, an dem ausschließlich Frauen saßen. Sie hatten bereits gerötete Gesichter vom Wein und waren hocherfreut über den männlichen Gast. Kern wurde von allen Damen aufmerksam bemuttert und mit dem besseren Wein versorgt. Es gab ihrer Meinung nach zwei verschiedene Weine und der eine wäre wesentlich besser als der andere. Kern erzählte, dass er gerade mal drei Tage im Unternehmen war. Die acht Damen waren Maschinenbuchhalterinnen, die nervenstark sein mussten, da ihre Buchungsmaschinen einen höllischen Krach machten. Man kam sich näher und der Wein löste die Zungen. Zwei von Ihnen verbrachten regelmäßig ihren Urlaub auf Sizilien, wo sie schon von ihren „Papagallos" erwartet wurden und auf die sie sich jetzt schon freuten. Eine Nette war wesentlich zurückhaltender auf diesem Gebiet und die beiden „Sizilianerinnen" neckten sie und meinten, Kern wäre doch wohl der Passende für sie. Kern wurde heimlich gebeten mitzuspielen. Obwohl er schon anderweitig festgelegt war, machte er mit und so war bald eine ausgelassene Stimmung am Tisch, wozu der bessere Wein wesentlich beitrug. Bevor es peinlich zu werden drohte, man wollte ihn regelrecht verkuppeln, machte Kern sich davon. Er müsse zu seiner Abteilung zurück, es geht leider nicht anders, bemerkte er.

„Puh, das ist gerade noch mal gutgegangen", sagte er zu sich und ging erst einmal zur Reling. Der leichte Fahrtwind kühlte angenehm sein Gesicht. Ich habe wohl ein wenig zu viel getrunken, stellte er fest. Da tippte ihm ein älterer Herr im grauen Anzug auf die Schulter: „Lehnen Sie sich nicht zu weit über die Reling, sie könnten ins Wasser fallen!" „Machen Sie sich keine Sorgen," entgegnete Kern, „ich könnte ohne Probleme mit einem Kopfsprung ins Wasser springen und ans nächste Ufer schwimmen". Man kam ins Gespräch. Kern erzählte frei heraus seine Eindrücke und der graumelierte Herr amüsierte sich köstlich. Die in der Nähe stehenden Betriebsangehörigen wichen bald zurück. Kern und der Andere standen fast allein an der Reling und sprachen über Gott und die Welt. Mit einem Auge sah Kern, mit dem Rücken an der Reling stehend, wie Thiem zu ihm blickend lachte und sich auf die Schenkel schlug. Was der wohl hat, dachte sich Kern. Der Graumelierte verabschiedete sich bald und wandte sich anderen Herren zu. Thiem und Pitt kamen auf ihn zu und erzählten;"Mann Kern, das war Generaldirektor Schmitt, mit dem Sie gerade gesprochen haben". „So? Der war wirklich in Ordnung, man konnte sich gut mit ihm unterhalten". „Darauf wollen wir einen trinken", bemerkte Pitt lachend. „Ich bin schon über drei Jahre im Unternehmen und habe unseren obersten Chef nur von weitem gesehen und Sie sind zwei Tage bei uns und unterhalten sich mit ihm!" „Ich kannte ihn ja gar nicht, sonst wäre ich auch nicht so locker gewesen. Aber er hatte auch Spaß mit mir, das konnte man spüren."

Kern hielt sich am liebsten draußen, vorn auf dem Deck, auf. Der Fahrtwind tat gut, die Landschaft zog am Ufer vorbei. Einige distinguierte Herren standen in der Nähe. Einer bemerkte in Höhe der Brücke vor Arnheim: „Hier sind wa baden jegangen", die anderen stimmten zu.

Der Landgang in Arnheim war eine wohltuende interessante Unterbrechung. Es gab viel zu sehen. Kern war immer noch überwältigt von dem, was ihm hier überhaupt geboten wurde. Die Rückfahrt blieb feuchtfröhlich, einige Chefs stießen an, leerten ihre Gläser und warfen sie im hohen Bogen in den Rhein: „Auf unsere und die Gesundheit des Unternehmens, Hatschi!" riefen sie lachend.

Am folgenden Wochenende fuhr Kern mit der Bahn nach Hause und berichtete. Seine Eltern staunten nicht schlecht. Bis jetzt waren sie gar nicht erbaut gewesen, dass er seinen sicheren Arbeitsplatz aufgegeben hatte. Sein Vater raunte ihm bei einer Gelegenheit zu: „Erzähle Mama bloß nicht, was du verdienst, sonst kriege ich Ärger." „Mach ich, kannst dich drauf verlassen".

Als möblierter Herr

In einem Ledigenheim zu wohnen war gewöhnungsbedürftig, aber gut zu ertragen, eine neue Erfahrung, aber immer interessant.

Zu Anfang war Kern nahezu täglich nach acht bis neun Stunden konzentrierter Arbeit am Feierabend ziemlich geschafft. Auf dem Nachhauseweg schleppte er sich in die nächste Kneipe, aß eine Frikadelle mit Brötchen, trank zwei oder drei Gläser Bier. Anschließend ging es ihm wieder besser. Er kaufte etwas ein fürs Abendessen und fürs nächste Frühstück. Es durfte nicht zu viel sein, denn es gab keinen Kühlschrank. Dann fuhr er mit der Straßenbahn zum Ledigenheim, aß noch etwas Brot mit Wurst oder Käse, legte sich aufs Bett und schlief augenblicklich ein. Gegen zwölf Uhr wurde er wieder wach, zog sich aus, legte sich wieder hin und schlief bis der Wecker klingelte.

Später dann trafen sich die vier Junggesellen öfter beim Ältesten, Herrn Siegel, in dessen Einzelzimmer und der berichtete bei Bier und Wein von seinen Dienstreisen, die ihn in die weite und für Kern unbekannte Welt führten.

Siegel war ein begnadeter Unterhalter. Er erzählte, dass er nach Verkaufsgesprächen von potenziellen Kunden auch in außergewöhnliche Lokale zum Essen eingeladen wurde. In einem dieser Lokale befanden sich über den Tischen Strohdächer, die eine südländische Idylle erzeugten.

In Abständen von rund einer Stunde wurde ein Tropengewitter mit Blitz und Donner inszeniert, verbunden mit einem dort üblichen plötzlichen Regenguss, der auf die Dächer mit den Gästen darunter niederprasselte, die natürlich im Trockenen saßen. Wie beim tatsächlichen Tropengewitter war alles schnell wieder vorbei und das Regenwasser schnell im Fußboden abgelaufen. Die Wirkung auf die Gäste war enorm und blieb deshalb noch lange haften.

Siegel war auch ein Vorbild an guten Manieren. Als Matthes ihm einmal um fünf Mark „anpumpen" wollte erklärte er ihm: „Also Matthes, einen so geringen Betrag leiht man sich nicht. Fünf Mark können einem nicht fehlen. Ich gebe Ihnen fünfzig Mark. Sie können sie mir gelegentlich zurückgeben. Es hat keine Eile."

Ab und zu wurde gemeinsam mit viel Spaß und Hallo zu Abend gekocht und gegessen. Im Keller gab es mehrere Kochstellen auf Gasbasis. Schon das gemeinsame Einkaufen hierfür war ein wahres Highlight.

Bratwurst wurde nach Zentimetern eingekauft, für jeden einmal um den Tellerrand gemessen (Durchmesser mal 3,14). Die Verkäuferinnen kicherten schon, einige gingen auch in Deckung, wenn vier junge, gut gelaunte Männer den Laden betraten.

Im Keller lagen auch die Duschen. Hier lernte Kern auch Ungelegen kennen. Er war tatsächlich ein „komischer Vogel". Ungelegen wusch sich sein Hemd und seinen Körper gleichzeitig unter der Dusche. Das Einseifen ging ruck-zuck. Anschließend spülte er die Seife von Hemd und Körper ab und hing das Hemd zum Trocknen über die Heizung. Man erzählte, dass er das jeden Abend machte, er hatte wohl nur eines. Ein Paar Socken hing auch regelmäßig über der Heizung. Davon besaß er wohl zwei Paar.

Kern schaute sich seine Personalakte an. Ungelegen war Techniker mit mittlerem Einkommen. Sein Gehalt war etwas höher als Kerns, er hatte auch mehr Jahre Berufserfahrung.

Auffällig waren mehrere Pfändungs- und Überweisungsbeschlüsse eines Bäckermeisters in der Nähe, bei dem auch Kern einkaufte. Es handelte sich keineswegs um größere Beträge. Zusammen mit den Kosten für Gericht, Rechtsanwälte, Zustellung usw. kostete ein Brot umgerechnet mehr als 30,-- DM, ein Brötchen rund zwei DM. Ein Spinner, in der Tat. Ein Kritikgespräch hätte Kern trotzdem gern geführt. Doch nach rund einem Jahr ging die Zeit im Ledigenheim zu Ende.

Immer mehr Inder, die vom Unternehmen in der Stahlproduktion ausgebildet wurden, zogen ein. Es gab zwei verschiedene Menschentypen, wie man in der Dusche feststellen konnte, die sich sehr voneinander unterschieden. Die Menschen des einen Typus waren wohl Bengalen, mit gedrungener Figur, dunkelbraun, runden Köpfen, relativ klein mit ebensolchen Gliedern. Der andere Typus war viel größer, sehr schlank, mit hoher Stirn, hellbraun, mit längerem Penis. Es waren intelligente Leute mit guten Englisch- aber weniger guten Deutschkenntnissen. Sie hatten es nicht leicht.

Sie versuchten möglichst viel zu erfahren und zu lernen. Andererseits wollte man ihnen nicht alle Betriebsgeheimnisse auf die Nase binden. Notfalls sprachen die Ausbilder untereinander westfälisches Platt, da waren auch die Inder mit sehr guten Deutschkenntnissen hilflos.

Matthes und Kern wären gern noch längere Zeit dort geblieben, aber das Werks-Ledigenheim konnte von den Mitarbeitern der Hauptverwaltung nur so lange genutzt werden wie kein Bedarf des Werkes bestand. Siegel und Helmut, der Norddeutsche, konnten bleiben, Matthes und Kern verabschiedeten sich. Privat blieb man noch längere Zeit verbunden. Auch die Freundinnen und späteren Ehefrauen lernten sich kennen. Siegel heiratete als erster.

Kern bekam recht schnell ein Einzelzimmer angeboten. Was für ein "Zufall", dass der Betriebsratsvorsitzende sein Haus in Bommern gerade fertig gebaut hatte. Im Obergeschoss unter dem Satteldach befand sich eine sog. Einliegerwohnung mit zwei Zimmern, Küche, Bad und Balkon. Das zusätzlich vorhandene, separate Zimmer, geplant für die Tochter, die gerade erst sechs Jahre alt war, stand zur Verfügung. Kern zog gern dort ein. Die Möblierung war geschmackvoll, neu und praktisch. Kein Vergleich zum Ledigenheim.

Von nun an war Kern ein "Möblierter Herr, ohne Frühstück, Toilette auf dem Hausflur, mit der Berechtigung freitags zu duschen".

Nach seinem Einzug machte Kern einen Antrittsbesuch bei den Wohnungsnachbarn. Die älteren Eheleute freuten sich über seinen Besuch. Es waren einfache, gutherzige und freundliche Leute. Der Mann war vor kurzem mit 65 Jahren in Pension gegangen. Stolz zeigte er sein gerahmtes silbernes Bundesverdienstkreuz an der Wand. „Für 50 Jahre treue ununterbrochenen Tätigkeit beim gleichen Arbeitgeber". Sowas gab es damals noch.

Kern zeigte sich beeindruckt. „Donnerwetter, das ist aber eine seltene Leistung". „Und immer in der gleichen Abteilung" ergänzte der Jubilar. „Was haben Sie denn gemacht und in welcher Abteilung waren Sie tätig?", fragte Kern interessiert.

„Ich war immer in der Rechnungsprüfung tätig und hier speziell mit der Prüfung von Frachtbriefen beauftragt. Auf dem Gebiet konnte mir wirklich keiner was vormachen, und habe so manchen Fehler entdeckt", berichtete er mit Genugtuung und lächelte spitzbübisch. „In welcher Abteilung sind Sie denn tätig?", fragt er zurück. „In der Personalabteilung." „Da muss man auch genau arbeiten!". „Auf jeden Fall." Kern verabschiedete sich bald: „Wir sehen uns ja jetzt öfter." Er zog sich in sein Zimmer zurück. Lange dachte er noch an seinen Nachbarn, der mit 14 Jahren „auf der Hütte", wie er sagte, eine kaufmännische Lehre absolviert und Zeit seines Berufslebens nichts anderes gemacht hatte als Frachtbriefe zu prüfen – und das auch noch gern. Soldat war er nicht gewesen, also ununterbrochen. Wie kann man das nur aushalten?

Kern folgerte: Auch solche Mitarbeiter sind nötig, die auf ihrem Niveau Tag für Tag ihre Pflicht tun. Der Nachbar war bestimmt pflichtbewusst und ein Vorbild an Zuverlässigkeit und Betriebstreue.

Im Großraumbüro

Mit seinem Gehalt war Kern zufrieden. Dafür musste er sich auch mächtig ins Zeug legen. Die Gehaltsabrechnung erfolgte manuell auf Karten, ca. 30 cm x 20 cm groß. Im Querformat waren insgesamt 13 Spalten für die Monate und das Jahreseinkommen. Senkrecht von oben das Monatsgehalt mit den Zulagen, wie z. B. vorgedruckt Überstundenvergütung, Fahrgeld, Nachzahlungen etc.. Das ergab die „Summe Brutto-Gehalt". Darunter standen die Abzüge, wie Steuern, Sozialversicherung und Krankenkasse. Das ergab die „Summe der Abzüge". Darunter die Zeile „Auszuzahlender Betrag", der bar in einer Gehaltstüte am Vorletzten eines Monats ausgehändigt wurde. Pfennige wurden in den Folgemonat übertragen. Das Werk, das

Kern abrechnen musste, hatte 550 Angestellte. Addiert und subtra-
hiert wurde im Kopf, und das wochenlang.

Für Kern war schon allein das ununterbrochene Sitzen, acht Stunden
am Tag, eine Tortur.

Da fünf weitere Mitarbeiter im Zimmer saßen, wurde man ständig
gestört, sei es durch notwendige Telefongespräche oder durch
Unterhaltungen. Die erfahrenen Sachbearbeiter konnten addieren
und sich gleichzeitig an einem Gespräch beteiligen. Willibald addier-
te im Kopf 2 Reihen gleichzeitig, sowas hatte Kern noch nicht gesehen. Die Tür zum Nebenraum mit dem Schalter und der großen
Bahnhofsuhr darüber stand immer offen, man bekam zusätzlich
zwangsläufig mit, was am Schalter dort gesprochen wurde. Im Nebenzimmer saßen noch zwei Sachbearbeiter und Herr Thiem, der
Büroleiter. Herr Thiem war schwerhörig und sprach deshalb sehr
laut. Er hatte die Angewohnheit, laute Kommentare zu der Post, die
er gerade las, abzugeben.

Insbesondere Bewerbungen studierte er mit Vergnügen. Er roch an
den Unterlagen, „Aha, ein Raucher", entfuhr es ihm. Über 30, Junggeselle. Sein lautes Fazit: „Ehrgeizig, schnell unzufrieden, ein Stö-
renfried.". Eine andere Bewerbung: „ Ein Sechs-Monats-Kind, sieh
mal an, wurde auch Zeit." Thiem hatte selbst keine Kinder. Rechnen
konnte er, aber manchmal war er nicht zu genießen.

Thiem hatte schwierige Jahre hinter sich, allerdings nicht durch
Kriegshandlungen.

Er erzählte, dass er in der Weltwirtschaftskrise für längere Zeit arbeitslos war. Er schlug sich mehr oder weniger gut durch, indem er
für ein Inkasso-Unternehmen Mietrückstände einkassierte. Er ging
von Mieter zu Mieter , sah zwar deren Notsituation, musste dennoch

die Miete, wenn auch in Raten, einfordern. Oft waren es nur 10 Reichspfennige im Monat.

Im Unternehmen hatte er sich dann hochgearbeitet und es bis zum Stellvertreter des Personalchefs gebracht. Als der starb, konnte er sich berechtigte Hoffnungen machen, dessen Nachfolger zu werden. Es kam anders. Personalchef wurde Herr Friedrich, seines Zeichens Betriebsratsvorsitzender. Thiem hatte nicht die notwendige Lobby und blieb auf der Strecke.

Kern musste sich zusammenreißen, schließlich war er in der Probezeit. Fehler konnte er sich nicht erlauben. Es gab aber für ihn auch Momente, in denen er besonders froh über seinen Beruf war.

Herr Kahn, der auch die Personalkasse führte, sprach ihn an: „Herr Kern, Sie müssen mit zur Bank, das Geld für die Angestellten der Hauptverwaltung und das in der Nähe liegende Werk zu holen". Dabei nahm er eine Pistole aus dem großen Geldschrank. „Bekomme ich auch eine Pistole?" fragte Kern lächelnd. „Natürlich nicht, denn dazu müssten Sie einen Waffenschein besitzen.". Sie gingen beide zum Ausgang, wo schon der Dienstwagen mit dem Fahrer wartete.

Im Wagen angekommen fragte Kahn: „Was würde Sie denn machen, wenn der Wagen überfallen würde, mal angenommen, und Sie hätten eine Pistole, würden Sie schießen, wenn Sie Gelegenheit dazu hätten?"

„Selbstverständlich, Sie etwa nicht?" „Auf keinen Fall, beim ersten Schuss würde ich mich ducken und das Geld herausgeben. Wenn ich nur bedroht würde, erst recht!" „Das verstehe ich nicht, wozu dann die Pistole?" fragte Kern kopfschüttelnd.

Kahn beendete das Thema mit den Worten „Die Pistole ist vorgeschrieben, das Geld ist versichert. Der Werkschutz soll sich darum kümmern, ich habe genug geschossen". Das war deutlich.

Inzwischen waren sie im Büro der Bank angekommen. Die Bank war vorab über die Mengen und die Sorten informiert worden.

Die großen Scheine waren zu Paketen zu je 5.000,-- DM mit Bindfaden zusammengeschnürt. Die Zwanziger, Zehner, Fünfer und das Hartgeld, soweit nicht fest verpackt, mussten nachgezählt werden. Alles klappte, noch nie hatte Kern soviel Bargeld auf einmal gesehen. Er hütete sich jedoch, sich anmerken zu lassen, dass er beeindruckt war, denn vordringlich musste alles stimmen. Das tat es dann auch.

Zurück in der Abteilung packte Kern die großen Taschen aus. Das Geld wurde geteilt in Hauptverwaltung und Werk. Kern war für sein Werk zuständig. Er stapelte die geschnürten Geld-Pakete auf den breiten, abgeräumten Schreibtisch auf und zählte dabei lächelnd „Ein VW, zwei VW, drei VW" und so weiter, das konnte er sich nicht verkneifen. Dann hieß es, sich zu konzentrieren. Kern zählte vor. Die Gehaltstüten waren bereits namentlich bedruckt und mit den Gehaltsstreifen versehen, nur der auszuzahlende Betrag war zu sehen. Tüte für Tüte wurde einem flachen Kasten entnommen, mit dem Blick auf die Zahl, z. B. 378,-- DM, wurden drei Hunderter, ein Fünfziger, ein Zwanziger, ein Fünfer sowie ein Zweimarkstück und ein Einmarkstück auf die Tüte gelegt und nach rechts dem Nachzähler hinübergereicht. Der zählte nach, legte das Geld in die Gehaltstüte und stellte die Tüte anschließend in der Reihenfolge senkrecht in den flachen Kasten, damit das Geld nicht herausfiel. Die Sorten und die Stückelung mussten stimmen.

Das ging über Stunden so. Man musste sich beeilen, da die Tüten bis zum Schichtwechsel der Meister ausgehändigt sein mussten. Sie wurden, vom Werkspersonalleiter begleitet, vom Werksschutz gegen 12:00 Uhr abgeholt.

Alles ging glatt über die Bühne. Kern atmete auf. Im Nebenzimmer wurde es laut. Auch dort hatte alles geklappt und Thiem steckte sich eine Zigarre an, was er seit Jahren tat, wenn die Barauszahlung vorbei und damit der Monat abgeschlossen war. Auch diese Probe hatte Kern bestanden. Es schien alles leicht zu sein. Es hatte in der Vergangenheit jedoch manchen Fehler beim Auszahlen gegeben, so dass der Inhalt aller Tüten noch mal nachgezählt werden musste. Die erfahrenen Sachbearbeiter meinten übereinstimmend, es käme überwiegend auf den Vorzähler an, der Nachzähler übernähme den Betrag instinktiv als richtig an.

Kern war davon wenig überzeugt. Dann passierte auch ihm ein Fehler, am Ende einer Auszahlung fehlten 300,-- DM. Wie konnte ihm das nur passieren? Alle Tüten mussten nachgezählt werden. Jeder verfügbare Sachbearbeiter half mit, den Fehler zu finden. Die Zeit drängte, der Werksschutz klopfte an die zugeschlossenen Türen der Personalabteilung. Dann war es klar, in eine Gehaltstüte waren statt 300,-- DM zusätzlich weitere 300,-- DM hineingeraten. Der Nachzähler hatte nichts gemerkt. Kern fasste sich an den Kopf, wieso 300,-- DM? „Alles schon mal vorgekommen!", beruhigten ihn die Kollegen. Einmal fehlten am Ende 1.000,-- DM auf dem Tisch. Diesmal waren alle Sachbearbeiter ratlos. Die erfahrene Sekretärin des Personalchefs kam herein und sah die betretenen Mienen der Sachbearbeiter. „Ist was?", fragte sie. „Uns fehlen Tausend Mark", antwortete Herr Kahn. „Habt ihr alles nachgezählt?" „Ja, alles stimmt, nur tausend fehlen." Die Sekretärin kramte in den Papierkörben, in denen zig Banderolen entsorgt waren, und hielt das mit einer Banderole versehene Bündel Geldscheine triumphierend in der Hand. Es waren die tausend Mark, die gefehlt hatten. „Wie sind Sie denn auf die Idee gekommen, im Papierkorb zu suchen?". „Das ist früher schon einmal vorgekommen, auch wir haben die Vielzahl von Banderolen, die auf dem Tisch lagen, mit einem Schubs in die Papierkörbe gewischt, weil sie uns störten."

Zu den Kuriositäten nach jeder Gehaltsabrechnung gehörte die nochmalige Kontrolle der Veränderung aller Monatsgehälter gegenüber dem Vormonat. Jede Gehaltskarte wurde nochmal einer Sichtkontrolle unterzogen und dabei die Veränderung zum Vormonat als „Plus" oder „Minus" in die entsprechende Spalte einer Liste eingetragen. Zugänge oder Abgänge von Mitarbeitern mussten ebenfalls notiert werden. Am Ende musste der sich ergebende Saldo exakt der Differenz der Gesamtsummen aller Gehaltsempfänger entsprechen. Die Liste musste der Gesamtabrechnung des Monats beigefügt werden. Willibald erklärte Kern den notwendigen Arbeitsablauf. Kern rannte bei allen Sachbearbeitern „offene Türen ein", als er Zweifel anmeldete, wofür das gut sein sollte. Er fand zwar bei allen Sachbearbeitern im Raum Verständnis, hütete sich aber, das Thema zu überziehen als er übereinstimmend gesagt bekam: „Thiem rückt nicht einen Millimeter davon ab, machen Sie's einfach!".

Nun gut, Kern machte sich an die Arbeit. Bei der relativ einfachen Kopfrechnung war wohl die volle Konzentration das ärgste Problem. Bei seinen Karten waren über 50 % unverändert. Er ließ sich nicht ablenken von den Geräuschen, die die Arbeit von fünf Abrechnern im Raum verursachten, die immer wieder kurz und verstohlen zu ihm hinüberblickten. Als er fertig war, fragte Willibald lauernd: „ Na, was haben Sie für ein Ergebnis erzielt?" und kam zu ihm und schaute ihm über die Schulter. „Zeigen Sie mal". Kern zeigte ihm das Ergebnis:" „Hier, 825,-- DM plus". Willibald konnte seine Freude kaum verbergen: „Stimmt", sagte er zufrieden, „das hat gut geklappt." Kern schaute ihn verwundert an. „Das war keine Kunst, aber warum machen Sie so viel Aufhebens davon?"

Willibald lachte, auch die anderen Sachbearbeiter grinsten, allen voran Pitt, der bemerkte „Das war ein Test, den Sie sehr gut bestanden haben, prima." Kern erfuhr, dass so mancher Neueingestellte an dem „Test" verzweifelte, weil er sich nicht genug konzentrieren konnte, insbesondere bei noch mehr Gehaltskarten. Gerade deshalb, weil die Aufgabe keine großen intellektuellen Ansprüche stellte, war sie so schwierig. Kern hatte eine weitere Hürde in der Probezeit genommen.

Unmittelbar nach jeder Monatsabrechnung war der Termindruck wie weggeblasen und die Arbeitsanspannung ließ etwas nach. Nun mussten die Überweisungen der eingehaltenen gesetzlichen und persönlichen Abzüge vom Gehalt wie z. B. Mieten, Gewerkschaftsbeiträge oder Kleinverkäufe durchgeführt werden. Belege mussten abgeheftet, die Personalakten gepflegt, Bescheinigungen und Zeugnisse ausgestellt werden. Kern, der beim letzten Arbeitgeber ein Einzelzimmer gehabt hatte, konnte sich immer noch nicht so recht an die ständigen Geräusche im Raum durch Telefonate, Diskussionen, Schreib- und Rechenmaschinengeklapper gewöhnen. Große Themen der Geo-Politik, wie damals zum Beispiel der Ost-West-Konflikt wurden heiß diskutiert, natürlich neben der Arbeit, die musste immer gemacht werden.

Als Youngster beobachtete er die gegensätzlichen Standpunkte unterschiedlicher Charaktere im Raum. Zwei „Kampfhähne" belauerten sich ständig. Sie waren beide verheiratet, wohnten nicht weit voneinander entfernt. Beide hatten eine Tochter ungefähr gleichen Alters, eine gutaussehend, die andere weniger gut von der Natur ausgestattet. Der eine mit Abitur, der andere ohne und ohne schöne Tochter.

Der Krieg hatte beide in ihrer beruflichen Laufbahn beeinträchtigt. In ihrer Berufsausübung waren sie gleich tüchtige Kollegen. Bei privaten Gesprächen über „Gott und die Welt" machte sich der Abiturient Lerche bei den Anderen unbeliebt, weil er sein theoretisches Wissen hervorkehrte, wenn es eben ging. Sein Kollege Pitt hatte im Krieg als Fallschirmjäger mehr erlebt, seinen rechten Arm verloren und blickte daher bei den Themen, bei denen es um Krieg und Tod ging, eher verächtlich von oben auf ihn herab. Bei den Diskussionen im Kreis der sieben Kollegen hatte der Fallschirmjäger Pitt in letzter Zeit einige rhetorische Niederlagen einstecken müssen und sann auf Rache. Dafür brauchte er die Komplizenschaft von Kern. Er hatte sich auf einem DIN A5-Blatt astronomische Daten notiert, wie z. B. die Entfernung von der Erde zum Mond und zur Sonne, Temperatur im Weltraum, Schwerkraft auf den Planeten und den Kometen. Das Blatt lag vorn als erstes in seiner Schreibtischschublade. Jetzt ging es nur noch darum, ein Thema möglichst unauffällig in diese Richtung gehend anzuschneiden. Dafür war Kern vorgesehen, der amüsiert mitmachte. Alle arbeiteten konzentriert, ab und zu unterbrochen von einem Telefongespräch. Kern legte dann los, ohne hochzuschauen und ohne seine Arbeit zu vernachlässigen: „Pitt, was meinst Du, werden die Menschen jemals den Mond erreichen?". „Mit Sicherheit, Wernher von Braun hat mit der verbesserten V2 ja fast die Höhe einer möglichen Umlaufbahn um die Erde erreicht, das heißt, die Schwerkraft bereits überwunden." Kern schob nach: „Die Amis wären ohne seine Raketentechnik noch lange nicht so weit wie sie jetzt sind". Lerche horchte auf. Pitt zog unauffällig die Schreibtisch-Schublade auf und dozierte mit Genuss: „ Die Entfernung von der Erde bis zum Mond beträgt rd. 384.400 km. Wenn man mit einer..." Lerche mischte sich ein. „Es sind genau 384.000 km". „Sind es nicht!" Pitts Stunde war gekommen. „Neueste Messungen haben ergeben, dass es tatsächlich 384.400 km sind und nicht, wie Sie sagen, 384.000 km." Alle, außer Lerche, lachten schelmisch. Das Telefon klingelte, Lerche musste den Hörer aufnehmen.

Zum Ende eines jeden Jahres war der Arbeitsanfall in der Personalabteilung besonders hoch und daher ohne Überstunden nicht zu bewältigen. Im November wurde das Weihnachtsgeld manuell errechnet. Im Dezember wurde das steuerpflichtige Entgelt des Jahres ermittelt und in die Lohnsteuerkarte eingetragen, unterschrieben und dem Mitarbeiter ausgehändigt.

Im Januar wurde das rentenversicherungspflichtige Entgelt ermittelt und in die grünen Sozialversicherungskarten eingetragen, ebenfalls unterschrieben und mit dem Siegel der Betriebskrankenkasse versehen. Versicherungskarten, die älter als drei Jahre waren, mussten aufgerechnet, unterschrieben und zur Bundesversicherungsanstalt nach Berlin geschickt werden. Vorher wurden Entgeltbescheinigungen für die Mitarbeiter ausgefertigt.

Kern hatte dieses Siegel (Nr. 3) in Verwahrung und konnte damit zum Beispiel auch Lebensbescheinigungen ausstellen.

In den 1950er Jahren mussten viele Bescheinigungen über Beschäftigungszeiten, Berufe und Lohngruppen ausgestellt werden. In sehr vielen Fällen waren Versicherungsnachweise sowohl bei der Bundesversicherungsanstalt in Berlin als auch beim Versicherungsnehmer durch Kriegseinwirkungen verloren gegangen. Aus den alten, gut geführten Personalakten waren die notwendigen Daten noch zu rekonstruieren. Die Personalakten lagerten im Keller der Personalabteilung. Thiem hatte den Schlüssel hierzu.

Viele Holzlattenregale mit jeweils fünf Etagen in langen Reihen standen dort unten. Nanu, was lag denn da auf einer Ecke eines Regals? Eine Packung Kondome! „Was sagt man dazu?", entfuhr es Kern. „Hier unten? Egal, was soll`s?" Die Blätter der Akten waren allesamt verklebt und vergilbt, der Inhalt schwer leserlich. Herr Thiem erzählte, dass die Keller im Krieg einmal unter Wasser standen. Nachdem die Staumauer der Möhnetalsperre von Bomben teilweise zerstört wurde, und die Talsperre zum großen Teil ausgelaufen war, stieg das Wasser der nahegelegenen Ruhr so hoch an, dass alle Keller des Verwaltungsgebäudes volliefen. Nachdem das Wasser abgepumpt war, wurden sämtliche Akten auf den Freiflächen des Firmengeländes zum Trocknen ausgebreitet. Alle Beschäftigen mussten mithelfen.

Im Keller lagerten auch die Gehaltskarten der Mitarbeiter der Hauptverwaltung aus den Vorjahren – also auch der Personalabteilung.

Natürlich konnte Kern nicht widerstehen, sich die Karten anzusehen und hatte bald einen genauen Überblick über die Gehaltsstruktur der Personalabteilung. Er lag am unteren Ende der Skala. Das war zu erwarten. Das machte ihn keineswegs unzufrieden, sondern im Gegenteil. Bisher nicht für möglich gehaltene positive Aussichten standen ihm bevor.

Kerns Schwiegervater

Kern war auch im privaten Bereich erfolgreich, das heißt, er war verliebt. Im Stenografenverein hatte er ein hübsches Mädchen kennengelernt. Die Auswahl war dort sehr groß. Auf rund 25 junge Damen kamen vier junge Männer, darunter Kern. Es war Liebe auf den zweiten Blick, auch bei ihr.

Kern hatte allerdings große Mühe, sich mit ihr zu verabreden. Sie wollte erst ihre Prüfung zur Gehilfin in steuerberatenden Berufen ablegen. Das zog sich hin, war aber dann geschafft. Sie war die Einzige, die die Prüfung mit „sehr gut" bestanden hatte und Kern konnte ihr Bild in der Zeitung bewundern.

Danach traf er sie regelmäßig an den Wochenenden. Nach rund einem Jahr wollte sie wissen, woran sie bei ihm war. Es war zu der Zeit noch üblich, dass man sich verlobt, jedenfalls bestand sie darauf. Weihnachten war als Termin vorgesehen. Vorher musste Kern bei ihrem Vater seinen Antrag machen.

Selbstbewusst und mit einem Blumenstrauß für ihre Mutter bewaffnet begab er sich in dessen Haus. Er wurde freundlich empfangen und nachdem er seinen Blumenstrauß übergeben und am Tisch Platz genommen hatte, kam Kern zur Sache: "Ich möchte Sie hiermit um die Hand und auch um das Übrige Ihrer Tochter bitten. Kurz gesagt, wir wollen heiraten, Gisela und ich, wir sind uns einig". Der Schwiegervater war ein Schlitzohr, das konnte Kern nicht wissen. So war er ziemlich verblüfft, als der sagte: „Tja, gut und schön, aber die Ausbildung meiner Tochter hat mich rd. 3.000,-- DM gekostet. Wenn Du in der Lage bist, die hinzulegen, kann ich sie Dir geben".

Kern fing sich schnell: „Ich will Ihre Tochter nicht kaufen, ich will sie heiraten. Das Geld hätte ich natürlich, aber das brauchen wir selbst, es bleibt insoweit in der Familie. Wollen Sie sie etwa behalten?" Kern war relativ entspannt während bei seiner Braut langsam die Zornesröte im Gesicht zunahm. „Nein, nein, ich hab ja noch zwei davon", lenkte der Schwiegervater in spe schelmisch ein, „ist schon in Ordnung, meinen Segen habt ihr!". Die künftige Schwiegermutter stellte eine Flasche Wein auf den Tisch, alle lachten und man trank einen Schluck, der bei Kern etwas kräftiger ausfiel. Eigentlich sollte er froh sein, wenn er eine Tochter los ist, wenn er noch zwei hat, dachte er. Bei einem Glas ist es dann nicht geblieben. „Prost, Schwiegersohn", hieß es bald. Seine Braut war glücklich und er auch.

Kerns Schwiegervater Valentin war Maurermeister. Früher war er Idealist oder "Edelkommunist" gewesen und wollte die Welt verbessern, wie die Schwiegermutter erzählte. Sie hätte Todesängste ausgestanden, als er mit zwei Gleichgesinnten in der Nazizeit kommunistische Flugblätter in der Stadt anklebte.

Natürlich wurden sie dabei ertappt. Valentin gab im Verhör sofort zu, dass er von den drei Plakaten eines geklebt hatte. Zwei besaß er noch. Er kam für zwei Tage ins Gefängnis. Dann ließ man ihn laufen. Wahrscheinlich, weil er zwei Kinder hatte oder weil er als Maurermeister für den Kasernenbau dienstverpflichtet war. Dabei hatte er großes Glück, seine beiden Kumpel kamen wohl ins KZ. Man hat jedenfalls nie wieder was von ihnen gehört.

Nach dem Krieg machte sich Valentin selbständig. Arbeit gab es genug beim Wiederaufbau. Nur wenige Häuser hatten den Krieg unbeschädigt überstanden. Sein Start war nicht einfach, weil es nur wenige gute Mitarbeiter gab, auf die man sich verlassen konnte. So arbeitete er notgedrungen oft 12 Stunden täglich auf der Baustelle. Sonntags schrieb er Angebote. Da es kein Telefon gab, musste die Schwiegermutter die Bestellungen für die Baustoffe mit dem Fahrrad erledigen.

Jahre später halfen seine Kinder mit. Dabei hatte er Pech, die ersten drei Kinder waren Mädchen. Als Kern in die Familie einheiratete, war seine Frau für die Buchführung und die Lohnabrechnung zuständig. Bei Terminarbeiten waren Valentins Schwiegersöhne als Handlanger hoch willkommen. So auch eines Samstags bei der Betonierung einer Decke über ein Lagerhaus.

Der Betonmischer läuft und läuft, die Betondecke muss „in einem Guss" gegossen werden. Seit 6:00 Uhr morgens waren die Männer bei der Arbeit, schaufelten Kies und die passende Menge Zement im Mischungsverhältnis 1:3, dazu Wasser in die Betonmaschine. Es war gegen 9.00 Uhr.

Der Stärkste war Otto, der den „Japaner" oben auf der Decke mit der flüssigen Betonmischung fuhr, diese große Schubkarre mit den großen Rädern und der tiefliegenden Wanne. Er war Schwiegersohn in spe, ein selbstbewusster immer zu lustigen Sprüchen aufgelegter Mann mit dicken Armen und breiten Schultern. Jetzt aber muckte er auf: „Eine kurze Frühstückspause wäre jetzt in Ordnung.", und verschnaufte. Valentin, mit dem Verteilen und Verdichten des Betons beschäftigt, bemerkte, dass die Truppe das Tempo herausgenommen hatte, aber mit Blick auf das restliche Viertel wollte er weitermachen. Er hätte lieber durchgearbeitet bis die Decke fertig gegossen war. Unten hatte man Ottos Wort „Frühstück" all zu gern vernommen und ließ die Arme sinken.

Valentin von oben: „Was ist los da unten? Also, so geht das nicht, Frühstück ist, wenn ich sage, dass Frühstück ist! ... Frühstück!"

Gelächter.

„Fuffzehn Minuten, dann geht es weiter, Männer! Bevor es richtig heiß wird, muss die Decke fertig gegossen sein. Habt Ihr das verstanden? Schlapp machen gilt nicht!"

„Ja, ja." Auch Kern, der für den Zement unten verantwortlich war, ließ schweißnass die Schaufel fallen.

Valentin brummte vor sich hin. Er war sowieso der Meinung, dass ein Handlanger, der mehr als 50 Jahre alt geworden war, bei der Arbeit nicht getaugt hatte.

Fortbildung an der VWA Bochum

Rückblickend erlebte Kern zwei schöne, unbeschwerte Jahre als Sachbearbeiter. Finanziell ging es stetig voran. Da die beruflichen Anforderungen beherrschbar waren und sich auch in absehbarer Zeit nur noch wenig verändern würden - und wenn überhaupt, dann jedenfalls keine große Herausforderung bedeuteten - kam Kern wieder seine „verkorkste" Ausbildung in den Sinn.

Durch seine Abenteuerlust war er im entscheidenden Jahr 1943 mit der sogenannten Kinderlandverschickung in Bayern und hatte den Übergang von der Volksschule zum Gymnasium verpasst.

Irgendwann wird sich das beruflich rächen, dachte er. Mit der jetzigen Ausbildung würde er mit Sicherheit keinen besonderen beruflichen Aufstieg hinbekommen, da könne er sich noch so viel anstrengen wie er wollte, grübelte er. Die Überlegung, auf dem sog. zweiten Bildungsweg ein Studium an der Verwaltungs- und Wirtschaftsakademie im Abendkurs zu beginnen, kam ihm wieder in den Sinn und nahm ihn gefangen. Kern besprach sich mit seiner Frau.

Er hatte inzwischen geheiratet, sehr bald wurde sein erster Sohn geboren. Über die Firma bekam er eine Wohnung für 42,-- DM Miete im Monat. Ein VW Käfer zum Preis von 4.800,-- DM wurde angeschafft.

Sein Gehalt war kontinuierlich gestiegen, sowohl durch Höhergruppierungen und Erhöhungen der übertariflichen Zulage als auch durch

Tariferhöhungen, die nicht selten 12 %, 14 % und einmal sogar 16 % betrugen. Seine Frau betrachtete sein Vorhaben positiv, aber mit gemischten Gefühlen, wohl wissend, dass das nicht leicht für ihn werden würde. Sie wollte ihm aber auf keinen Fall im Wege stehen. Auch sein Chef war einverstanden, „wenn die Arbeit nicht darunter leiden würde", denn Kern musste dreimal in der Woche ca. 30 Minuten früher das Haus verlassen. Ab Wintersemester (Oktober) 1961 war er Vollhörer der Verwaltungs- und Wirtschaftsakademie Bochum.

Einführung der Lochkarte

Es war die Zeit, in der sich immer mehr die Meinung durchsetzte, dass wiederkehrende Arbeiten (auch in der Personalabteilung, speziell in der Gehaltsabrechnung) durch maschinelle Datenverarbeitung wesentlichen leichter und zeitsparender durchgeführt werden können. Die Bedenken, dass eventuell die Geheimhaltung sensibler Daten wesentlich erschwert wäre, wurden nach und nach zurück gedrängt. Die erhofften Vorteile wurden höher eingeschätzt als ein Geheimhaltungsrisiko. Waren die Daten erstmal erfasst, konnten zusätzliche spezielle Informationssysteme installiert und genutzt werden.

Die Lochkartenabteilung (so hieß das damals) sowie die Organisationsabteilung arbeiteten seit längerem mit Hochdruck daran. Zusätzlicher Druck kam aus den Unternehmen der Branche. Keiner wollte der Letzte sein, der dieses neue Rationalisierungs-Instrument nutzte. Zunächst wurde die bargeldlose Gehaltszahlung eingeführt. Nach Gegenwind vom und Verhandlungen mit dem Betriebsrat bekam jeder Mitarbeiter, der ein Gehaltskonto bei einer Bank oder Sparkasse einrichten ließ, 50,-- DM. Das ergab für die Gehaltsabrechnung eine mehrere Monate dauernde Übergangsphase mit Mehrarbeit wegen teilweiser Barauszahlung und Ausfertigung der Überweisungsträger.

Die Organisationsabteilung, bei der die Federführung der Umstellung lag, führte eine Informationsveranstaltung im großen Sitzungssaal des Hauses für die Mitarbeiter der Personalabteilung durch. Ein großes Transparent war am Kopfende des Saales angebracht, darauf rechts oben eine große Lochkarte, vorn unten links ein Trommelrevolver (Colt) und die gestrichelten Flugbahn einer Kugel, die exakt ein Loch in der Größe eines Karten-Loches herstellte. Man war gespannt. Die Organisationsabteilung konnte bereits auf Erfahrungen aus anderen Bereichen wie Buchhaltung, Lagerhaltung usw. zurück greifen. Das Problem der Geheimhaltung von Daten, wie z. B. der Gehälter, war in dem nun geforderten Umfang noch nicht gelöst und musste eingehend besprochen werden.

Kern war der jüngste Personalsachbearbeiter und wurde kurzerhand zum Projektleiter Einführung maschineller Gehaltsabrechnung auf Seiten der Personalabteilung ernannt. Am Anfang wurde die Frage der Geheimhaltung gegenüber der Lochkartenabteilung heiß diskutiert. Es wäre „unerträglich", dass die Locherinnen und die Operatoren in der Lochkartenabteilung die Gehälter der Angestellten der Hauptverwaltung kennen. So mussten die Personalsachbearbeiter lochen lernen. Ein spezieller Locher wurde zum Training in der Personalabteilung installiert. Die älteren Sachbearbeiter taten sich schwer. Die Datenverarbeitung, als Allheilmittel gepriesen, drohte bei der Personalabteilung organisatorisch zu scheitern. Es half nichts, zwei besonders vertrauenswürdige Locherinnen wurden zur „Personal-Locherin" bestimmt und zu besonderer Geheimhaltung verpflichtet. Sie bekamen eine Gehaltszulage von monatlich 40,-- DM. Der Locher verschwand, ein allgemeines Aufatmen trat ein.

Kern hatte gleichzeitig mit dem Leiter EDV, Herrn Dienstbier, mittels aller möglichen unterschiedlichen Testfälle sicherzustellen, dass die Gehaltsabrechnung fachgerecht erfolgen kann. Das war offensichtlich gar nicht so einfach.

Die Programmierung per Stecktafel und Kabelschnüre war unter anderem nicht in der Lage zwischen versicherungspflichtigem und steuerpflichtigem Gehalt zu unterscheiden. Das insbesondere dann, wenn ein Freibetrag auf der Lohnsteuerkarte eingetragen war. Mehrere Tage und viele Tests waren erforderlich. Kern legte die zu erzielenden Abzüge und das jeweilige Nettogehalt vor. Herr Dienstbier steckte nach jedem Fehlversuch seine farblich unterschiedlichen Kabel in andere Buchsen seines Steckkastens und die Maschine (eine IBM 423) ratterte und druckte das Ergebnis aus. Mal war die Steuer richtig errechnet, mal die Sozialversicherungsbeiträge. Man verabredete sich auf den nächsten Tag. Dienstbier war zäh und der Gehaltszahlungstermin rückte näher. Dann war es geschafft, alle Varianten waren richtig berechnet. Die Gehaltsabrechnung konnte laufen. Alle Lochkarten für die Personalabteilung wurden in einem speziellen Schrank in der EDV-Abteilung aufbewahrt, nur Herr Dienstbier und Kern hatten einen Schlüssel hierzu.

Beim Ausdrucken der Gehaltsabrechnung musste Kern zugegen sein, wegen der Geheimhaltung. Die EDV-Leute grinsten. Einer nahm eine Lochkarte aus einem Stapel, hielt sie gegen das Licht und sagte zu Kern gewandt: „Herr Kern, Ihr Gehalt ist ja ganz ordentlich, gemessen an Ihrem Alter." Kern war überrascht. Zahlen konnte auch er auf der Lochkarte entziffern, aber Namen nicht.

Auf der Karte war kein Name aufgedruckt, lediglich Zahlen sowie Löcher waren vorhanden und die konnten diese Operatoren in Buchstaben übersetzen.

Es war illusorisch anzunehmen, dass man vor diesen Experten die Personaldaten verborgen halten könnte. Sie könnten dies, selbst wenn er daneben stand, ohne dass er es merkte, mit dem Doppler vervielfältigen.

Die beiden Operatoren, die mit Personaldaten umgingen, wurden zur Geheimhaltung verpflichtet. Eine Gehaltszulage war ihnen sicher. Das Projekt war damit für Kern positiv abgeschlossen.

Alle Daten für die Brutto- und die Netto-Gehaltsabrechnung wurden zur zentralen Datenerfassungsabteilung ins Werk Hattingen gesandt. Rund 50 Locherinnen, später Datentypistinnen genannt, saßen in Reihen nebeneinander an ihren Lochern und stanzten Löcher in Lochkarten. Der Leiter der Truppe saß etwas erhöht am Stirnende des Lochsaales, so hatte er den erforderlichen Überblick über die nicht einfache Frauenmannschaft.

In den Lochsälen entstand schnell Zank und Streit, wenn es bei der Einteilung der Arbeit vermeintlich ungerecht zuging. Der Krach der Lochmaschinen war für sensible Frauen kaum zu ertragen. Die Gehälter waren aber durchaus attraktiv und die Arbeit schnell zu erlernen. Die Fluktuation war gleichwohl hoch, Halbtagstätigkeit war an der Tagesordnung. War die vorgesetzte Person, die die Verantwortung für die gerechte Verteilung der Arbeit an die Mitarbeiterinnen sowie für die termingerechte Datenerfassung hatte, ein Mann, gab es untereinander weniger Streit als bei einer Frau als Vorgesetzte. Der Krankenstand war stets überdurchschnittlich hoch. Ein großer Teil der Frauen betrachtete ihre Tätigkeit als vorübergehend und lukrativ für die Aufbesserung des Familienbudgets. Wer von diesen tapferen Frauen die Erfinderin des sinnigen Spruchs in großen Lettern an der Stirnwand des Lochsaales gewesen war, ist nicht überliefert. Es muss eine Frau gewesen sein. Der Spruch lautete: „Lochen und gelocht zu werden, ist das größte Glück auf Erden."

Umzug und Umorganisation

Eines Morgens, gleich nach Dienstbeginn, der Schalter der Personalabteilung war noch nicht geöffnet, klopfte „Don Heino", wie der Leiter der Sozialabteilung genannt wurde, Herr Hein, laut an die Glas-Schiebetür des Schalters. „Macht mal auf", rief er. Jeder kannte seine morgendlich raue, verkaterte Stimme. Kern schob die Scheibe an die Seite: „Was gibt's so wichtiges am frühen Morgen?" Don Heino steckte seinen Kopf durch die Schalteröffnung und rief laut: „Wisst Ihr das Neueste?" und fuhr fort, „Wir kommen alle nach Essen!" „Was, wieso, warum, wann?" riefen die Sachbearbeiter aus. Auch die aus dem Nebenraum kamen schnell dazu. Don Heino sagte noch „Ich halte Euch auf dem Laufenden, ich muss jetzt weg" und ging. „Da ist auf jeden Fall was dran" meinte Thiem, „Don Heino weiß immer als Erster, was sich so tut".
Herr Kahn ging sofort zum Chef und erkundigte sich. Als er zurück kam, bestätigte er die Information. „Der Chef wird uns gleich unterrichten, jetzt wo die Sache bekannt ist, wird er uns offiziell informieren." Es war wie Don Heino es ausgeplaudert hatte. Der Chef informierte: Drei Unternehmen, darunter auch wir, haben fusioniert. Der Sitz des neuen Unternehmens ist Essen. Macht Euch keine großen Sorgen, wir sind die aufnehmende Gesellschaft!".

Kern diskutierte mit Pitt über die neue Situation. Bei der Größe des neuen Unternehmens musste mit ziemlicher Sicherheit die Personalabteilung für Angestellte neu strukturiert werden. Das musste sich auf die Kollegen sowohl in Kerns Umgebung als auch auf die „Neuen" auswirken. Personalveränderungen standen an. Die Frage war, ob man nach „oben" gespült werden würde oder nach „unten". Vorteilhaft war dabei, dass man bei der aufnehmenden Gesellschaft war. Pitt sah das genauso.

Der Termin des Umzugs war noch nicht fixiert, da gab es die ersten Veränderungen. Willibald ging wie geplant mit 65 Jahren in Pension. Auch der Büroleiter, Herr Thiem, wollte nicht mit nach Essen. Für ihn wurde eine einvernehmliche Regelung gefunden. Er sollte sich noch um die Restabwicklung am derzeitigen Firmensitz kümmern und danach ebenfalls in Rente gehen.

Die Personalakten der „Neuen Kollegen" wurden eingehend unter die Lupe genommen. „Die kochen auch nur mit Wasser", stellte Pitt fest. „Hast du gesehen, dass unsere neuen Kollegen durchweg eine Gruppe höher gruppiert sind als wir?" „Das habe ich mit Freude bemerkt," sagte Kern dazu, „was meinst du, Pitt, werden wir höhergruppiert oder die heruntergestuft?". „Das ist doch klar, wir werden höhergruppiert!" Kern frohlockte: „Das denke ich auch!". Er überschlug ungefähr die Gehaltserhöhung, die zu erwarten war, rund 300,-- DM monatlich.

„Dafür muss eine alte Frau lange stricken". Pitt lachte, Kern stimmte in das Lachen ein.

Es ging nun Schlag auf Schlag. Der Chef stellte allen Kollegen einen neuen Leiter der Personalabteilung, seinen Stellvertreter und potenziellen Nachfolger, Herrn Diplom Volkswirt Raick, vor. Eine neue Zeit begann, im Ton, in den Anforderungen, in der Organisation der Personalabteilung. Ein neuer Name machte Karriere: „Zentralbereich Personalwesen (ZP)". Raick lud alle „Mitarbeiter ZP" zu sich nach Hause ein. Wanderlieder wurden gesunden, die er mit der Gitarre begleitete. Kern nutzte die Gelegenheit, auch zu spielen. Raick bekam den nötigen Einblick in seine neue Truppe. Er führte Einzelgespräche mit jedem Mitarbeiter.

Als er erfuhr, dass Kern an der Verwaltungs- und Wirtschaftsakademie (VWA) in Bochum studierte, war das das Hauptthema seines Gesprächs mit ihm. Raick beendete das Gespräch mit den Worten: „Machen Sie mir ja ein gutes Diplom, ich habe noch Einiges mit Ihnen vor." Kern war von dem neuen Chef und von dem Gespräch positiv beeindruckt. Die beruflichen Aussichten waren also weiter ausgezeichnet. Kern legte sich auch stets „voll ins Zeug", geriet jetzt aber zusätzlich weiter unter Druck, ein ordentliches Diplom „hinzulegen".

Weitere organisatorische Änderungen wurden bekannt gegeben. Die Zentrale Gehaltsabrechnung bekam einen Leiter mit Kern als Stellvertreter. Kerns Abrechnungsvolumen betrug nun 1200 Angestellte. Keiner hatte mehr Angestellte abzurechnen als er. Kern hatte keine Ambitionen in Richtung Leiter Gehaltsabrechnung. Er interessierte sich mehr in Richtung Personalplanung und hoffte, in der ebenfalls neu gegründeten Abteilung „Personalplanung und -einsatz" später nach dem Diplom eingesetzt zu werden.

Der geplante Umzug nach Essen hatte sich immer wieder verzögert, kam aber nun zustande. Das vorgesehene Verwaltungsgebäude der neuen Unternehmenszentrale war noch nicht ganz bezugsfertig, erwies sich aber jetzt schon als zu klein. Umgezogen wurde trotzdem.

Der Zentralbereich Personal (ZP) konnte im Gebäude der Konzern-Mutter-Gesellschaft unterschlüpfen. Ein modernes Hochhaus mit rund 22 Stockwerken, mit drei Aufzügen, davon einer speziell für den Vorstand der nur bis zum 17. Stockwerk fuhr.

Die Büroausstattung bestand einheitlich aus modernen Stahlmöbeln in hell- und dunkelgrau. Alles prima, bis auf die enge Bürosituation bei der Kern zunächst im 4. Stockwerk, später im 14. Stockwerk mit einer sehr guten Aussicht auf die Essener Innenstadt, untergebracht wurde.

Im 20. Stockwerk befand sich eine ausgezeichnete Kantine, in der ein schmackhaftes Essen ausgegeben wurde. Donnerstags war sogar ein Frisör im Haus, wie er dem Telefonverzeichnis entnehmen konnte.

Inmitten dieser Neuerungen fiel auch der Termin der Vergabe der Diplomarbeit an der VWA Bochum. Die ersten Themen der Sechs-Wochen-Arbeit waren bereits verteilt. Einer, der bei Aral in Bochum beschäftigt war, bekam das Thema: Ist das deutsche Tankstellennetz noch ausbaufähig? Ein anderer, der bei einem Röhrenhersteller tätig war, erzählte, bei seinem Thema müsste er in der Einleitung erstmal den Unterschied zwischen Rohren aus Beton und Röhren aus Stahl herausarbeiten.

Kern schauderte es bei dem Gedanken, ein für ihn, der sich ganz auf Personalarbeit spezialisiert hatte, neutrales Thema zu bekommen. Es war jedoch auch möglich, ein selbstgewähltes Thema aus dem Personalwesen, z.B. über Personalplanung zu wählen, allerdings nur als Zehn-Wochen-Arbeit. Die Anforderungen an die Qualität einer solchen Arbeit waren wesentlich höher, sagte man ihm auf der Geschäftsstelle der VWA. Egal, da muss ich durch, meinte Kern und spekulierte darauf, dass die Dozenten vom Personalwesen am wenigsten „Ahnung" hätten. Bisher war jedenfalls in den Vorlesungen noch nie ein Personalthema behandelt oder erwähnt worden. Er besprach sein Thema "Personalplanung in industriellen Großbetrieben" mit Herrn Raick, der davon sehr angetan war und vorschlug, im Thema auch auf die Deckung des Personalbedarfs einzugehen. Sein Thema wurde angenommen. Kern machte sich an die Arbeit.

Die neue Heimstätte

Kerns Frau drängte ihn seit längerem sich nach einer größeren Wohnung oder nach einem Haus umzusehen. Eine Wohnung bei zwei kleinen Kindern zu bekommen, erwies sich als aussichtslos. Die Situation war mittlerweile auch deshalb außerordentlich dringlich geworden, weil er im laufenden Jahr die Verdienstgrenze für den Erhalt von Landesmitteln überschreiten würde. Im vergangenen Jahr lag sein Einkommen noch darunter. Eile war geboten, denn ohne die zinsgünstigen Landesmittel (1,5 % p.a. Zinsen) hatte er keine Chance, ein Haus finanzieren zu können. Die Suche führte ihn im November 1963 zur Siedlungsgesellschaft Westfälisch-Lippische Heimstätte und zu einem Freund, mit dem er oft mit dem Fahrrad zur Arbeit gefahren war. „Franz-Jupp, Mensch, wie lange haben wir uns nicht gesehen? Was machst Du hier?" Franz-Jupp lachte: „Und wir haben uns doch wiedererkannt. Tja, ich vertrete hier meinen erkrankten Chef. Was führt Dich zu uns?" Kern schilderte ihm seine Situation. Nach Prüfung der Bauvorhaben dieser Heimstätten-Gesellschaft kam für Kerns Familie nur ein Projekt am Stadtrand in der Nähe einer Autobahn-Auffahrt infrage. Es handelte sich um ein Vorrats-Bauvorhaben für fünf Reihenhäuser, das bereits in Angriff genommen worden war, d.h. es war bereits ausgeschachtet und der Rohbau begann. Die Fertigstellung war für Ende des nächsten Jahres geplant. Ein Haus davon war noch zu haben. Der jetzige Bewerber bekam das Eckhaus mit seinem 936 m² großen Grundstück nicht finanziert, das Mittelhaus konnte er jedoch stemmen. Für Kern wiederum kam nur ein Eckhaus infrage, für das Mittelhaus konnte er sich nicht erwärmen. „Franz-Jupp, was machen wir jetzt?" fragte Kern. „Also, ich bin froh, wenn ich das teure Eckhaus verkauft habe. Du kriegst das Reiheneckhaus und der andere bekommt das Mittelhaus, dann wäre mir und euch Beiden geholfen." „Gut, ich bin einverstanden, aber Du musst mich bei der Finanzierung beraten". „Das mache ich natürlich, das ist mein Job. Fangen wir vorne an, das Haus kostet 82.500,-- DM. Wie hoch ist Dein Eigenkapital?" „Zurzeit 5.000,-- DM", antwortete Kern, „ich habe vor kurzem erst einen VW-Käfer gekauft." „Das ist wenig, Du musst im August nächsten Jahres 17.000,-- DM haben, das ist Bedingung. Aber bis dahin ist noch etwas Zeit, schaffst Du das?" „Das kriege ich hin, es sind noch neun Monate, das muss ich schaffen, so oder so", Kern wurde es etwas mulmig zumute, aber da musste er durch. Ein vergleichbares Haus in Essen wäre wesentlich teurer gewesen. Weil Eigenleistungen möglich waren, stand am Ende der Besprechung die Finanzierung – auf dem Papier:

Eigenkapital	17.000,-- DM
Hypothek	41.500,-- DM
Darlehen „Junge Familie"	4.000,-- DM
Landesmittel	<u>20.000,-- DM</u>
Gesamt	82.500,-- DM

Kern unterschrieb den sogenannten Träger-Bewerbervertrag und legte die erforderlichen 50,-- DM auf den Tisch. Mit allen Plänen und Baubeschreibungen versehen und mit gemischten Gefühlen fuhr er nach Hause. Was würde seine Frau dazu sagen, die er vor vollendete Tatsachen stellen musste. Zu Hause angekommen stürmte ihm der ältere Sohn entgegen. Seine Frau, den Kleinen auf dem Arm, begrüßte ihn: „Na, wie war's, hast du etwas Brauchbares für uns gefunden?"

„Ich glaube schon", Kern legte den Aktenordner auf den Tisch. „Ein Reihenhaus, ganz in der Nähe deines Geburtshauses." Seine Frau, Tochter eines kleinen Bauunternehmers, prüfte fachmännisch die Unterlagen. „Halte mal den Kleinen und kümmere dich um den Großen. Das sieht gar nicht mal so schlecht aus, ich weiß genau, wo das liegt, das Haus ist nach Süden ausgerichtet, wir hätten einen schönen Garten, etwas groß, aber prima. Wann müssen wir uns entscheiden, wir sollten nicht zögern, sonst ist es weg.". Kern war erleichtert, „Ich habe den Träger-Bewerber-Vertrag bereits unterschrieben, da kann nichts mehr dazwischen kommen, es sei denn, ich trete zurück. Dann wären die 50,-- DM futsch".

„Nein, nein, nein, wir treten nicht zurück, endlich haben wir das Richtige gefunden. Gut, dass du sofort zugegriffen hast." Kern holte eine Flasche Sekt aus dem Keller: „Darauf trinken wir einen Schluck!"

Bis spät in die Nacht wurde ausgemessen, geplant und diskutiert. Ein Etat wurde aufgestellt, das erste Ziel, die 17.000,-- DM im August, waren sozusagen schon vorhanden.

Der Wintermantel des Psychologen

Während Kerns Studium an der VWA Bochum wurde lediglich ein einziges Mal ein Vortrag über Betriebspsychologie angeboten. Obwohl es kein Prüfungsfach war, ging Kern hin. Im Gegensatz zu seinem Förderer Raick, der der Meinung war, „Wer Psychologie studiert, hat es selbst nötig", interessierten ihn zunehmend Fragen zur Arbeitsmotivation, Arbeitszufriedenheit und Arbeitsgestaltung.

Die Vorlesung war nur unterdurchschnittlich besucht. Der Dozent war ein schmächtiger, mittelgroßer, etwas betrübt dreinblickender Psychologe, der seine Zuhörer keineswegs mitriss.

Kern wurde auch erst dann richtig aufmerksam, als der Dozent auf einen seiner praktischen Einsätze vor Ort zu sprechen kam, die er in einem metallverarbeitenden Betrieb durchgeführt hatte. Nach seiner Auffassung wurde er viel zu spät konsultiert.

An unterschiedlichen Maschinen der Metallbearbeitung ereigneten sich über Jahre hinweg immer wieder Unfälle verschiedenster Art, bei denen das Bedienungspersonal zu Schaden kam. Es handelte sich oft um leichtere Unfälle an Fingern und Händen aufgrund von Unachtsamkeit und/oder Konzentrationsschwächen. Das kam ab und zu auch bei anderen gleichgelagerten Fertigungsschritten vor, jedoch nicht in annähernder Häufigkeit wie bei einer Gruppe, die im Übrigen besonders erfolgreich war, was die Zahl der gefertigten Teile und deren Qualität betraf. Der Gruppenleiter war deshalb im Unternehmen auch besonders angesehen und mehrfach belobigt und ausgezeichnet worden.

Nun geschah es, dass einem in der Probezeit befindlichen Mitarbeiter die rechte Hand und mehrere Finger gequetscht wurden. Die Abteilung Arbeitssicherheit, der Betriebsrat und die Herren der Berufsgenossenschaft, die sich ebenfalls mit dem Unfall befassten, waren bestürzt und ratlos, wieso schon wieder ein Unfall an dieser Stelle passierte. Sie beschlossen einvernehmlich nun erstmalig einen Betriebspsychologen hinzuzuziehen, sozusagen als "ultima ratio". Das war unser Dozent!

Aufgrund der Vorgeschichte ließ er sämtliche technischen Belange dieses Falles außer Acht und konzentrierte sich ausschließlich auf die Mitarbeiter der Gruppe und deren Leiter.

Bereits nach wenigen vertraulichen Gesprächen war für ihn klar, der Gruppenleiter war die Ursache. Nach ca. drei Tagen lagen seine Expertise und sein Lösungsvorschlag der Betriebsleitung vor. Die fiel allerdings aus allen Wolken. Ausgerechnet dieser tüchtige Mann? Nein, das konnte nur ein Irrtum sein. Sie wurden eines Besseren belehrt. Unser Dozent fand heraus, dass dieser tüchtige Gruppenleiter sich jeden neuen Mitarbeiter persönlich „unter vier Augen zur Brust nahm" mit folgender Ansprache: „Jetzt pass mal gut auf, wir sind hier die beste und erfolgreichste Truppe. Wir haben den höchsten Akkordlohn des Betriebes und das soll auch in Zukunft so bleiben, ist das klar? Wenn du mitziehst, geht es dir hier gut. Wenn nicht, mache ich dich fertig. Also, reiß dich zusammen!"

Seine Körperfülle und seine ins brutale gehende Gebärde ließ seine Drohung besonders wahrscheinlich erscheinen. Diesem täglichen psychischen Druck, den er auf seine Mitarbeiter ausübte, konnten einige Mitarbeiter nicht standhalten und machten immer wieder Fehler.

Der Gruppenleiter musste gehen, eine Versetzung war wegen seines Verhalten nicht möglich. Die eingespielte Gruppe atmete auf und erzielte ähnlich gute Resultate wie vorher – ohne Unfälle. So weit, so gut. Der Dozent konnte stolz und zufrieden mit seinem Erfolg sein.

War er aber nicht, weil er nach seiner Meinung der Betriebsleitung aufgrund seiner Unerfahrenheit viel zu früh sein Gutachten erstellt hatte. So reichte sein Honorar – wie er sagte – gerade einmal für den Kauf eines Wintermantels für seine Frau, den sie dringend benötigte. Heute, mit seinen Erfahrungen, hätte er mindestens drei Tage länger geforscht und einen weiteren Gutachter herangezogen, um ganz sicher zu gehen. Sein Honorar wäre doppelt so hoch gewesen und ein Kollege hätte auch noch etwas abbekommen. Damit beendete der Dozent seine Ausführungen.

Zum Schluss, insbesondere mit dem praktischen Fall und dem geringen Honorar, war es doch noch interessant geworden, stellte Kern fest. Er machte sich auf den Heimweg. Es war kühl draußen, ein Mantel wäre jetzt nicht schlecht, dachte er.

Betriebswirt VWA mit Folgen

Am 31.12.1964, mitten in der Vorbereitung zur mündlichen Diplomprüfung, hatte Kern unter Protest der Siedlungsgesellschaft aus steuerlichen, d. h. aus finanziellen Gründen, mit seiner Familie sein Reihenhaus in Datteln bezogen. Das Geländer an der Kellertreppe, Teile der Handläufe im Treppenhaus sowie einige Fußleisten waren noch nicht angebracht. Die Innentüren waren ebenfalls noch nicht eingebaut. In die Türlöcher eingenagelte Wolldecken hielten die Wärme der Heizung im Raum. Die Sylvester-Feier war deshalb unvergesslich.

Am 14.01.1965 fand die mündliche Diplomprüfung statt. Er bestand die Prüfung zum Betriebswirt VWA nach sieben Semestern Abendstudium mit der Gesamtnote gut.

Stolz präsentierte er sein Diplom dem Senior-Chef. „Für meine Personalakte." Der empfing ihn freundlich lächelnd mit drei Flaschen Birnenschnaps. „Die hatte ich Ihnen leichtsinniger Weise versprochen. Nochmals herzlichen Glückwunsch."

Kern erinnerte sich zwar an sechs Flaschen versprochenen „Williams Christ", seines bevorzugten „Absackers", aber drei Flaschen waren auch okay.

Mit den Flaschen im Arm ging er zurück zu seinem Arbeitsplatz und stellte sie auf seinen Schreibtisch. „Die habe ich soeben von unserem Chef bekommen, die nehme ich nicht mit nach Hause, die gebe ich heute aus!"

Kurz vor Feierabend hatte er noch belegte Brötchen organisiert. Die improvisierte Feier kam an. Weitere Kollegen kamen hinzu, auch die Chefs schauten vorbei. Bald waren 2 Flaschen geleert, so „auf die Schnelle" tat der 40 %ige seine Wirkung.

Mit Mühe wurden die Personalkarten eingeschlossen und man machte sich lärmend und lachend auf den Heimweg. An der Straßenbahnhaltestelle köpfte Kern die 3. Flasche. Man fror, es war kalt und das verführte dazu, noch einen „Schluck aus der Pulle" zu nehmen. Kern wusste nicht, wie er nach Hause und ins Bett gekommen war.

Kern dachte, dass nunmehr der gewaltige „Stress", die Anspannung, in der er sich insbesondere im letzten Jahr befunden hatte, nun von ihm abfiel.

Das Gegenteil war der Fall. Er schlief schlecht, träumte, oft ziemlich realistisch, von der mündlichen Prüfung, in der er durchfiel. Er fühlte sich müde, zerschlagen und lustlos. Abends war er völlig fertig. Die Arbeit verlangte volle Konzentration. Das ging über Monate so. Schließlich ging er auf Drängen seiner Frau zum Arzt.

Der prüfte als Erstes seinen Blutdruck. „Herr Kern, Sie haben einen Blutdruck von sage und schreibe 90 zu 60. Sind Sie noch nicht umgefallen? Wären Sie Arbeiter auf einer Baustelle, müsste ich Sie aus dem Verkehr ziehen und Sie krank schreiben." Na gut, wenigstens nichts Ernstes, dachte sich Kern, nahm brav seine Pillen ein, auch mittags, im Vorraum der Toilette. Dabei überraschte ihn sein Senior-Chef, Herr Friedrich: „Zeigen Sie mal, was nehmen Sie da ein? Aha, die nehme ich auch, kommen Sie in einer halben Stunde zu mir!" Friedrich empfing ihn mit den Worten: „haben Sie noch Resturlaub?" „Ja, zehn Tage, wenn ich mich nicht irre." „Gut, ich habe gerade mit der Deutschen Gesellschaft für Kur- und Erholungsheime telefoniert, wir haben dort einen Freiplatz für drei Wochen. Den bekommen Sie, unter Anrechnung auf Ihren Resturlaub. Der Termin und der Kurort werden Ihnen in Kürze mitgeteilt. Sprechen Sie mit Ihrer Krankenkasse, dass sie die ärztlichen Anwendungen übernehmen!" „Herzlichen Dank, Herr Friedrich", brachte Kern etwas fassungslos heraus. „Schon gut". Kern verließ sein Zimmer und unterrichtete Herrn Raick. Der wusste Bescheid und überreichte ihm seine Versetzung in die Gruppe Personalplanung, verbunden mit einer Gehaltserhöhung auf 1.400,-- DM ab dem 1.3.1965 und mit der Übernahme ins außertarifliche Arbeitsverhältnis. „Weiter so, Herr Kern, ich zähle auf Sie, aber das wissen Sie ja!"

Puh, etwas viel auf einmal, stellte Kern fest, war aber mächtig stolz.

Die Kneipp-Kur in Grasellenbach im Odenwald war ein voller Erfolg. Bereitwillig folgte er den Anweisungen des Kurpersonals. Schon die Rosmarin-Bäder in einer zwei Meter Badewanne, in der er sich bei seiner Körpergröße voll ausstrecken konnte, waren ein bisher nie gekanntes Vergnügen.

Eine „Badeschwester" war ausgesprochen klein, rund 1,50 m. Sie versicherte Kern, froh darüber zu sein. Die großen Menschen müssten sehr früh Verantwortung übernehmen. Außerdem könnten sie sich schlecht verstecken, sie würden immer auffallen. Sie war eine kleine Philosophin und er musste ihr Recht geben. Wenn einer auffiel, dann er. Seine Länge hatte aber auch Vorteile. Statistisch verdienen groß gewachsene Menschen mehr als Kleine, hatte er mal gelesen.

Kern konzentrierte sich ganz auf seine Gesundheit. Den Ratschlag seines Betreuers, jedesmal nach den Anwendungen, wie z. B. Unterarmbäder kalt-warm, Oberschenkelguss, Blitzguss, Massagen: „Herr Kern, jetzt eine Stunde Bettruhe, keine Kriminalromane, keine Börsenberichte!", folgte er ohne Ausnahme. Kurschatten sowie abendliche Kneipenbesuche lehnte er ab, was bei seinen Kur-Kollegen auf Unverständnis stieß. Die ersten 14 Tage war er sowieso gegen neun Uhr abends so müde, dass er fast ins Bett fiel.

Dann aber schlug die Kur voll an, er fühlte sich so gut, dass er zwei Tage vor Ende der erfolgreichen Kur einvernehmlich mit dem Kurarzt die Kurklinik verließ. Zwei Tage zu Hause vor dem Dienstantritt waren auch nicht zu verachten und gehörten zum Kurerfolg. Die Familie freute sich, dass er wieder zurück war.

Im neuen Haus, insbesondere im großen Garten, war viel zu tun. Mit der Siedlungsgesellschaft war noch Einiges zu klären. Da die Finanzierung mit der „heißen Nadel auf Kante genäht" war, musste so viel wie möglich in Eigenleistung erfolgen.

In der Personalplanung

Kern meldete sich nach seiner Kur voller Tatendrang und ausgeruht beim Senior- und Junior-Chef zurück. Er wurde bereits erwartet. Herr Raick stellte ihm seinen neuen Vorgesetzten vor, Herrn Diplom Volkswirt Schachtberger, den Leiter Personalplanung und -Einsatz. Zur Gruppe gehörte noch eine erfahrene Sekretärin, die bereits bei Schachtbergers früherem Arbeitgeber seine Sekretärin gewesen war. Ein eingespieltes, aber zu sehr miteinander verbandeltes Gespann, wie Kern bald feststellen konnte. Egal, er freute sich auf seine neue Aufgabe und war Schachtbergers Vertreter. Aufgrund seiner Diplomarbeit über Personalplanung war er theoretisch bestens vorbereitet für seine Aufgaben.

Es galt zunächst, die unterschiedlichen Systeme in den drei Werken in ein einheitliches EDV-gestütztes Informationssystem für den neu geschaffenen Konzern aufzubauen. Das war wichtig für alle Bereiche, sei es der Einkauf, Verkauf, das Rechnungswesen, aber selbstverständlich auch für das zentrale Personalwesen Angestellte (ZP). Neben der Forderung nach weiteren Kostensenkungen war zu prüfen, ob die geplanten oder erwarteten Einsparungen durch die Fusion auch eingetreten waren und/oder ab wann das der Fall sein würde. Mit Hilfe von Indizes wollte man das herausarbeiten. Als Ausgangspunkt wurde das Jahr 1960 bestimmt und mit 100% angesetzt. Es bestand ein Einstellungstopp. Die durchaus erwünschte Fluktuation durfte allerdings nicht zu negativen Auswirkungen in den betroffenen Bereichen führen. Der Senior-Chef legte deshalb Wert darauf, über alle Kündigungen im Angestelltenbereich informiert zu werden. Der Altersaufbau, Fehlzeiten, Doppelbesetzungen, die zwangsläufig durch die Fusion eingetreten waren, mussten überprüft werden. Das Verhältnis Arbeiter zu Angestellten war auch ein wichtiges Indiz. Eine Doppelbesetzung in der Spitze ergab sich durch die drei Arbeitsdirektoren der drei „mitbestimmten" Unternehmen. Das Problem wurde gelöst, indem einer in den „wohlverdienten" Ruhestand verabschiedet wurde. Der Zweite, Dr. Eversen, wurde Arbeitsdirektor für die Angestellten, der Dritte, Herr Hahne, Arbeitsdirektor für die Lohnempfänger. Eine Trennung der Zuständigkeit in Arbeiter und Angestellte war für die Arbeitsdirektoren völlig neu und wohl nur für einen Übergang gedacht. Das Verhältnis Arbeiter zu Angestellte betrug ca. fünf zu eins, d. h. ein Angestellter kam auf fünf Arbeiter. Allerdings war seit längerem ein Trend zu mehr Angestellten erkennbar.

Das Übergewicht des Arbeitsdirektors Arbeiter wird sich auf Dauer durchsetzen, war allgemeine Meinung.

Kern machte in seiner neuen Aufgabe lediglich Grundsatzarbeiten. Das war durchaus wichtig, er kam sich jedoch öfter vor, als schreibe er an einer neuen, jetzt aber praxisbezogenen Diplomarbeit. Seine Berichte nahm Herr Schachtberger ohne Kommentar entgegen. Höchstens kam mal ein kurzes „Ich sehe mir das in Ruhe an und komme darauf zurück." Es kam aber nie eine Reaktion.

Nach dem Besuch eines Lehrgangs zusammen mit einem erfahrenen Kollegen aus einem Werk über „Stellenbeschreibungen und Führungsanweisungen" in Bad Harzburg (Harzburger Modell) wurde die Überlegung, Stellenbeschreibungen einzuführen, fallen gelassen.

Kern wäre gern auf dem Gebiet Personalbeschaffung und Einsatz tätig geworden. Das machte Schachtberger aber selbst, oder Herr Raick.

Der Mantel des Vorstandsvorsitzenden

Einmal im Jahr, jeweils Anfang Dezember, fand ein Treffen aller Führungskräfte des Konzerns im Saalbau statt. Mehrere Mitarbeiter der Hauptverwaltung wurden für die reibungslose bzw. störungsfreie Organisation der wichtigen Veranstaltung abgestellt.

Kern betrachtete es als Auszeichnung, dass Herr Raick ihn dafür auserkoren hatte. Er lernte dadurch die Abteilungsleiter auch aus den Werken kennen - und diese auch ihn. Noch wichtiger fand Kern, dass er auf diese Weise die Ausführungen des Vorstandsvorsitzenden zu hören bekam. An der Saaltür stehend und darauf achtend, dass diese immer geschlossen war, erfuhr er die neuesten Entwicklungen der Montanindustrie in Europa und speziell die Unternehmensentwicklung und –philosophie, die Unternehmenszahlen sowie die Vorausschau auf die kommenden Jahre aus erster Hand. Dies vor dem Hintergrund von Überkapazitäten, für die man selbst gesorgt hatte, in dem man z. B. „sogar den Italienern" komplette Stahlwerke verkauft hatte, deren Produkte nun auf den Markt drängten.

Bereits vor der Veranstaltung hatte Kern am Eingang zum Saal darauf zu achten, dass jeder Teilnehmer, mit Ausnahme des Vorstands, sich in die Anwesenheitsliste eintrug. Die Liste bestand aus den Spalten Laufende Nummer, Name, Funktion, Abteilung oder Werk sowie der Unterschrift. Kern achtete darauf, dass jeder sich vollständig eintrug. Dabei war er durchaus beharrlich, aber immer freundlich.

Eine Führungskraft trug als Funktion Handlungsvollmacht ein, was ja ein Zeichnungsrecht war, aber von Kern nicht verhindert werden konnte. Der Nächstfolgende, ein Prokurist und Hauptabteilungsleiter, betrachtete nachdenklich die Funktionsbezeichnung und bemerkte zu Kern gewandt: „Handlungsvollmacht müsste man haben!", trug sich ein und betrat den Saal.

Kern kannte den Handlungsbevollmächtigten. Er war bekannt dafür, dass er jeden Morgen bei Dienstbeginn es so einrichtete, sich im Treppenhaus zu befinden, wenn der Kaufmännische Vorstand das Haus betrat. Mit einem Blatt Papier in der Hand kam er eilig tuend die Treppenstufen herunter und begrüßte seinen obersten Dienstherrn.

Kern wusste, dass er die kleinere kaufmännische Nebenabteilung Statistik leitete und in dieser Nische mehr oder weniger festsaß. Immerhin hatte er es mit seiner Methode zum Handlungsbevollmächtigten gebracht.

Am Schluss der Veranstaltung drängten die Herren (weibliche Führungskräfte waren nicht darunter) zur Garderobe. Einzelne Begrüßungen und Gespräche zwischen Herren, die sich lange nicht gesehen hatten, fanden statt. Die Herren erhielten ihre zumeist dunkelgrauen und schweren Wintermäntel und verabschiedeten sich. Die Gruppen lösten sich langsam auf. Der Vorstandsvorsitzende erschien, umgeben von seinen Assistenten, verlangte ebenfalls seinen Mantel. Noch ganz in Gedanken zog er ihn an, der Mantel passte ihm nicht. Ein Assistent suchte nach, alle Mäntel waren abgeholt worden, nur seiner hatte bis zuletzt dort gehangen. Kein Zweifel, der Mantel war vertauscht worden. Ausgerechnet der Mantel des Vorstandsvorsitzenden! Eine Katastrophe! Raick war richtig sauer. „Sowas darf einfach nicht passieren", befand er.

Im folgenden Jahr erhielt Kern, der wieder zu den Organisationshilfen gehörte, den Auftrag, sich ganz speziell um den Mantel des Vorstandsvorsitzenden zu kümmern. Als dieser seinen Mantel bei der Garderobiere abgeben wollte, nahm Kern ihn entgegen. Der Vor-

standsvorsitzende zögerte: „Im letzten Jahr ist mein Mantel vertauscht worden", sagte er dann.

Kern erwiderte: „Ich weiß, deshalb stehe ich im Auftrag von Herrn
Raick hier und kümmere mich speziell darum." „Danke." Der Mantel
wurde von ihm separiert. Die Garderobiere wurde von Kern verdon-
nert, darauf besonders acht zu geben. Kurz vor Schluss der Veranstaltung ging Kern in die Garderobe, legte den Mantel über seinen
Arm und händigte ihn persönlich an den Vorstandsvorsitzenden aus.
„Vielen Dank, junger Mann", sagte dieser und lächelte.

Leiter Personalplanung und -einsatz

Schachtberger war seit längerem reizbar und nervös. Das übertrug
sich auch auf seine Sekretärin. Er wurde immer öfter kurzfristig zum
Junior-Chef gebeten und kam stets mit rotem Kopf wieder zurück
und schimpfte über unberechtigte Kritik an seiner Arbeit. Es wurde
offensichtlich, Schachtberger kam mit dem Junior-Chef Raick, beide
Diplom-Volkswirte, nicht zurecht. Er fühlte sich unter Wert behandelt.
In einer Überreaktion aus seiner Frustration stellte er vorn auf seinem Schreibtisch ein nicht zu übersehendes Schild in der Größe von
rund 50 cm Breite und rund 15 cm Höhe auf, mit dem Spruch versehen: „Ständige Kritik wirkt destruktiv". Kern war sich sicher, das
konnte auf Dauer nicht gut gehen.

Nach einigen Wochen bat Raick Kern zu sich und legte ihm eine
seiner Ausarbeitungen vor, die Schachtberger wortwörtlich übernommen hatte und mit seiner Unterschrift an Raick weitergegeben
hatte. „Sehen Sie sich das an." „Das ist meine Darstellung, ohne
Zweifel", stellte Kern fest, „Schachtberger wollte sich das ansehen

und dann mit mir darüber sprechen. Also, das macht man nicht." „Genau, ich kenne doch Ihre Formulierungen und auch seine." Raick fuhr fort: „Ich muss Ihnen mitteilen, dass Schachtberger gekündigt hat. Ich habe ihm die Kündigung nahegelegt und ihn nach längerer Diskussion mit sofortiger Wirkung beurlaubt. Seine Sekretärin nimmt er wieder mit, sie hat auch selbst gekündigt."

Kern war überrascht:" Ich hätte nicht gedacht, dass das so schnell gehen würde, aber auf Dauer wäre es sicher nicht gut gegangen, soviel war ich mir sicher." Raick war noch nicht fertig:" Herr Kern, ich biete Ihnen hiermit die Leitung der Gruppe Personalplanung und -einsatz an, Sie haben sich bisher gut bewährt, ich glaube, Sie gut genug zu kennen, dass ich mit Ihnen die richtige Wahl getroffen habe." Kern verschlug es fast den Atem. „Ich danke für das mir entgegen gebrachte Vertrauen, werde auch alles in meiner Macht Stehende versuchen, Ihr Vertrauen zu rechtfertigen, aber was ist, wenn ich es nicht schaffe?"

„Dann müssen Sie kündigen", war die Antwort. Raick konnte knallhart sein.

„Eine Frage habe ich noch, ab wann gilt das?" „Ab sofort, Schachtberger kommt morgen kurz rein, übergibt alles an Sie und dann kann es für Sie losgehen. Besorgen Sie sich eine Sekretärin oder Schreibkraft, möglichst aus dem Hause, Sie wissen, wir haben Einstellungsstopp."

Das waren ja Aussichten, ging es Kern durch den Kopf. „Bekomme ich Bedenkzeit?", fragte er. „Ja, bis morgen. Sie werden das schon hinkriegen."

Kern besprach die Sache mit seiner Frau. „Das schaffst du, da bin ich mir sicher, ich kenne deinen Ehrgeiz. Was du dir vorgenommen hast, hast du bisher immer geschafft", meinte sie.

Am anderen Tag musste Kern sofort zu Herrn Raick. Der hatte nichts als seine Zusage erwartet und sagte: „Da kommt gleich ein Lehrling zu Ihnen, hier ist die Akte, der drei Tage unentschuldigt gefehlt hat. Kümmern Sie sich um die Sache, der Abteilungsleiter weigert sich, ihn weiter in seiner Abteilung auszubilden. Er stellt ihn uns zur Verfügung. Unterrichten Sie mich, wie die Sache ausgegangen ist!"

Kern ging zurück in sein Zimmer, da stand der junge Mann, Schachtberger und seine Sekretärin waren nicht da. Kern übernahm den Schreibtisch von ihm. „Nehmen Sie Platz und berichten Sie mir, was dazu geführt hat, dass Sie drei Tage unentschuldigt gefehlt haben. Aber ich will die volle Wahrheit hören, wenn ich etwas für Sie tun soll, haben Sie das verstanden?" Der junge Mann berichtete eingeschüchtert und kleinlaut, aber mit klaren, deutlichen Worten. Kern fand ihn, er war 19 Jahre alt, sehr sympathisch, sein Äußeres war ordentlich, den Kopf hielt er oben, obwohl es um diesen ging. Kurz gesagt, er hatte mit seiner Freundin, deren Eltern im Urlaub waren, ungestört 48 Stunden sozusagen im Bett verbracht. Danach ist bei ihnen langsam der Verstand wieder zurück gekehrt. Sie machten sich gegenseitig die heftigsten Vorwürfe, dass jeweils der eine den anderen verführt hatte und dass jetzt fürchterliche Folgen für ihr weiteres Leben zu erwarten waren.

Kern bewunderte ihn im Stillen, ja beneidete ihn regelrecht. Was wäre gewesen, wenn ihm das beschert worden wäre. Er wäre sicher brav gewesen, so weit hätte er es gar nicht erst kommen lassen, aber vielleicht auch nicht. Er riss sich zusammen, die Sache musste geregelt werden, das war klar, und zwar durch ihn.

„Ich will sehen, was ich für Sie tun kann, nehmen Sie draußen auf dem Gang zum Fenster Platz, ich rufe Sie dann."

Der Ausbildungsleiter, den er als ersten anrief, hatte bisher keine Auffälligkeiten an dem jungen Mann entdeckt, im Gegenteil, der Lehrling gehörte zu den Besten seines Jahrgangs. Das ist schon mal positiv, dachte sich Kern, und eine Entlassung wäre insofern unangebracht. Der Leiter der Abteilung, in der er zuletzt ausgebildet worden war, musste erst überzeugt werden. „Machen Sie mit ihm, was Sie wollen, ich will ihn jedenfalls hier nicht mehr sehen." „Nun mal langsam, der Junge soll richtig gut sein, wie mir berichtet wurde", gab Kern zu bedenken. „Sie waren doch auch mal jung! Ich jedenfalls bin der Meinung, das Ganze nicht über zu bewerten, die Ausbildungsstation in Ihrer Abteilung ist für den Lehrabschluss zwingend erforderlich. Wie hat er sich denn bei Ihnen in der Abteilung verhalten? Ich habe bisher nur Gutes über ihn vernommen."

„Eigentlich ganz gut, bis auf das unentschuldigte Fehlen. Die Burschen machen mittlerweile, was sie wollen. Eigentlich bräuchten die mal einen Tritt in den Hintern."

Das hörte sich auch nicht schlecht an. Kern musste ein Ende finden: „Also, der Bursche hatte drei Tage Urlaub, verstehen Sie, er wird sich morgen bei Ihnen entschuldigen, und das war es." „Nun gut, ich will ihm ja nichts Schlechtes, aber auf Ihre Verantwortung". „Ich danke für Ihr Verständnis." Kern atmete auf. Er rief den jungen Mann zu sich herein, besprach alles mit ihm, auch die Anrechnung auf seinen Urlaub. Der war mit allem einverstanden, bedankte sich höflich und ging.

Sein erster Fall als kommissarischer Leiter Personalplanung und -einsatz war zu aller Zufriedenheit gelöst. Raick war auch zufrieden. „Wusste ich doch, dass Sie das hinkriegen!" mehr Lob war nicht zu erwarten. Eine passende Schreibkraft war schnell gefunden. Kern verließ sich ganz auf den Leiter Ausbildung, Diplom-Handelslehrer

Weitz, ein äußerst erfahrener Ausbildungsleiter, der im Laufe seiner 20-jährigen Tätigkeit mehrere Hundert Lehrlinge ausgebildet hatte. Einer seiner Wahlsprüche lautete: „Lieber ein guter Zweier als ein sehr guter Einser, die bleiben nicht lange im Unternehmen".

Seine Empfehlung, Fräulein Rose, war tüchtig, flott und zuverlässig. Darüber hinaus war sie vorzeigbar und verschwiegen.

Der Junior-Chef

Ob Herr Dipl. Volkswirt Raick vor seinem Eintritt ins Unternehmen bereits Führungsverantwortung trug, war nicht bekannt. Im Krieg ja. Es wurde kolportiert, dass er mit 25 Jahren bereits Oberleutnant und Chef einer Flak-Batterie war, die zum Ende des Krieges auch im Bodenkampf eingesetzt wurde.

Kern konnte sich keinen besseren Chef wünschen als Herrn Raick. Nach seiner Meinung besaß Raick eine fast natürliche Autorität und Ausstrahlung als Führungskraft. Seine Anweisungen waren zwar kurz und bündig, jedoch immer unmissverständlich und kompetent. Das kam Kern entgegen. Er brauchte keine großen Erläuterungen einer notwendigen Entscheidung.

Raick arbeitete insgeheim an seiner externen Promotion. Kern half ihm, indem er die notwendige Literatur beschaffte. Das Inhaltsverzeichnis tippte er ab und verfasste eine kurze Zusammenfassung über die Tendenz des Inhalts. Raick war davon sichtlich beeindruckt. Kern hütete sich zu sagen, dass er die Kurzbeschreibungen und Zusammenfassungen im Buch dazu benutzt hatte.

In Gesprächen etwas außerhalb der Geschäftsordnung kam Raick auch auf Themen zu sprechen, die eventuell etwas mit seiner Promotion zu tun hatten.

„Was schätzen Sie, Herr Kern, wie viel Prozent der Unternehmensentscheidungen gehen auf rationelle Überlegungen oder auf Gefühle zurück?" Kern hatte keine Ahnung, tippte entgegen seiner Meinung auf „Fifty – fifty.". „Nein, Sie werden es nicht glauben, aber 80 % aller Unternehmensentscheidungen beruhen auf Gefühlen und nur 20 % auf rationellen Überlegungen." „Donnerwetter, das hätte ich nicht gedacht.", äußerte Kern und fragte: „Werden deshalb so viele Fehler 'da oben' fabriziert?" „Das kann man so nicht sagen, denn falsche Entscheidungen, die zum Beispiel zu Pleiten führen, werden eher publiziert als richtige." Raick war nun in Schwung und dozierte munter weiter über Führungskräfte und ihre Einsamkeit an der Unternehmensspitze. Kern hörte aufmerksam zu.

Schnell war Raick beim Thema Hahne, mit dem er wohl seine Schwierigkeiten hatte. Arbeitsdirektor Hahne war seiner Meinung nach als Führungskraft in der Erstposition. Er kam direkt aus Frankfurt, der IG-Metall-Zentrale. Jede Führungskraft hat irgendwann mit dem Führen angefangen. „Führungskraft zu sein bedeutet nicht gleichzeitig führen zu können. Führen ist erlernbar. Aber was bedeutet führen? Die Antwort ließ nicht lange auf sich warten. „Führen ist die unmittelbare Einwirkung des Vorgesetzten auf seine Mitarbeiter". Führen bedeutet Macht, und Macht macht einsam. Je höher man aufsteigt, desto dünner wird die Luft da oben. Kommt man damit nicht klar, braucht man einen Termin beim Psychotherapeuten.

Kern unterbrach: „Hahne hat, nach seinem Verhalten zu urteilen, keine Probleme in dieser Hinsicht." Raick korrigierte: „Wenn er sie hat, und das ist zu vermuten, reagiert er sich an seinen Mitarbeitern ab. Das wäre auch eine probate Möglichkeit. So, Herr Kern, jetzt machen wir Schluss für heute."

Alle Einstellungen bedurften der Genehmigung durch den Vorstand. Der Zentralbereich Personal (ZP) hatte vorher die Maßnahme zu prüfen und entscheidungsreif zu kommentieren, insbesondere zur Kostensituation. Lagen z. B. zwei Austritte vor, wurde eine Ersatzeinstellung in der Regel genehmigt. Kern bereitete die Vorstandsvorlagen hierzu vor.

Es handelte sich im Grunde um eine Liste im DIN A4-Querformat in der Kern den dringenden Personalbedarf der Werke, getrennt nach Werk, Abteilung, Berufsbezeichnung, Begründung sowie Wirtschaftlichkeit zusammenfasste.

Herr Raick legte die Liste im wöchentlichen Jour-Fix dem Arbeitsdirektor Hahne zur Genehmigung vor. Das ging auch lange Zeit gut. Dann ging Hahne auf Konfrontationskurs zu Raick. Aus Vorsicht, die Liste könnte abgelehnt werden, legte Raick sie Herrn Hahne gar nicht erst vor, wenn dieser schlecht gelaunt war. Die Ersatzeinstellungen drohten dann zu scheitern, denn die guten Bewerber hatten auch anderweitig ihre Chancen.

Darauf angesprochen erklärte Raick: „Es tut mir leid, Herr Kern, aber die Verhältnisse waren stärker." Dieses Schlagwort benutzte er immer dann, wenn er sich nicht durchsetzen konnte. Schließlich und endlich bekam Kern dann doch seine Genehmigungen.

Kern war für die formelle Durchführung der Einstellungen für die Hauptverwaltung zuständig. Die Vorstellungsgespräche führte Herr Raick. Einmal übergab er ihm Personalunterlagen zur Ausfertigung des Arbeitsvertrages. Kern konnte die Gehaltsvereinbarung aber nicht finden. Bei der Nachfrage schlug sich Raick an den Kopf: „Ich habe mit dem Bewerber darüber eingehend gesprochen, aber versäumt, es abschließend zu vereinbaren. Schauen Sie sich den Mann nochmal genau an und erledigen Sie das. Im Übrigen bin ich der Meinung, Sie sollten die Einstellungsgespräche in Zukunft allein mit den Abteilungsleitern führen. Wenn die Verhältnisse im Rahmen liegen, haben Sie freie Hand." „Ich danke Ihnen", konnte Kern nur noch überrascht und zufrieden äußern. In hohem Maße motiviert ging er seiner Arbeit nach.

Raick hatte zwei Söhne. Der Ältere war offenbar gut geraten, hatte ein gutes Abitur gemacht und studierte, wie er früher, Volkswirtschaft. Mit dem Zweiten war er nicht so recht zufrieden. Er meinte, der Junge hätte mehr aus sich machen können. Alles an ihm war mehr oder weniger durchschnittlich, das Abitur hatte er versaut, weil er zu bequem gewesen war und sich nicht konzentrieren wollte oder konnte. Im zweiten Anlauf hatte er es dann doch geschafft und sich anschließend freiwillig für zehn Jahre zur Bundeswehr gemeldet, um dort zu studieren und eventuell eine Offizierslaufbahn einzuschlagen. „Auch jetzt weiß er immer noch nicht, was er mal werden will", sagte er zu Kern. Raick meinte daraus ableiten zu können, dass bei mehreren Söhnen der erstgeborene Sohn der Tüchtigere sei. Kern konnte dieser Ansicht nichts abgewinnen.

Bei den bisherigen Vorstellungsgesprächen, insbesondere von jungen Bewerbern, forschte Raick stets nach, ob dieser noch Geschwister hatte und ob er der Ältere oder der jüngere sei. Und auch, was der ältere oder jüngere Bruder beruflich machte. War seine Ansicht bestätigt, bemerkte er zufrieden: „Sehen Sie, Herr Kern, genau das, was ich immer gesagt habe. Die Erstgeborenen sind die Erfolgreicheren, sie strengen sich einfach mehr an und sind ehrgeiziger. Achten Sie darauf, dass Sie diese für uns gewinnen, bei denen besteht eine größere Aussicht, dass sie sich bei uns gut entwickeln." War das Ergebnis genau umgekehrt, bemerkte er lakonisch: „Die Ausnahme bestätigt die Regel".

Der Inder

Ein Personalengpass bestand bei Dipl. Ingenieuren der Fachrichtung Eisenhüttenwesen. Die gesamte Branche hatte auf diesem Gebiet Nachwuchssorgen. Das lag vor allem daran, dass technisch interessierte Abiturienten Mitte der 60er Jahre vor allem Kerntechnik studieren wollten. Diese Studienrichtung war besonders gefragt und bot außerordentlich gute Zukunftsperspektiven, wie allgemein angenommen wurde.

Kern suchte deshalb unter anderem den Kontakt zur Technischen Universität Berlin, um eventuell auf diesem Wegen einen Absolventen der Studienrichtung Eisenhüttenwesen zu bekommen. In dem Jahr schlossen lediglich vier Studenten diese Fachrichtung ab. Unter diesen Vieren war ein Inder, dessen Bewerbung recht bald bei Kern auf dem Schreibtisch lag. Im Werk waren die Fachleute zwar grundsätzlich interessiert, zögerten aber einen Vorstellungstermin hinaus.

Mehrere Tage später, der Bewerbungsvorgang war bei Kern etwas in den Hintergrund geraten, erhielt er einen dringenden Anruf der Sekretärin des Senior-Chefs. Er solle den unangemeldeten Besucher beim Chef übernehmen, der unten beim Empfang sitzt.

Dort saß der besagte Inder mit seinem Koffer. Der erklärte Kern, er käme von Professor Schneider der TU Berlin und wäre bereit, seinen Dienst anzutreten.

Kern war perplex und zündete sich erstmal mit zittrigen Händen eine Zigarette an. In seinem Zimmer angekommen, bot er seinem Besucher eine Flasche Mineralwasser und ein Glas an. Herr Singh hatte offensichtlich eine lange und trockene Reise hinter sich, übersah das Glas und nahm einen langen tiefen Schluck „aus der Pulle". Das bekam ihm gar nicht. Die Kohlensäure stieg ihm in die Nase und er prustete den Schluck über den Schreibtisch. „Excuse me, please, it was too much soda.", keuchte er.

Kern hatte sich inzwischen gefangen. „Zeigen Sie mir mal Ihren Arbeitsvertrag." „Ich habe nichts Schriftliches. Aufgrund Ihrer Anfrage bei Professor Schneider habe ich eine Bewerbung an sie geschrieben, habe keine Absage erhalten, also bin ich eingestellt."

Kern wurde die Sache langsam zu bunt. „So ist das keineswegs, Herr Singh. Eingestellt sind Sie erst, wenn Sie eine Arbeitsvertrag geschlossen haben." „Geben Sie mir einen. Ich unterschreibe ihn sofort."

Der will mich auf den Arm nehmen, dachte Kern. Irgendwie muss ich diesen nicht unsympathischen Irren aber loswerden.

Er telefonierte mit dem Personalleiter des Werkes. In der Qualitätsstelle lag tatsächlich ein grundsätzliches Interesse vor. Man wäre bereit zumindest ein Bewerbergespräch zu führen, weil er nun mal da wäre. Kern atmete auf.

Singh bekam einen Arbeitsvertrag, zunächst auf Probe im Lohnverhältnis, in der Qualitätsstelle.

Kern hatte den Vorfall längst vergessen, als Singh in anrief und ihn um Unterstützung bei seiner Übernahme ins Angestelltenverhältnis bat. Dabei stellte sich heraus, dass Singh sich gut eingearbeitet hatte und gute Chancen dazu bestanden. Kern rief ihn zurück und erklärte ihm, dass er in seiner Sache einen „Silberstreif am Horizont" sehen würde. Singh konterte sofort: „Ich will nicht sehen Silberstreif, ich will sehen Goldstreif."

Das am meisten gelesene Buch der Welt

Die Reaktion des Arbeitsdirektors auf Kerns Ausarbeitung über die Fluktuation im Angestelltenbereich und damit verbundene Einsparungen hatte lange auf sich warten lassen. Er hatte Raick bereits mehrfach darauf angesprochen, wobei dieser jedesmal sagte, „die liegt noch beim Vorstand". Dann bekam er einen Termin zur Rücksprache bei Hahne, und zwar sofort.

Kern erwartete einen größeren Gesprächskreis, zumindest den Junior-Chef dabei anzutreffen, als er das Zimmer von Hahne betrat. Er hatte kaum die Tür hinter sich geschlossen, als ihm seine Liste entgegen geflogen kam und knapp vor ihm auf den Boden flatterte. Hahne schrie ihn an: „Wissen Sie, was das am meisten gelesene Buch auf der Welt ist?" „Ich nehme an, die Bibel", konterte Kern unerschrocken. „Nein, das ist das Buch über die deutschen DIN-Normen. Und darin steht, dass ein Heftrand 20 mm beträgt. Das ist bei Ihrem Konvolut nicht der Fall. Es ist eine Zumutung für mich und ich erwarte in Zukunft eine formgerechte Ausarbeitung. Haben Sie mich verstanden?" Damit war Kern entlassen.

Er hob die Liste vom Fußboden auf und verließ das Zimmer. Der Inhalt seiner nicht den deutschen DIN-Normen entsprechenden Ausarbeitung schien nicht von Interesse zu sein.

Er schaute sich die Liste noch einmal an, seine DIN A 4 Liste im Querformat. Der Heftrand oben war tatsächlich etwas knapp geraten. Aber mit etwas Wohlwollen? „Am Inhalt hatte er nichts auszusetzen gehabt", berichtete er Herrn Raick. Der meinte dazu, „Das geht mir auch so, seit Monaten ist Hahne nicht zu genießen. Er ist mit nichts einverstanden, geschweige denn zufrieden. Sie sind so gesehen ganz gut dabei weggekommen."

Kern wollte wissen: „Wieso berichten wir in Angelegenheiten der Angestellten an Hahne und nicht an Dr. Eversen, das ist doch unser zuständige Vorstand? Hat sich da etwas geändert, was ich nicht mitbekommen habe?" Raick sah Kern an: „Dr. Eversen hat sich krank gemeldet, wann er zurück kommt, steht in den Sternen."

„Aha, so läuft der Hase". Kern konnte sich diese Bemerkung nicht verkneifen. „Hahne hat also den Diadochenkampf an der Spitze gewonnen". Eigentlich war das kein Wunder, die Zahl der Arbeiter, für die Hahne Arbeitsdirektor war, war wesentlich höher als die Zahl der Angestellten. Dazu kam, dass die Person Dr. Eversen, ein eleganter, intellektueller, zum friedlichen Miteinander neigender Mann, gegen den bulligen, bärbeißigen, extrem durchsetzungsfähigen, manchmal furchterregenden Typus von Hahne keine Chance hatte. Dem wird man die Durchsetzung weiterer extrem schwieriger Einsparmaßnahmen eher zugetraut haben als Dr. Eversen. „Das wird sich auf die personelle Struktur in ZP auswirken, wenn auch nicht sofort", meinte Kern. „Das werden wir sehen, wir machen weiter gute Arbeit und lassen alles an uns herankommen", schloss Raick. Kern dachte jedoch weiter. Man darf gespannt sein, wann die „Einschläge" näher kommen. Kam Raick als Nächster ins Fadenkreuz von Hahne?

Zweifellos war die Verkleinerung des Personalvorstands von zwei auf einen – allerdings erst auf längere Sicht – ein wesentlicher Einsparungserfolg, wenn man an den hierdurch ausgelösten Wegfall des Vorzimmers, des Assistenten, des Fahrers mit Auto, dachte. Wie lange laufen solche Verträge? Dr. Eversen war Jurist, so einer lässt sich nicht übers Ohr hauen. Hatte Herr Raick nicht immer darauf hingewiesen, dass Personalkosten Fixkostencharakter haben? Hier hatte er mal wieder Recht, denn die Pension musste man auch einrechnen.

Die Leistungs-Reserve

Herr Raick, wie immer dynamisch und ideenreich, überlegte, wie man dem Einstellungsstopp begegnen könne. Er forderte seine Gruppenleiter, darunter auch Kern, auf, nach vermeintlichen Leistungsreserven im Mitarbeiterbereich Ausschau zu halten. Er verstand darunter die Mitarbeiter, die, aus welchen Gründen auch immer, z. B. weil sie sich nicht gut verkaufen konnten, deshalb unter Wert, d. h. unter ihren Möglichkeiten arbeiteten.

Auslöser war ein Diplom-Volkswirt, also einer mit der gleichen Ausbildung wie er, der in der Kostenabteilung als untergeordneter Sachbearbeiter tätig war. „Hier ist noch Potenzial. Das muss nur geweckt werden. Versetzt ihn auf eine höherwertige Position.", ordnete er an. Der Mann war Mitte 40 und seit vielen Jahren im Unternehmen tätig. Er verrichtete seine Arbeit ordentlich und zuverlässig. Es hatte vor Jahren Versuche gegeben, ihn weiter zu entwickeln, aber es klappte einfach nicht mit ihm. Er war dann auf seiner jetzigen Position gelandet und damit zufrieden. Er galt als nicht förderungswürdig und nicht förderungswillig.

Gleichwohl musste mit ihm gesprochen werden. Der Diplom-Volkswirt stäubte sich mit Händen und Füßen gegen eine Versetzung. Er verstand nicht, warum er seine Funktion verlassen sollte, wo doch sein Vorgesetzter immer mit ihm zufrieden war. Kritik an seiner Arbeit hätte es nie gegeben.

Raick machte sich selbst ein Bild von seiner „Leistungsreserve". Der potenzielle Abteilungsleiter hatte ihn angefleht: „Verschonen Sie mich bitte mit diesem Schwachkopf. Ich kenne ihn. Ich kann ihn nicht gebrauchen." Ernüchtert stellte Raick nach dem Gespräch abschließend fest: „Man kann wohl aus einem Ackergaul kein Rennpferd machen. Dennoch haltet weiter Ausschau nach förderungswürdigen Mitarbeitern."

Der „trockene" Werkstoffprüfer

Für Kern lief es weiter wie geschmiert. Mit der Ernennung zum Gruppenleiter war auch eine nicht unerhebliche Gehaltserhöhung verbunden. Da Schachtberger mit seiner Sekretärin „eingespart" wurde, konnte man die Maßnahme gut positiv darstellen.

Der Einstellungsstopp in der Hauptverwaltung und im größten Werk musste durchgehalten werden. Die Kurve des Personalbestandes musste nach unten zeigen und das möglichst steil.

In einigen Bereichen wurde es durch die natürliche Fluktuation bereits eng, z. B. in der Werkstoffprüfung und im „Verkauf Ausland" des Werkes.

Ein vorliegender besonders dringender Einstellungsantrag eines Werkstoffprüfers im Werk schien daher nur eine Routinesache zu sein. Auffallend war, dass der Bewerber bei seiner ansonsten akkuraten Bewerbung die Stationen seiner beruflichen Entwicklung nur in Jahren angab. Beim Abgleich mit den durchaus ordentlichen Zeugnissen fehlten 3 Monate! Im Werk hatte man offenbar beide Augen zugedrückt angesichts der Qualitäten des Bewerbers. Ein zusätzliches Vorstellungsgespräch in der Zentrale bei Kern wurde erforderlich, in dem der Bewerber, der dabei ansonsten einen vorzüglichen Eindruck machte, verlegen damit herausrückte, dass er die fehlende Zeit in einer Alkoholentziehungskur verbracht hatte. Er wäre aber seit Jahren „trocken". Angesichts des dringenden Bedarfs wollte Kern den Bewerber nicht sofort ablehnen sondern schilderte den Fall seinem Vorgesetzten Raick. Der zeigte Verständnis, wollte aber ebenfalls keine Zustimmung erteilen, sondern beriet sich mit dem Senior-Chef. Der entschied, dass man ohne die Zustimmung des Personalvorstandes Hahne hier nicht weiter käme. Und der lehnte ab!

Es half nichts, Kern musste dem Bewerber absagen, obwohl man ihn dringend gebraucht hätte. Kern war enttäuscht, der Bewerber ebenso.

Kern diskutierte die Angelegenheit mit seinen Kollegen, denn für ihn war bei allem Verständnis ein Unbehagen zurückgeblieben. „Wie kommt so ein Bewerber wieder auf die Beine? Er braucht eine Chance. Hätte ich sie ihm geben sollen?" „Nein.", meinte ein Kollege. „In unserem angesehenen Traditionsunternehmen können wir uns so eine schwierige Resozialisierung nicht leisten. Nicht auszudenken, wenn die Sache schief geht. Wir in der Zentrale wären die Dummen. Draußen würde man sagen: „Wir haben Euch ja die Sache zur Genehmigung vorgelegt. Ihr habt entschieden, jetzt seht zu, wie Ihr da auch wieder herauskommt. Sie haben richtig gehandelt. Gut, dass Sie den Vorgang nicht durchgewinkt haben.", war die einhellige Meinung.

Das Thema Alkohol im Betrieb ging Kern jedoch nicht so schnell aus dem Kopf. Tatsächlich war Alkoholgenuss in Maßen in verschiedener Form fast überall anzutreffen, wenn man darauf achtete. Er wurde insgesamt und in der Abteilung zu leicht genommen, meinte er.

Verbarg sich nicht hinter dem Ordner mit dem großen „A" immer eine Flasche Sekt, der regelmäßig bei Geburtstagen oder anderen, zu besonderen Anlässen erklärten, Begebenheiten von bestimmten Kollegen ausgeschenkt wurde? „Ein Gläschen in Ehren kann (schließlich) niemand verwehren." und „Auf Ihr Wohl – auf dass Ihre Kinder lange Hälse kriegen.", hieß es dann.

Zwischen zwei gegenüberstehenden Schreibtischen fand Kern einmal einen Kasten mit Bier. Das gefiel ihm gar nicht. Er plädierte für Kaffee und Kuchen und praktizierte es, wenn möglich, auch.

Einer sehr hageren 55-jährigen Kollegin in der Parallel-Abteilung wurde öfter mal schwindelig. Ein „wissender" Kollege brachte ihren Kreislauf dann mit einem „dreifachen" Weinbrand wieder in Schwung.

Je mehr Kern über das Thema Alkohol nachdachte, desto mehr fiel ihm darüber ein. Bei einem früheren Arbeitgeber besorgte der Bote, ein altgedientes Original und Faktotum, für die ältere, ebenso altgediente Vorstandssekretärin schon mal belegte Brötchen und Bonbons mit alkoholischem Inhalt. Sie war jedes Mal empört, wenn „Williken" die (eingepackten) Mitbringsel aus seiner Hosentasche, heimlich tuend, auf ihren Schreibtisch beförderte.

Besondere persönliche Erinnerungen hatte Kern an den Bauleiter einer Großbaustelle, an den er neben dem Auftrag auch die dazugehörenden Mitarbeiter übergeben sollte. Kern war gewarnt worden. Der Bauleiter wäre unberechenbar und würde bereits zum Frühstück um 10:00 Uhr seinen Kaffee mit einer gehörigen Portion Hochprozentigem zu sich nehmen.

Kern hatte sich mit einer Portion Ölsardinen zum Frühstück gewappnet. Zu viel stand auf dem Spiel. Der Bauleiter kam vor dem Genuss des Kaffees mit Weinbrand – oder war es Weinbrand mit etwas Kaffee – und einer Zigarette nicht zur Sache. Er schenkte Kern mit einem prüfenden Seitenblick ebenfalls ein.

Als Kern ohne mit der Wimper zu zucken, beiläufig bei seiner Vorlage den sogenannten Kaffee austrank, war der Bann gebrochen und er hatte bei der Auswahl und Übergabe der Leute keine Probleme. Wie der Herr so's G'scherr! Kern erinnerte sich, dass der Anteil an alkoholsüchtigen Mitarbeitern in dem Werk am höchsten war, in dem der Werksleiter zur morgendlichen Meisterbesprechung ein Tablett mit Schnaps herumreichte.

Im Grunde gab es nur Wenige im Unternehmen, die „ins Glas spuckten". Bei Betriebsfesten wurde ordentlich gebechert. Kollegen, die nicht trinkfest waren, wurden geringschätzig betrachtet. Man konnte selbst einen Stiefel vertragen und einer, der sich noch nicht mal „anständig besaufen konnte", war kein Kerl.

Das wird in Heißbetrieben oder in der Prüfstelle, wo die Werkstoffprüfer arbeiteten, nicht anders sein, zumindest war das zu befürchten.

In einem solchen trinkfesten Umfeld, wie stark muss einer sein, hier nicht rückfällig zu werden.

Kern war wieder mit sich im Reinen und beschloss, in Zukunft ähnlich gelagerte Fälle wie bei dem Werkstoffprüfer, von vornherein auf seiner Ebene abzulehnen. Übertriebene soziale Skrupel konnte er sich in seiner Position nicht leisten. Die Verhältnisse waren eben so.

Rotstifte

Hahne war unerbittlich, seine Laune stets schlecht, immer unzufrieden mit den Ergebnissen der Kostensenkungsmaßnahmen, die bis in den hintersten Winkel des Sozialbereiches ausgedehnt wurden.

Kern nahm an den Verhandlungen mit dem Betriebsrat als Protokoll-
führer teil, die bis in die Nachtstunden andauerten, mehrfach unterbrochen wurden, im kleinen Kreis weiter geführt wurden, wohl wissend, dass es am Ende zu einem Ergebnis, d.h. zu einer Einsparung
führen musste. Raick ärgerte sich schwarz, wenn Hahne am Ende
einer langen Besprechung unsachlich gegen die Ausrichtung des
anschließenden kurzen Abendessen losbrüllte, wer den Tisch in der
Kantine hergerichtet hätte, der mit Bierflaschen und belegten Brötchen etwas spartanisch aber dem gegebenen Anlasse entsprechend
gedeckt war. Mit den Worten: „Sind wir hier etwa auf Schicht?", knallte er sein gefülltes Bierglas auf den Tisch, sodass es zerbrach und
das Bier umher spritzte.

Wenige Tage (Abende) zuvor hatte er sich darüber erregt, dass nach
einer anstrengenden, langen abendlichen Sitzung mit dem Betriebsrat, die Kantine hatte längst geschlossen, das Abendessen in einem
gutbürgerlichen Lokal stattfand. „Meine Herren, hier kann man sehen, wie mit dem Geld des Unternehmens umgegangen wird, wo
Sparsamkeit angebracht gewesen wäre." Ohne ein weiteres Wort
verließ er das Lokal.

Ohne den Arbeitsdirektor ging die Besprechung beim Abendessen
weiter und zwar etwas sachlicher und nicht mehr so emotional,
nachdem die Teilnehmer gesättigt waren.

Abgekämpft, um Mitternacht, an der Theke, streckte der Betriebsratsvorsitzende die Waffen. Da er selbst keine Kinder hatte, ließ er
sich herab, den „uralten Betriebskindergarten" im Werk, der sowieso
ziemlich heruntergekommen war, weil die von ihm seit vielen Jahren
geforderten Renovierungsmaßnahmen immer wieder abgelehnt wurden, und der nur noch von wenigen Kindern besucht wurde, mit den
Worten zu opfern,: „Wer Kinder in die Welt setzt, muss sich auch um

sie kümmern." Damit folgte er in etwa der Argumentation der Personalleitung.

Kern notierte für das Ergebnisprotokoll: „Damit war der Kindergarten
der Hütte weg."

Und da man gerade in Schwung war – und der Gerechtigkeit halber
– wurden auch die Zuschüsse für den St. Martinszug an einem anderen Standort und für den Nikolauszug eines weiteren Zweigwerks
gestrichen.

Die personellen Einsparungsmaßnahmen sollten nach und nach
auch den als unproduktiv verschrieenen Angestelltenbereich in den
Betrieben und in der Zentralverwaltung erreichen, denn der Einstellungsstopp zusammen mit der natürlichen Fluktuation zeigte zwar
Wirkung, aber nicht in dem erforderlichen oder gewünschten Maße.
Es wurden Kündigungen ausgesprochen, vorzeitige Pensionierungen durchgeführt. Listen über Mitarbeiter oder Mitarbeiterinnen mit
der Steuerklasse IV, d.h. es gab einen mitarbeitenden Ehegatten,
wurden erstellt und den Bereichen zugestellt, eine sozial verträgliche
Auswahl sollte dadurch erfolgen. Einige Bereichsleiter tobten. Ausgerechnet ihre besten Mitarbeiterinnen oder Sekretärinnen waren
darunter.

Hahne nahm das unter anderem zum Anlass, Raick weiter unter
Druck zu setzen, den dieser, den so leicht nichts erschütterte, nur
schwer verkraftete, wenn er unsachlich war.

Der Dackel mit der roten Zunge

Raick ließ ein Relief aus Ton anfertigen, auf dem ein schwarzer Dackel auf grünem Hintergrund mit einer langen heraushängenden
roten Zunge abgebildet war. Darunter stand der Spruch:
„Wer Andere jagt wird auch mal müde."

Das Relief brachte er höchstpersönlich innen neben der Tür seines
Arbeitszimmers an. Wenn ein Besucher das Zimmer verließ, sprang
ihm die rote Zunge unweigerlich ins Auge. Kern lachte sich schief, es
war zu schön. Bei Schachtberger war ein derartiger Hinweis ziemlich
in die Hose gegangen. Wer gemeint war, war unzweifelhaft. Aber
ließ der sich das gefallen? Wie würde er reagieren?
Es kam, wie es kommen musste. Wenige Wochen später stürzte
Hahne wutschnaubend zu Raick ins Zimmer, in der Hand ein Blatt
Papier, und verlangte Auskunft, was der mit dem Vermerk gemeint
habe, den er in Händen hielt und der ihm nicht gefallen hatte. Raick
nahm Stellung, wie immer sachlich und rhetorisch geschickt und
einleuchtend. Hahne, immer noch wütend und nicht überzeugt von
Raicks Ausführungen, drehte sich herum, knurrte was von „Das prü-
fe ich noch." und wollte das Zimmer verlassen. Dabei fiel sein Blick
auf den Dackel neben der Tür und er schrie: „Das wird sofort entfernt, auf der Stelle!" und zeigte mit dem Finger auf die rote lange
Zunge. Raick machte keine Anstalten diesem Ansinnen zu folgen
und meinte ruhig: „Weshalb denn? Das ist ganz nett. Das bleibt da
hängen." Hahne schrie aufgebracht: „Ich bestehe darauf!", verließ
aber dann doch den Raum.
Bei der nächsten Montagssitzung (Jour-fix im engsten Kreis mit dem
Personalvorstand) hatte Raick nichts zu lachen. Hahne prüfte seine

Darstellungen zur Kostensenkung. Dabei schlug er plötzlich mit der Hand auf den Tisch und sagte, Raick grimmig anschauend: „Wer hat diese Maßnahme zu Top 5 angeordnet? Der kann was erleben!". Raick sah ihn ruhig an. Nach einem kurzen Zögern antwortete er: „Sie, Herr Hahne." Hahne schnappte nach Luft und knurrte ihn drohend an: „Wir sprechen uns noch. Die Sitzung ist geschlossen."

Die Personal-Reserve

Kern berichtete Raick, dass er immer wieder unaufgefordert Bewerbungen sehr gut ausgebildeter Fachleute bekomme, für die er momentan keine Verwendung sähe, die aber auf Dauer interessant werden könnten. Er hatte mehrfach die Unterlagen an die entsprechenden Fachabteilungsleiter gesandt mit dem Vermerk: „Diesen Bewerber sollten Sie sich oder wir uns mal ansehen." Mit Bedauern bekam er stets die Unterlagen zurück. „Sie wissen ja, dass ich zurzeit keine Planstelle für den Bewerber habe, ihn aber auch gut finde." Kern fand das kurzsichtig. Es war aber nicht zu ändern.

Raick sah auch, dass die derzeitige restriktive Personalpolitik sich sehr bald rächen könne: „Denn gute Leute laufen einem nicht jeden Tag über den Weg." Er regte an, eine sogenannte Reserve aufzubauen, auf die man eventuell zurückgreifen könnte. Das hieß, mit diesen guten Bewerbern zu sprechen, obwohl man ihnen zurzeit kein Angebot machen konnte, „aber sehr gern bei Bedarf auf sie zurückkommen würde." Das war verbunden mit dem Einverständnis, die Bewerbungsunterlagen einzubehalten, sozusagen „zu treuen Händen". Die meisten Bewerber gingen darauf ein, hatten sie so zumindest theoretisch „einen Fuß in der Tür".

Auch für den Fall, bei dem er sich bei zwei gleichwertigen und auch sehr interessierten Bewerbern nur für einen davon entscheiden musste, wurde auf Vorschlag von Kern mit dem „Unterlegenen" eine derartige Vereinbarung getroffen, für den Fall, dass der „Sieger nicht einschlägt". Denn trotz sorgfältigster Auswahl könnte man dem Bewerber nur vor den Kopf gucken.

Eine stattliche Anzahl dieser „Personalreserve", wie Herr Raick zu sagen pflegte, hatte sich bereits angesammelt.

Nach einer der üblichen Montagssitzungen bei Hahne kam Herr Raick mit rotem Kopf aber äußerlich ruhig zu Kern ins Zimmer: „Das war wieder der übliche, völlig unnötige aber nervenaufreibende Verlauf. Aber sagen Sie, Herr Kern, haben Sie in Ihrer Personalreserve einen Diplom-Sozialwirt? Herr Hahne hat uns auseinandergenommen, dass wir einen derartigen, insbesondere für die Personalabteilung besonders geeigneten Fachmann nicht in unseren Reihen haben."

Kern erinnerte sich sofort, dass er vor nicht allzu langer Zeit mit einem ausgebildeten Sozialwirt ein sehr angenehmes und aufschlussreiches Gespräch unter Fachleuten geführt hatte und dessen Unterlagen er „selbstverständlich" dabehalten konnte.

„Das habe ich, und zwar einen sehr guten mit einem gradlinigen Werdegang, zurzeit stellvertretender Personalleiter in einem mittleren Unternehmen, bei dem er nicht so recht weiterkommt."

„Kommen Sie sobald wie möglich mit den Unterlagen zu mir.", bat Herr Raick, „Es ist dringend." Kern ordnete die abgehefteten Unterlagen in eine ansprechende Mappe und überbrachte sie an seinen Chef.

„Haben Sie den gesehen?"

„Ja, ich habe ein gutes Gespräch mit ihm geführt und einen sehr guten Eindruck von ihm gewonnen. Wollen Sie ihn sich mal ansehen? Ich würde vorschlagen, dass ich noch heute Abend mit ihm telefoniere, um herauszufinden, ob er noch auf dem Markt ist."

Hoch interessiert überflog Raick die Bewerbungsunterlagen.

„Tun Sie das, und wenn ja, machen Sie kurzfristig einen Termin mit ihm. Herr Friedrich sollte dazukommen. Wenn möglich sollte Herr Hahne im Hause sein."

Der Bewerber war sehr flexibel und die Vorstellung klappte reibungslos. Hahne war sehr zufriedengestellt mit dem Diplom Sozialwirt. Einen Seitenhieb bekam Raick dennoch verpasst: „Da hätten Sie von allein drauf kommen können. Muss ich Ihnen alles vorkauen?"

Der „Neue", Herr Berndt, nahm alle Hürden mit Bravour. Nach kurzer Einarbeitungszeit war er integriert und anerkannt. Aus seinem Auftreten im Werkspersonalwesen war unschwer ersichtlich, dass er als Mann Hahnes eine besondere Protektion genoss. War mit ihm die Jagd auf Herrn Raick eröffnet? Wurde er als potenzieller Nachfolger für Raick aufgebaut? Kern beschloss, auf der Hut zu sein.

Neue Leute kamen, alle aus Hahnes näherem Umfeld, alle mit vorausschauendem Gehorsam ihm gegenüber ausgestattet. Waren das Vorzeichen einer Aufgabe Raicks? Kern konnte das nicht ausschließen und es war ihm klar, dass das nicht ohne Folge für ihn bleiben würde.

Zunächst blieb alles beim alten, auch die montägliche Kanonade auf Raick. Hahne erhöhte den Druck auf ihn, schien ihn aber (noch?) nicht abschießen zu wollen, denn Raick war ein Klasse-Mann und nicht leicht zu ersetzen. Der Dipl. Sozialwirt Berndt brauchte noch einige Zeit der Einarbeitung.

Der tiefe Fall einer Vorstandssekretärin

Die Sekretärin von Hahne, Frau Specht, ledig, mittlerweile schon über 50 Jahre alt, absolut vertrauenswürdig, fleißig, immer für ihn da, war schon bei ihm Sekretärin als er noch nicht zum Arbeitsdirektor hochgespült worden war.

Sie betrachtete das Vorzimmer zu ihrem Chef als ihr Reich, in dem sie allein die Herrscherin war. Dem Arbeitsdirektor Hahne war das nicht entgangen, aber er ließ sie gewähren. Sie passte gut in sein Konzept, Druck aufzubauen. In den letzten Jahren hatte sie sich jedoch eher hin zu einem Zerberus (Höllenhund) entwickelt, der in der griechischen Mythologie vor der Unterwelt (Hades) wachte, damit kein Lebender eindringt. In dieser Betrachtung war die Unterwelt das Zimmer ihres Chefs, was manchem Besucher, etwas überlrieben gesagt, auch so vorkam.

Wenn z. B. gestandene Werksleiter, Bereichs- oder Abteilungsleiter bei Frau Specht um einen Termin bei Herrn Hahne nachsuchten oder dringend benötigten, fragte sie ganz gezielt nach dem Grund hierfür, diskutierte darüber, was im Sinne von Hahne geschehen sollte oder beschied, dass das Anliegen besser schriftlich vorzutragen sei. Legte dann der Betreffende zähneknirschend das Schreiben vor, nahm sie es entgegen bzw. öffnete den Briefumschlag, las es in seinem Beisein durch und entschied nicht selten, dass man das so nicht schreiben könne, empfahl anders vorzugehen und gab den Brief wieder zurück.

Bei den oberen Führungskräften im Unternehmen begann sich riesiger Unmut aufzustauen, was schließlich auch zu Ohren Hahnes drang. Er konnte die Meriten seiner langjährigen Vertrauten nicht ganz außer Acht lassen, ließ sich aber nach Diskussion mit dem

Leiter Personalwesen Führungskräfte darauf ein, eine Zweitsekretärin einzustellen.

Bei der Suche nach dieser Kraft wurde sehr sorgfältig vorgegangen,
sie sollte alle Qualitäten einer exzellenten Vorstandssekretärin mitbringen, entsprechende Erfahrungen haben, dazu jünger sein, damit
kein Konkurrenzkampf im Vorzimmer entstand. Zusätzlich sollte sie
gute Fremdsprachenkenntnisse besitzen, die Frau Specht nicht hatte
und auch angenehme Umgangsformen haben. Nicht zuletzt sollte sie
bereit sein, sich unterordnen zu können, zumindest mittelfristig. Kern
hatte nicht die Möglichkeit, bei der Auswahl mitwirken zu können.
Alles lief im Geheimen ab. Im Verlauf der Suche musste Frau Specht
vorbereitet werden. Ihr Chef bat Frau Specht zu sich und besprach
den Tagesplan mit ihr durch und kam dann zur Sache: „Sie haben ja
doch viel um die Ohren. Das muss ich anerkennen. Wie es aussieht,
wird aufgrund unserer geplanten Rationalisierungsvorhaben noch
mehr auf mich zukommen, mit den Auswirkungen auch auf Ihren
Tätigkeitsumfang. Ich überlege, ob ich Ihnen nicht eine jüngere Kraft
zur Seite stellen sollte, um Sie zu entlasten. Sie wissen, dass 2 Vorstände bereits eine Zweitsekretärin haben."

Das letzte Argument zog besonders. Frau Specht beschlich zunächst bei den Worten ihres Chefs ein eher misstrauisches Gefühl,
das aber sofort verschwand, als er den Vergleich mit den anderen
Vorstandsvorzimmern heranzog. So stimmte sie erfreut zu. Der Arbeitsdirektor sah den Frieden in seinem Vorzimmer gewahrt. Die
Suche und Auswahl wurde forciert. Eine interne Stellenausschreibung wurde nicht in Betracht gezogen, vordergründig wegen fehlen-
den fremdsprachlichen Kenntnissen im Hause. Die Vorstellungsgespräche fanden in Besprechungszimmern von Hotels statt. Der Per-

sonalberater schlug zwei Favoritinnen vor. Eine überzeugte besonders. Der Arbeitsdirektor war sofort einverstanden.

Die Neue, Frau Neumann, hatte sich in wenigen Wochen total eingearbeitet. Sie hatte alle geforderten Voraussetzungen, dazu ein
phänomenales Gedächtnis, bis hin zu Zugverbindungen und Flug-
plänen des Flughafens Düsseldorf. Die Bereichsleiter wandten sich,
wenn möglich, nur noch an sie, wenn es z. B. um Terminabstimmun-
gen, sachdienliche Auskünfte und anderes Wichtiges ging. Frau
Specht wurde regelrecht zurückgedrängt. Spannungen ergaben sich,
die von Frau Neumann herunter aber von Frau Specht herauf ge-
spielt wurden. Dies eskalierte zum Schluss so weit, dass Frau
Specht als die ältere und dienstältere und nicht nur vermeintlich mit
viel mehr Meriten ausgestattete Mitarbeiterin ihres Chefs die Gret-
chenfrage stellte: „Entweder die oder Ich!" Hahne entschied sich
schnell. Es kam wie geplant, Frau Specht wurde zur Betriebskrankenkasse versetzt. Hierfür brachte sie die denkbar schlechtesten
Voraussetzungen mit. Sie wurde für längere Zeit krank. Später reichte es nur noch für die Registrierung von Krankenscheinen. Ihr Gehalt
wurde in mehreren Schritten zurückgestuft, was sich auch verhee-
rend auf ihre Betriebsrente auswirkte.

Frau Neumann beherrschte dagegen ihr Metier virtuos. Eine Zweitsekretärin bekam sie auch bald, die gute schreibtechnische Fähigkeiten hatte, ihr aber darüber hinaus nicht „das Wasser reichen"
konnte. Bei der Auswahl hatte sie maßgebend mitgewirkt.

Dieses harte Vorgehen von Hahne in seinem eigenen Dunstkreis,
dem Vorstandsbüro, war außergewöhnlich.

Ein frühes Kritikgespräch hätte die Dinge wieder ins Lot bringen
können. Schließlich hatte Frau Specht Jahrzehnte treu und gut und
vertrauensvoll mit ihm und für ihn gearbeitet. Hatte sie sich auch

gegenüber Hahne zu viel herausgenommen? Gab es weitere Hintergründe, eventuell alte Rechnungen zu begleichen? Oder Alles gleichzeitig? Vielleicht wollte Hahne auch ein Zeichen setzen, dass sich keiner zu sicher fühlen sollte in diesen schweren Zeiten.

Frau Specht tat Kern leid, aber war sie nicht selbst schuld an ihrer Degradierung?

Vom Sekretär zur Sekretärin

Als Ersatz für Frau Specht wurde, wie selbstverständlich, wieder eine Frau gesucht und gefunden. Ein Mann in dieser Funktion wurde gar nicht erst in Erwägung gezogen. Nicht nur in diesem Fall. Im Hause gab es keinen Sekretär, weder in einem Vorstandsbüro noch anderswo. Assistenten ja. Es gab umgekehrt auch keine Assistentinnen.

Fürs Vorzimmer des Vorstandes, Vorstandssekretärin oder Vorzimmerdame genannt, waren anscheinend nur Frauen, je ansehnlicher desto besser geeignet, zumindest gewollt. Wieso eigentlich, fragte sich Kern? Was spricht gegen einen Sekretär?

Die Fertigkeiten im Schreibmaschineschreiben oder Stenografie waren bei beiden Geschlechtern gleich ausgeprägt. Die Weltmeister im Schnellschreiben auf der Schreibmaschine waren Frauen, sicher, bei der Stenografie waren es jedoch Männer. Die Parlaments-Stenografen sind ausschließlich Männer. Also? Auch die Abteilungsleiter winkten ab. Männer werden aber nicht schwanger – egal. Als Status-Symbol taugten sie jedoch nicht. Das war es! Der Vorstand schmückte sich mit ihnen, zumindest jüngere Vorstände.

Kern dachte weiter. Könnte man sich für die Zukunft vorstellen, wenn z. B. der Vorstand eine Frau wäre, ob dann ihre Sekretärin ein Mann wäre, also ein Sekretär? Ob die Position für einen Mann attraktiv wäre? Am Gehalt könnte es eigentlich nicht liegen, Vorstandssekretärinnen werden überdurchschnittlich bezahlt. Zweifel sind angebracht, der Zug scheint abgefahren. Dabei hat alles ganz anders angefangen:

Sekretär bezeichnete ursprünglich einen Geheimschreiber, dann einen Schreiber oder Schriftführer. Ein Sekretariat war das Amt eines Sekretärs oder einer Schreiberei, einer Schreibstube oder einer Kanzlei, etwa eines Gerichts- oder Stadtarchivs.

Während bis Mitte des 19. Jahrhunderts der Beruf fast ausschließlich durch Männer wahrgenommen wurde, arbeiten heute fast ausschließlich Frauen als Sekretär(in).

In den Vorstandsetagen gibt es keinen Sekretär sondern Assistenten. Sie sind auch „Zuarbeiter" des Vorstands wie Sekretärinnen, würden sich selbst aber nie als Sekretär bezeichnen.

Insofern ist diese Funktion bei den männlichen Arbeitnehmern im Büro völlig ausgestorben. Die „Frau" hat ihn an die Seite gedrängt beziehungsweise völlig verdrängt. Als „Aushängeschild" taugt der Mann einfach nicht. Den Sekretär gibt es als Bezeichnung nur noch in der Beamtenlaufbahn. Sie beginnt in der mittleren Laufbahn als Sekretär, führt über den Inspektor zum Amtmann. Dann gibt es den Begriff noch als Staatssekretär in den Ministerien der Bundes- oder Landesregierungen. Oder als Partei- oder Gewerkschaftssekretär. Das war es aber.

In angelsächsischen Ländern hat sich die Bezeichnung besser gehalten und seine Bedeutung ist darüber hinaus unvergleichlich hoch. Die Minister werden dort Secretary genannt.

Zurück zur Sekretärin: Auch in den Vorzimmern der Haupt- und Abteilungsleiter fungiert ausschließlich und unangefochten die Frau als sogenannte Abteilungssekretärin.

Wer schreibt der bleibt

Was ist damit gemeint? Diese Volksweisheit wird sehr unterschiedlich interpretiert. Die prägnanteste Antwort hierauf gibt Joh. W. v. Goethe: „Was man schwarz auf weiß besitzt, kann man getrost nach Hause tragen." (Faust I).

Man kann getrost davon ausgehen, dass er dies mit dem selbst zugespitzten Federkeil aus einer Gänsefeder und schwarzer Tinte aus dem Tintenfass geschrieben hat.

Die Tinte wurde in Ägypten bereits um 3.000 v. Chr. verwendet. Damit konnte man dann auch das dort kurz zuvor erfundene Papyrus beschreiben beziehungsweise beschriften. Eine Schrift hatten sie ja schon. So passte alles gut zusammen. Gewöhnliche schwarze Tinte wurde lange Zeit aus Ruß und verschiedenen Bindemitteln hergestellt und später immer weiter entwickelt, bis zu der heute gebräuchlichen Tinte. Dabei versuchte man stets eine lichtbeständige und dokumentenechte Tinte herzustellen.

Anfang des 19. Jahrhunderts kam die Stahlfeder auf und fand schnell weite Verbreitung. Die Vogelfeder hatte nach über 1.000 Jahren ausgedient.

Die moderne Weiterentwicklung war der Füllfederhalter, kurz Füller genannt, der Feder und Tinte in einem gemeinsamen Gerät vereint.

Der Füllfederhalter wiederum erfuhr seinen Bedeutungsverlust durch den Siegeszug des Kugelschreibers ab den 40er Jahren des vorigen

Jahrhunderts. Der praktische und unkomplizierte Kugelschreiber überträgt beim Schreiben eine zähflüssige, konzentrierte Tintenpaste aus seiner Vorratsmine auf das Papier. Die ersten Kugelschreiber kamen in Deutschland etwa 1950 auf den Markt. Sie kosteten damals rund 20,-- DM. Die Tintenpaste galt lange Zeit als nicht dokumentenecht. Deshalb wurden Unterschriften bei Verträgen, insbesondere bei den Notaren, nur mit einem besonderen Füllfederhalter mit dokumentenechter Tinte geleistet.

Das änderte sich etwa um die Jahrhundertwende. Es hatte sich herausgestellt, dass nach Überschwemmungen die Unterschriften auf den durchnässten Verträgen in einigen Fällen nicht mehr zu lesen beziehungsweise völlig verschwunden waren. Dagegen waren Vermerke mit dem Kugelschreiber noch gut lesbar. Das führte zu einem Umdenken. Der Kugelschreiber ist heute in Beruf und Alltag so gut wir unentbehrlich geworden.

In den 60er Jahren des vorigen Jahrhunderts trat in den Verwaltungen und Unternehmen eine Entwicklung ein, die man in diesem Ausmaß vorher noch nicht gekannt hat Es wurde in bisher nie gekanntem Maße geschrieben und kopiert, berichtet, prognostiziert, konzipiert, geplant, geprüft, protokolliert, korrespondiert, avisiert, katalogisiert, ermittelt, gerechnet, dokumentiert, archiviert und etwas später immer öfter in fremde Sprachen übersetzt. Verträge wurden immer länger, viel mehr musste bedacht und berücksichtigt werden, da die Vorschriften immer strenger wurden. Die Büroausstattung wandelte sich. Jeder Sachbearbeiter bekam ein Telefon. Wo früher im Kopf gerechnet wurde, erleichterten mechanische und später elektrische Rechenmaschinen die Aufgaben. Kern hatte noch auf der guten alten mechanischen Schreibmaschine mit den Typenhebeln und dem Farbband geschrieben. Später kam dann die elektrische

Schreibmaschine. Die Tastatur blieb, man brauchte jedoch nicht mehr so fest „in die Tasten zu hauen". Bei der leichtesten Berührung schlug sie an. Vor dem Computer kam noch eine Maschine, bei der eine Zeile korrekturfähig war. Der Papierkrieg weitete sich unaufhaltsam weiter aus.

Zwangsläufig stieg der Bedarf an Sekretärinnen, Stenotypistinnen (mit Stenografie-Kenntnissen) und Schreibkräften sowie Bürogehilfen stetig an und zwar in der gesamten Bundesrepublik gleichzeitig. Sie waren dann mittlerweile so rar, dass im „Kalender für Personalleiter" eine Karikatur erschien, die diesen Aspekt mit Humor beschreibt:

Man stelle sich in einem Büro einen Tisch mit verschiedenen Büromaschinen vor. Darauf eine Rechenmaschine, eine Telefonanlage, ein Diktiergerät, eine Schreibmaschine, eine Buchungsmaschine usw. Der Personalleiter steht mit der netten Bewerberin, sichtlich erleichtert, sie ergattert zu haben, vor diesem Tisch und spricht: „Und nun nur noch ein letzter Test, Fräulein Müller: Was meinen Sie, was ist die Schreibmaschine?" Ha, ha, ha!

Tatsächlich war die Beschaffung von Schreibkräften, Sekretärinnen, Stenotypistinnen für Kern nicht einfach. Die betroffenen Abteilungsleiter verstanden keinen Spaß, wenn z. B. eine Nachfolge oder der Ersatz einer Sekretärin infolge Krankheit nicht zeitgleich erfolgen konnte, und sie das Gefühl hatten, nicht im erforderlichen Maße von der Personalabteilung unterstützt zu werden. Es gab nur wenige Aushilfen, auf die er in besonderen Notfällen zurückgreifen konnte. Die meisten Damen waren nur an einem festen Arbeitsplatz interessiert.

Die Beschaffung von Schreibkräften war nicht deshalb schwierig, weil ihr Gehalt nicht attraktiv war, nein, der Arbeitsmarkt war leergefegt. Abteilungssekretärinnen wurden z. B. relativ gut bezahlt. Nach den Musterstellenbeschreibungen im Tarifrahmenabkommen hatten sie den gleichen Stellenwert wie ein guter und erfahrener Spezialist oder Facharbeiter, von denen es im Unternehmen viele gab. Das führte zu Diskussionen. Ein großer Anteil an Schreibkräften wurde nämlich über die betriebliche Ausbildung zur Bürogehilfin abgedeckt. Bei der Einstellung der Auszubildenden (Azubis) wurden sogenannte „Mikis" (Mitarbeiterkinder) bei gleichen Voraussetzungen bevorzugt.

Die altgedienten Väter staunten, wenn ihre Töchter nach einer zweijährigen Ausbildung zur Bürogehilfin und nach rund weiteren drei Jahren Bürotätigkeit in der gleichen Tarifgruppe waren wie sie. Von den Aufstiegsmöglichkeiten, wenn noch Fremdsprachenkenntnisse hinzu kamen, ganz zu schweigen. Sie fühlten sich unterbewertet und das in vielen Fällen zu Recht. Der Rahmen-Tarifvertrag ließ aber keine andere Eingruppierung zu. Ihre Söhne hätten es bei gleicher Vorbildung ungleich schwerer gehabt. Eine zweijährige Ausbildung lehnten die meisten männlichen Azubis von vornherein ab. Attraktiv war für sie und auch für viele weibliche Azubis nur eine 3-jährige Ausbildung (verkürzt auf 2,5 Jahre mit Abitur) zum/zur Bürokaumann/-frau oder Industriekaufmann/-frau.

Insgesamt gesehen waren die Aufstiegsmöglichkeiten im kaufmännischen Bereich ungleich besser als im gewerblichen Bereich bei gleicher 3-jähriger Ausbildungszeit. Noch besser waren sie für Frauen zur Sekretärin oder Abteilungssekretärin.

Die vergleichsweise hohe Ansiedlung der Sekretärin in den tariflichen Musterstellenbeschreibungen zeigte, wie wichtig die „Männerwelt" diese „Zuarbeiterposition" nahm. Für Kern lag das nicht nur an den besonderen Anforderungen, sondern auch an der besonderen Vertrauensstellung in den Sekretariaten.

In zunehmendem Maße mussten sich die Unternehmen auf dem Weltmarkt orientieren. Infolgedessen stieg der Bedarf an Mitarbeitern mit guten Englisch- aber auch Französischkenntnissen immer weiter an. Insbesondere Übersetzerinnen, fremdsprachliche Sekretärinnen und fremdsprachliche Schreibkräfte waren gefragt. Die Personalabteilung geriet unter Druck, da der Markt auch hier leergefegt war.

Kern beschloss mit dem Leiter kaufmännische Ausbildung, der gute Kontakte zu sämtlichen kaufmännischen Berufsschulen und auch zu den Handelsschulen an den Betriebsstandorten besaß, eine Informationsveranstaltung für Absolventinnen der Höheren Handelsschule Mühlheim durchzuführen. Das Ziel war, einige Absolventinnen als fremdsprachliche Korrespondentinnen oder fremdsprachliche Sekretärinnen zu gewinnen.

Die spezielle Ausbildung der Absolventinnen, wie Abitur, eine einjährige kaufmännische Schulung, Vertiefung im kaufmännischen Englisch und Französisch, Stenografie-Fertigkeiten mit 160 Silben/Minute und 250 Anschläge/Minute auf der Schreibmaschine waren hervorragende Voraussetzungen für eine Position im Verkauf-Ausland des Unternehmens.

Immerhin kamen 12 Interessentinnen zur Präsentation. Kern stellte das Unternehmen vor, übergab Informationsbroschüren und Geschäftsberichte, beschrieb die Aufgabenbereiche und versuchte die Teilnehmerinnen für eine Tätigkeit im Unternehmen zu interessieren.

Im Anschluss begann eine angeregte und offene Diskussion mit der Damenrunde, die im Kreis vor Kern saß. Es ging um die Anforderungen, die Art der Tätigkeit als Sachbearbeiter oder Sekretärin, ob englisch und französisch oder nur eine Spezialisierung, Ort der Tätigkeit, Anfangsgehälter und Aufstiegsmöglichkeiten. Auf den ersten Blick schienen alle Bewerberinnen dem Anforderungsprofil zu entsprechen. Obwohl für die Auswahl weniger ausschlaggebend, interessierten Kern auch die Gründe, die zur Entscheidung, nicht zu studieren, geführt hatten.

Erstaunlich offen und deutlich kamen die Damen zu Sache:

- Die Berufsaussichten als fremdsprachliche Korrespondentin oder Sekretärin sind zurzeit nicht schlecht, wie man an dieser Veranstaltung sehen kann.

- Ich bin jetzt 21 Jahre alt und möchte jetzt Geld verdienen und bald eine Familie haben.

- Mein Freund studiert, das reicht. Wir möchten bald heiraten.

- Meine Eltern können mir nicht die finanzielle Unterstützung über Jahre geben, die ich für ein Studium benötige.

- Ich möchte sobald wie möglich auf eigenen Füßen stehen. Das Studium dauert zu lang.

- Man weiß nicht, ob man in der Region nach dem Studium die Stelle findet, die man haben möchte.

Eine nette Bewerberin erklärte unumwunden, die meisten Frauen studierten doch nur, um den richtigen Mann fürs Leben zu finden. Sie schloss mit dem Spruch: „Wenn eine Studentin im 5. Semester ihren Doktor noch nicht gefunden hat, muss sie ihn wohl oder übel selber machen." „Das war ein interessantes Schlusswort", befand Kern. Unter zustimmendem Nicken und Lächeln der übrigen Absolventinnen beendete Kern die Veranstaltung.

Bereits wenige Tage danach lag eine gut gestaltete, aussagefähige Bewerbung einer der Damen bei Kern auf dem Tisch. Sie trat bei der Präsentation zwar sehr zurückhaltend auf, ihre Zeugnisse waren aber besonders gut, sodass sie kurzfristig in einem Zweigwerk als Auslandskorrespondentin eingestellt wurde.

Humanae vitae

Auf diese Enzyklika (vom 25.07.1968), umgangssprachlich auch „Pillen-Enzyklika" genannt, kam man im Hause immer dann zurück, wenn eine Sekretärin oder Sachbearbeiterin sich wegen Mutterschutzes abmeldete und dringend ersetzt werden musste. Sei es für die Zeiten der Mutterschutzfristen oder auf Dauer, oder dass noch nichts feststand.

Die katholische Kirche erlaubt darin, kurz gesagt, dass sich die „Eheleute" in der fruchtbaren Phase des Zyklus enthalten, sie verbietet aber – nach wie vor – die direkte Empfängnisverhütung. Das wurde bald selbst für die Personalbeschaffung scherzhaft thematisiert.

Es war nicht selten, dass Kern, wenn er im Hause einen Abteilungsleiter traf, der Personalsorgen hatte – und das hatten einige – ihn im Vorbeigehen fragte: „Ach, wo ich Sie gerade treffe: Was macht mein Antrag auf eine Sekretärin?" Oder: „Ich rufe Sie an in Sachen Frau Adam. Sie kommt nach der Niederkunft nicht mehr wieder, wie sie mir gesagt hat. Sie muss sich jetzt alleine um ihre Familie kümmern. Ich brauche nun eine Sekretärin auf Dauer, keine Aushilfe, wie besprochen. Verstehen Sie?"

„Ja, verstehe ich gut, ich habe bereits eine Dame im Visier."

„So, so, da bin ich aber gespannt. Ich hoffe, sie ist nicht katholisch. Sie wissen doch: Humanae vitae!"

„Da hat sich doch nur wenig geändert, eigentlich fast gar nichts."

„Aber besser wäre es", meinte der Abteilungsleiter lachend. Kern ging auf den Spaß mit dem ernsten Hintergrund ein: „Darf's dann eine etwas ältere Dame sein?", entgegnete er schelmisch. „Ich komme darauf zurück."

Personalberater im Haus

Zu Kerns Überraschung eröffnete ihm Raick, dass eine Personalberater-Gesellschaft engagiert worden wäre, die in der Hauptverwaltung weitere Kostensenkungs- und Rationalisierungsmöglichkeiten aufspüren sollte. Ziel sei eine sogenannte „Verschlankung" der Hierarchien, die Dezentralisierung, um den „aufgeblähten Wasserkopf" Hauptverwaltung zu verkleinern. Der Hintergrund war auch, dass die gesamte Branche weiterhin große Probleme durch Überkapazitäten hatte. Billigere Importe, neue Verfahren und das Vordringen der Kunststoffe kamen hinzu.

Personalanpassungen in Mitbestimmungsbetrieben, die über die normale Fluktuation hinaus gingen, galten nicht selten als unmoralisch und waren verpönt. So kam ein unabhängiges (selbstverständlich angesehenes) Personalberatungsunternehmen sehr gelegen, unangenehme Vorschläge in Richtung Personal-Anpassung zu machen, die dann offen mit dem Betriebsrat und Arbeitnehmervertretern im Aufsichtsrat diskutiert werden konnten.

Die Alibi-Funktion des Personalberaters wirkte so auch nicht gegen den Betriebsrat, denn der wollte natürlich wiedergewählt werden. Kern ließ die Dinge an sich herankommen.

Ein junger Diplom-Kaufmann saß eines Tages vor seinem Schreibtisch. Zwei Jahre Berufserfahrung hatte er gerade mal, wie er auf Kerns Nachfrage berichtete. Das war aber offensichtlich genug, um einen Fragenkatalog, der vor ihm lag, abzuarbeiten. Zunächst fragte er ab, aus welchen einzelnen Tätigkeiten sich die Aufgabe Kerns zusammensetzt. Er zergliederte diese Aufgaben in seine einzelnen Funktionen.

Der Bereich Einstellungen besteht z. B. aus Personalsuche, Insertionen / Werbung, Versetzungen, Fortbildung, Kontakten zum Arbeitsamt, zu Schulen, Hochschulen, Unis, Innerbetriebliche Ausschreibungen, Auswertung der Stellengesuche usw..

Danach kam die Frage, wie oft diese genannten Aufgaben vorkommen, d. h. „Wie viele Angestellte haben sie z. B. im Jahr 1968 eingestellt, versetzt, ausgebildet?"

„Wie viel Zeit nimmt die Insertion in einer überregionalen Zeitung in Anspruch, in Stunden bzw. Minuten?" Hierbei zum Beispiel:

- die Formulierung der Anzeige, das hierfür erforderliche Gespräch mit dem Abteilungsleiter, die Auswahl der Zeitungen, Fachzeitschriften,
- die Registrierung bzw. Sichtung der eingegangenen Bewerbungen,
- die Auswahl der Einzuladenden zusammen mit dem zuständigen Abteilungsleiter,
- die Einladung,
- die Vorstellungsgespräche, Dauer, Anzahl,
- die Entscheidungsfindung,
- die Unterrichtung des Betriebsrates,

- Vertragsausfertigung / Vertragsverhandlung,
- notwendiger Schriftwechsel,
- die Absagen,
- eventuell Gespräche in Richtung Personal-Reserve.

Alles in Stunden / Minuten, womöglich noch Sekunden, hochgerechnet auf ein Jahr.

Weitere Aufgaben, wie die Personalbedarfsermittlung, Kostenplanung, Kündigungen, Vertretung vor dem Arbeitsgericht kamen dazu, alles gewichtet nach Stunden und Minuten.

Nach etwas mehr als einem Monat stand das Ergebnis für Kerns Aufgabengebiet fest. Das heißt, das Ziel, welches vorher bereits fixiert war, wurde ihm bekannt gegeben. Kern war nur zu 83 % ausgelastet. 17 % waren bei ihm Leerlauf. Kern bat um die Möglichkeit, die Gewichtung in den zergliederten Arbeitsschritten überprüfen zu können. Das wurde ihm verwehrt mit dem Hinweis auf Vertraulichkeit und dass nur der Vorstand die Unterlagen im Einzelnen zu Gesicht bekomme.

Wie bei Kern wurde auch in allen anderen untersuchten Fällen vorgegangen. Man konnte sich ausrechnen, dass fünf ähnlich gelagerte Fälle zusammengezählt unterm Strich den Wegfall eines Arbeitsplatzes bedeuteten.

Kerns Rücksprache in der Sache bei Raick war wenig zufriedenstellend. Raick geriet unter immer größeren Druck von Hahne, der ihn sowieso im Visier hatte. Die „Milchmädchenrechnung" sah er auch. Im Unternehmen zog große Unsicherheit und Unzufriedenheit ein. Die Eigenkündigungen nahmen zu, die Fehlzeiten stiegen an.

Kern beschloss, sich vorsorglich am Arbeitsmarkt umzusehen und seinen Marktwert zu testen. Seiner Meinung nach hatte er im Perso-

nalwesen einiges zu bieten. Er war sehr erfahren in der Gehaltsabrechnung, in der Personalplanung, insbesondere in der Personalbeschaffung und –auswahl hatte er gute Erfolge vorzuweisen. Was ihm
fehlte war der Lohnempfängerbereich, mit seinen Unterschieden zu
den Angestellten. Das könnte ihm auf dem Weg zum Personalleiter,
den er jetzt einzuschlagen gedachte, zum Nachteil gereichen.
Da bot ihm überraschend einer der „Neuen" von Arbeitsdirektor
Hahne, dessen Funktion nicht offen zu Tage trat, die Stelle des Leiters Sozialabteilung eines großen Werksstandorts an. Nun war es
klar: Es ging auch um seinen Kopf als unmittelbarer Mitarbeiter
Raicks. Die Bemerkung „da haben Sie keine finanziellen Nachteile
zu befürchten" ärgerte in dabei besonders. Kern hatte nie daran gedacht, eine derartige Funktion auszuüben. Der durchaus wichtige
soziale Teil der Personalarbeit bedeutete für ihn eher eine Sackgas-
se. Dafür fühlte er sich nicht alt genug. Er bat um Bedenkzeit, lehnte
dann aber ab.

Stellvertretender Personalleiter

Obwohl kein weiterer Druck auf ihn ausgeübt wurde, begann Kern
sich verstärkt die Stellenanzeigen in den großen überregionalen
Tageszeitungen anzusehen.
Die Stellenausschreibung in der ein stellvertretender Personalleiter
eines mittleren Unternehmens der Konsumgüterindustrie gesucht
wurde, hatte sein Interesse geweckt und er hatte sich darauf bewor-
ben. Seine Bewerbung hatte sofort Erfolg. Die Einstellungsgespräche mit dem Personalleiter und der Geschäftsführung waren sehr
zufriedenstellend für beide Seiten. Der Personalleiter war relativ neu

dort, hatte wenig Erfahrung im Personalwesen und war dringend auf fachliche Unterstützung angewiesen. Die vertraglichen Bedingungen, Handlungsvollmacht, Zusage eines Dienstwagens nach der Probezeit, gehaltliche Verbesserung um monatlich 400,00 DM konnten sich sehen lassen. Das Wichtigste war der weitere Schritt zum Personalleiter. Kern kündigte. Herr Friedrich, sein Seniorchef dem er viel zu verdanken hatte, wollte ihn partout halten, konnte bei der Gehaltshöhe aber nicht mitziehen. Wie er wenig später erfuhr, hatte Raick auch gekündigt. Hahne hätte mit seiner Jagdbeute zufrieden sein können, war es aber nicht.

Die Reibereien mit dem gestandenen Raick fehlten ihm. Seine jetzigen Mitarbeiter nickten im vorauseilenden Gehorsam alles ab, was der „Obermufti" von sich gab. Raicks fachliche Kompetenz konnten seine Nachfolger nicht erreichen. In einer Sitzung polterte Hahne los: „Wieso ist Herr Raick nicht mehr da? Mit dem wäre dieser Bockmist nicht passiert. Der hatte den erforderlichen Gehirnschmalz, den ich bei einigen hier am Tisch vermisse. Holt ihn zurück und zwar so bald wie möglich!" Alle Bemühungen Raick "zurückzuholen", waren vergeblich. Er hatte inzwischen promoviert und war nicht interessiert - wegen Hahne natürlich.

Hatte er das falsche Wild zur Strecke gebracht?

Die fachlichen und intellektuellen Anforderungen im neuen Betrieb waren überschaubar für Kern. Ein Unternehmen, in dem alles dem Verkauf/Vertrieb untergeordnet war, hatte er bisher noch nicht kennengelernt. Die Mitarbeiter waren durchweg hoch motiviert und spornten sich gegenseitig an. Die EDV-Abteilung hatte für jeden Verkaufsfahrer eine exzellente kostensparende Routenplanung ausgeklügelt, von der nicht abgewichen werden durfte. Die Verkäufer zogen mit, durch Umsatzprämien animiert, wenn sie konnten. Wer den Anforderungen nicht genügte, flog raus.

Jeden Morgen kamen die regionalen Vertriebsleiter mit ihren Aspiranten, die nicht die erforderlichen körperlichen oder geistigen Fähigkeiten mitbrachten zu Kern ins Büro mit der Bemerkung: „Den oder die kann ich nicht mehr gebrauchen." Diese waren, mit wenigen Ausnahmen, so unter dem Leistungsdruck genervt, dass sie aus freien Stücken fristlos gingen. Das war wohl Usus, denn Kern hatte vom Vorgänger einen Block im DIN-A5-Format übernommen mit gleichlautenden Erklärungen, „dass der Unterzeichnete mit dem heutigen Tage auf eigenen Wunsch und/oder im gegenseitigen Einvernehmen aus dem Unternehmen ausscheidet."

Der Vertriebsleiter setzte den Namen und das Datum ein, der Betreffende unterschrieb, wie es schien, meistens durchaus erleichtert und der Vertriebsleiter ging mit ihm zum zuständigen Lohnsachbearbeiter von Kern, der die Formalitäten erledigte und die „Papiere" ausfertigte.

Jeden Abend unterschrieb Kern die Arbeitsverträge neu eingestellter Mitarbeiter. Es waren nicht selten fünf bis sechs Mitarbeiter am Morgen die gingen und ebenso viele Verträge am Abend für die, die kamen.

Die Verkäufer, die blieben, hatten durch ein Prämiensystem und Umsatzvergütungen wesentlich mehr im Portemonnaie als ein Arbeiter auf dem Bau oder in einer Werkstatt, und das nur durch eine kurze Einarbeitungszeit bzw. Einführung. Wenn ein Bewerber keinen Führerschein hatte, aber ansonsten einen brauchbaren Eindruck machte, konnte er diesen in der betriebseigenen Fahrschule erwerben. Eine spezielle Gruppe von Personalbeschaffern kümmerte sich unermüdlich um den personellen Nachschub.

„Wo bin ich denn da hineingeraten?", fragte sich Kern nach wenigen Tagen.

Sein Vorgesetzter hatte keine Ahnung vom Personalwesen, gab das auch unumwunden zu. Er hatte als Rheinländer eine angenehme lockere Art und gab Kern freie Hand in allen Personalangelegenheiten. Kern stützte ihn daher wo er konnte, denn Herr Pehlke stand sehr unter Druck bei der Geschäftsführung, die unermüdlich die Geschäfte forcierte. Während Kern seinen Bereich in Ordnung hielt, hatte Pehlke offenbar Schwierigkeiten, denn nach jeder Sitzung auf höchster Ebene kam er mit hochrotem Kopf zurück, dass Kern annahm, er bekäme einen Herzinfarkt oder dachte „Den sehe ich morgen nicht wieder." Aber Pehlke war ein „Stehaufmännchen" und hielt sich tapfer über Wasser.

Es gab für Kern auch positive Aspekte, die für seine beruflichen Ambitionen von Vorteil waren. Da das Unternehmen und auch die Branche keinerlei Tarifabkommen unterlag, musste er durch einen Lohnkosten- und Lohnhöhen-Vergleich feststellen, ob marktgerechte Löhne im Werkstatt-, Lager- und Reparaturbereich der Lieferwagen gezahlt wurden und nicht etwa überhöhte. Das kam bei der Geschäftsleitung positiv an. Durch seinen zwanglosen Führungsstil war auch die Leitung seiner Abteilung, bestehend aus den Lohnabrechnern und der Kasse – sechs junge Leute, eine erfahrene Kassiererin und dem Leiter des Lohnbüros – problemlos. Die fachgerechte Gehaltsabrechnung der Geschäftsführer und der leitenden Angestellten war nur Pehlke vorbehalten. Kern erstellte die Gehaltslisten und Pehlke schrieb sie ab und legte sie dem Hauptgeschäftsführer vor, als sein Werk.

Kern kam mit den Geschäftsführern gut klar. Das waren konziliante, freundliche und höfliche Leute – wenn alles gut lief.

Aber wenn ein bestimmtes Limit der Tageseinnahmen nicht erreicht wurde, konnten diese Leute sehr ungemütlich, sogar unangenehm werden. Dann jagte auf allen Ebenen des Vertriebs, der rund 90 % des Personals ausmachte, eine Sitzung die andere. Der Vertriebsgeschäftsführer hatte dann nichts zu lachen und gab den Druck von oben nach unten an die Gruppenleiter des Vertriebs und diese an die Regionalleiter weiter. Diese mussten dann zuerst Stellung beziehen und wurden abgekanzelt. Prämien wurden gestrichen oder entfielen sowieso.

An allen Sitzungen mussten Pehlke und Kern teilnehmen. Für Kern tat sich eine neue, durchaus interessante Arbeitswelt auf. Bis in die letzte Ecke des Kundenstamms wurde geforscht, wer, wann, wie, zuletzt weniger gekauft hatte und woran es gelegen haben könnte. Die Dokumentation der ständigen Konkurrenzbeobachtung wurde zum x-ten Male durchgesehen, ob ein Konkurrent am Markt sich Marktanteile auf Kosten des eigenen Unternehmens erobert hatte.

Nicht moderierte „Brainstormings" wurden abgehalten. Kern fungierte als Leiter und Protokollant, war aber auch Teilnehmer. Leute von außerhalb (des Verkaufes) können die Denkprozesse positiv beeinflussen. Kern kannte aus der Literatur auch das Für- und Wider von Brainstormings. Aber eins mitzuerleben oder mit durchzuführen war etwas ganz anderes.

Etwa 15 Personen saßen sich an einem längeren Besprechungstisch gegenüber. Das Thema wurde bekanntgegeben und die Fragestellung lautete: Was fällt Ihnen zur Verbesserung hierzu ein? Kern fiel dazu nichts ein. Er genoss hingegen diese stille, ruhige jedoch auch prickelnde Atmosphäre, in der jeder seine Gedanken frei äußern konnte, ohne gestört zu werden durch Kritik oder Bemerkungen, wie z. B. „das ist ein alter Hut". Nach 20 Minuten oder auch schon vorher waren die Gehirne erstürmt oder leer. Das Brainstorming war zu Ende.

Die Aufarbeitung war wesentlich zeitaufwendiger. Die Vertriebsleute, ein cleverer Menschenschlag, halfen ihm dabei. Herausgekommen ist dabei nichts. Die Gruppenbildung in der Sitzung schweißte aber wohl zusammen, weshalb Kern das erzeugte Zusammengehörigkeitsgefühl als positives Element herausarbeiten konnte.

Die ständigen Sitzungen, meistens im Verkaufs- und Werbungsbereich gingen Kern allmählich ziemlich auf die Nerven. Sie waren für den Bestand des Unternehmens sicherlich wichtig. Aber Zeit für eine personelle Grundsatzarbeit, z. B. wie bekomme ich die enorme kostenintensive Fluktuation in den Griff, war nicht vorhanden. Fast ständig wurde Kern in seiner Arbeit unterbrochen, wenn Pehlke in sein Zimmer stürmte und ihn aufforderte: „Kommen Sie, Herr Kern, wir müssen wieder in die Bütt." Rheinländer müsste man sein, ging es Kern durch den Kopf, um alles auf die leichte Schulter nehmen zu können. Einmal war die Farbe der Verpackung, ein anderes Mal die Größe oder Aufmachung der Gebinde das Thema.

Verkaufspsychologie war wichtig und auch interessant, wie Kern an einem Beispiel erfuhr, wie man die beste verkaufsfördernde Farbe bei Seife herausgefunden hatte. Man legte Probanden die gleiche Seife in gleich großen Stücken aber verschieden gefärbt vor mit der Frage: „Welche Seife riecht am besten?" Dabei soll die blaue Seife am besten abgeschnitten haben. Fazit: Blau verkauft sich am besten. Alles verständlich, Personalarbeit, zumindest Personalbeschaffung war auch angewandte Psychologie.

Kern fand, die Personalabteilung beziehungswese die Personalarbeit in diesem Unternehmen war lediglich eine Verlängerung des Arms des Verkaufs und notwendiges Übel. Einer muss für die ordentliche

Lohn- und Gehaltsabrechnung an die Mitarbeiter nun mal verantwortlich zeichnen.

Er überlegte: Er hatte noch 30 Jahre zu arbeiten bis zum Pensionsalter. Noch 30 Jahre in diesem personalintensiven und interessanten aber sehr anstrengenden Unternehmen? Das wäre kaum zu ertragen.

Er beschloss daher, sich mal am Arbeitsmarkt locker umzuschauen.

Ein Umstand kam hinzu: Die Probezeit war fast um, aber über den versprochenen Dienstwagen wurde bisher kein Wort verloren. Bei Pehlke nachzufassen, kam für Kern nicht infrage, er wäre sich wie ein Bettler vorgekommen.

Der Leiter des Organisationsbereiches, Herr Ullrich, der Vorgesetzte von Pehlke, also auch von Kern, lud ihn kurzfristig zu einem Gespräch unter vier Augen ein. Das Gespräch fand in einem Lokal in lockerer Atmosphäre statt, Ullrich war ein schlanker, großer, ernster, abgeklärt wirkender Mann. Er war bisher nicht in Erscheinung getreten. In den Organisationsplänen hatte Kern seinen Namen jedoch schon mal entdeckt. Herr Ullrich war Unternehmensberater. Er hatte nach einer erfolgreichen Organisations- oder Systemberatung das Vertrauen der Geschäftsführung erworben und beriet als Externer das Unternehmen weiter. Ullrich erkundigte sich nicht, wie Kern vermutet hatte, nach dessen Erfahrungen, Einarbeitung, Zufriedenheit oder Unzufriedenheit mit seiner Tätigkeit, sondern gab seine Erfahrungen als Mensch und Unternehmensberater im In- und Ausland zum Besten. Und die hatten es in sich:

Unter seinen Erfahrungen bei der Beratung von Unternehmen stach eine besonders heraus, bei der es sich bestätigte, dass man nicht im entferntesten soweit vorausdenken kann, wie das Leben so spielt oder wie es mit einem spielt oder sogar einem mitspielt.

Herr Ullrich erzählte: In einem Unternehmen, im Norden Deutschlands gelegen, waren schwere Zeiten angebrochen. Die Einnahmen waren seit längerem rückläufig, während man die Kosten nicht in den Griff bekam. Das führte zu der Überlegung, einen Unternehmensberater – in der Person Ullrichs – einzuschalten.

Die Herren des Vorstandes, vier an der Zahl, darunter der Vorstandsvorsitzende, waren sich uneinig, woran es genau lag und noch mehr, wie man der Sache begegnen sollte. Das hatte in der Vergangenheit zu unterschiedlichem Gegensteuern geführt. Die Maßnahmen wirkten jedoch nicht, wie sie sollten. Jeder Ressort-Vorstand war der Meinung, der Grund wäre in jedem anderen Ressort zu suchen, jedenfalls nicht in seinem.

Zwischen diesen „Stühlen" saß Ullrich, der bald herausfand, dass, mit Ausnahme des Vorstandsvorsitzenden mittlerweile keiner mehr fest im Sattel saß. Die drei Vorstände bekriegten und belauerten sich gegenseitig, da sie nicht zu Unrecht befürchteten, dass einer von ihnen eingespart werden könnte (entweder es ändern sich die Zahlen oder die Köpfe).

Diese daraus resultierende ständige Anspannung verfolgte Vorstand Arnold bis auf das WC, wo er zum weiteren Ärger feststellte, dass nicht ausreichend Papier vorhanden war und auch eine Ersatzrolle fehlte. Nach Erledigung des allzu Menschlichen kehrte er wütend in sein Büro zurück und „befahl" seiner Sekretärin entgegen seiner sonstigen Art: „Holen Sie mir sofort Herrn Basdorf ...", der im Vorstand für die sogenannten Allgemeinen Dienste zuständig war, „... ans Telefon! Ich muss ihn sofort sprechen." und knallte die Tür zu seinem Zimmer hinter sich zu. „Nanu, was hat der denn auf einmal?", wunderte sich seine Sekretärin.

Sie tat, wie ihr geheißen und rief ihre Kollegin an: „Du, meiner will den Basdorf sprechen und zwar sofort." „Der ist irgendwo im Haus. Weißt Du, worum es geht?" „Nein, aber er war ziemlich wütend auf Deinen." „Ich melde mich sobald ich ihn erwischt habe." Die Sekretärin erreichte Basdorf recht bald im Haus und unterrichtete ihn, dass Arnold ihn sofort sprechen wollte und dass dieser ziemlich wütend gewesen sei. Sehr beunruhigt eilte Basdorf in sein Büro zurück.

„Wissen Sie, was Arnold denn so Dringendes von mir wollte?", fragte er seine Sekretärin. „Nein, ..." sagte diese „... aber es klang sehr wichtig." „Dann geben Sie ihn mir als erstes." Beide Vorstandssekretärinnen stellten zu ihren Chefs durch.

„Hallo Kollege, hier bin ich, was gibt's denn so Dringendes?", begann Basdorf das Gespräch. Arnold, dem die Angelegenheit inzwischen sehr peinlich geworden war, zögerte: „Ach, vergessen Sie's, es war wirklich nicht wichtig."

Basdorf wurde misstrauisch: „Verheimlichen Sie mir etwas? Meine Sekretärin hat mich aus einer Besprechung herausgeholt, weil Sie dringend um Rücksprache gebeten haben. Das macht sie nicht ohne Grund."

Arnold, inzwischen nervös, wollte die Sache begraben: „Glauben Sie mir doch, ich hab das schon vergessen, es war wirklich nichts von Belang. Ich muss jetzt weg, ich habe einen Termin außer Haus.", ergänzte er noch und legte auf.

Basdorf war bestürzt: „Was geht hinter meinem Rücken vor?", fragte er sich und beschloss, Arnold vor der Vorstandssitzung nochmals persönlich darauf anzusprechen. Vor der Sitzung, es ging um existenzielle Dinge, gab es keine Gelegenheit dazu. Danach, als die

Herren noch etwas, wie üblich, nebeneinander standen, sprach Basdorf Arnold auf die für ihn ungeklärte Sache an: „Worum ging es denn eigentlich, als Sie mich gestern so dringend sprechen wollten?" „Es war wirklich völlig belanglos.", Arnold klang ärgerlich. „Vergessen Sie es." „Ja, dann können Sie es mir erst recht sagen, also Butter bei die Fische, Herr Arnold." „Nein, jetzt nicht!" Der Vorstandsvorsitzende horchte auf. Ein Streit unter seinen Kollegen hätte noch gefehlt in der angespannten geschäftlichen Situation. Deshalb sprach er sie direkt an: „Meine Herren, um was geht es bei Ihrer Diskussion?" Basdorf antwortete schnell: „Herr Arnold wollte mich gestern dringend sprechen und als ich ihn anrief, wollte er das nicht mehr wahrhaben. Ich möchte den Grund dafür wissen." Der Vorstandsvorsitzende fragte: „Was war denn nun so wichtig, Herr Arnold? Heraus mit der Sprache." „Das kann ich wirklich nicht sagen.", Arnold verlor die Contenance. „Herr Basdorf setzt mich hier unter Druck mit nichts und wieder nichts." Der Vorstandsvorsitzende entschied: „Das will ich jetzt geklärt wissen. Kommen Sie beide in mein Zimmer."
Ullrich lachte und fragte Kern: „Was meinen Sie? Was passierte dann?" „Eine gehörige Standpauke war wohl angebracht.", meinte Kern dazu.

„Damit war es leider nicht getan, einer von den beiden wurde entlassen, eingespart, das heißt er wurde suspendiert unter Weiterzahlung seiner Bezüge, bis zum Ende der Laufzeit seines Vertrages. Sein Vertrag wurde dann nicht mehr verlängert."

„Donnerwetter!", entfuhr es Kern. „Da wurden alte Rechnungen beglichen, oder?"

„Das könnte es durchaus auch gewesen sein."

Ulrich bat um die Speisekarte. „Was muss denn weg?", fragte er den Kellner lächelnd. „Alles," antwortete der und ergänzte schlagfertig: „Auch der Wirt, aber der geht nicht."

„Als Unternehmensberater kommt man sicher viel herum?", fragte Kern. Waren Sie auch im Ausland tätig?

„Ja, unter anderem in Afrika, da macht man ganz andere, noch kuriosere Erfahrungen."

Ullrich trank sein Bier aus: „Ich glaube, wir sollten noch ein Glas trinken. So jung kommen wir nicht wieder zusammen." und bestellte noch einen Weinbrand dazu.

„A votre Chantré." Ullrich prostete Kern zu und erzählte weiter. Er hatte einen Volksstamm in Zentralafrika beraten, der ihm eine Landesschönheit in (zu) jungen Jahren als Prämie für besonders herausragende Leistungen anbot. Nur mit größter Mühe konnte er dieses gut gemeinte Geschenk abwenden, ohne den Volksstamm zu beleidigen und ohne den Erfolg seiner Arbeit infrage zu stellen. „Wie geht denn sowas vonstatten? Hatte das „Geschenk" eine besondere Verpackung oder eine Schleife?", fragte Kern lachend.

„Im Grunde lief das ganz normal ab. Sie wurde mir vorgestellt, sie sprach französisch und machte einen guten Eindruck." Kern grinste amüsiert: „Dass Sie sich das haben entgehen lassen, Herr Ullrich. So ein Geschenk bekommt man nicht alle Tage. Also, das hätte ich mir zweimal überlegt.". Ullrich lächelte ebenfalls. „So eine Angelegenheit ist sehr teuer. Ich hätte die junge Dame nach einem Jahr, mit „Perlen und Edelsteinen behängt", wieder abliefern müssen. Das hätte mich eine Stange Geld gekostet. Sie wäre dann eine hervorragende Partie unter den heiratsfähigen Frauen des Stammes gewesen."

„Waren Sie damals schon verheiratet und wenn ja, das wäre wohl sehr problematisch geworden." „Ja, ich war frisch verheiratet, meine Frau war allerdings nicht mitgekommen. Als ich wenige Wochen später wieder zurück war, wurde unsere Tochter geboren, ein süßes Mädchen." „Meinen Glückwunsch, Herr Ullrich. Das kenn ich. Ich habe selbst zwei Kinder. Zwei Jungs, leider sehe ich sie viel zu selten."

Ein Schatten fiel auf Ullrichs Gesicht: „Als ich eines Tages nach Hause kam, habe ich meine Frau und unser Kind tot im Bett aufgefunden. Meine Frau hatte sich und ihr Kind in einer für sie vermeintlich unausweichlich und unlösbaren Situation getötet. Sie kam mit ihrem Muttersein nicht zurecht. Wenn ich da gewesen wäre, wäre es vielleicht nicht dazu gekommen."

„Mein herzliches Beileid.", brachte Kern kaum über seine Lippen. „Wie verkraftet ein Mann so einen Schicksalsschlag?" Ihm schauderte fast bei dem Gedanken daran. „Es ist lange her. Inzwischen bin ich wieder verheiratet. Einen längeren Auslandsaufenthalt habe ich danach strikt abgelehnt.", sagte er. Er tat Kern leid. Eigentlich war er ganz sympathisch.

Es war das erste und gleichzeitig das letzte Gespräch mit Ullrich. Worin lag der Sinn des Gesprächs? Wollte er ihn nur kennenlernen? Er hätte durchaus fragen können, ob Kern mit seiner Aufgabe zufrieden sei oder wie das Management seine Arbeit beurteilt. Pehlke war sehr zufrieden, wie er oft betonte. „Herr Kern", sagte er einmal, „Sie erledigen komplizierte Dinge schnell und problemlos und reden nicht darüber. Jedes Huhn gackert, wenn es ein Ei gelegt hat. Für Sie ist das alles wie selbstverständlich."

Kern verfolgte den einmal gefassten Entschluss, sich anderweitig zu orientieren, konsequent weiter. Er bewarb sich auf mehrere Stellen-

124

anzeigen, selbst bei Standorten, die zu weit entfernt waren, um sie als realistisch einstufen zu können. Seine Frau bestärkte ihn dabei: „Damit kann man Vorstellungsgespräche auf der anderen Seite des Tisches trainieren und weiß, welche Fragen auf einen zukommen oder man stellen sollte oder könnte.", meinte sie, seinen beabsichtigten Stellenwechsel unterstützend. Stellenangebote gab es reichlich. Aufgrund seiner Erfahrungen bekam er auch interessante Angebote. War damit aber ein Wohnungswechsel verbunden, war es mit dem Wohlwollen seiner Frau vorbei. Sie wollte in ihrem Reihenendhaus in gewohnter Umgebung bleiben, koste es, was es wolle. Den Kindern ging es ebenso, sodass Kern eine attraktive Position einer großen Metallgesellschaft im Westfälischen schweren Herzens ablehnen musste.

Ein Vorstellungsgespräch in Frankfurt wollte er aber interessehalber noch wahrnehmen. Das Angebot war sehr attraktiv. Der Personalleiter hätte ihn gerne eingestellt. Letztlich sollte noch ein psychologisches Gutachten über ihn angefertigt werden. In dem Unternehmen war das bei der Einstellung von Führungskräften Usus. Kern hatte zwar wenig Lust nochmal dorthin zu fahren, dazu noch am Samstagmorgen, wäre aber um eine Erfahrung reicher. Er fuhr also hin und zwar mit der Eisenbahn.

Der Psychologe

Das Gespräch mit dem Psychologen gestaltete sich zunächst sehr frostig. Kern hatte schlecht geschlafen, da das Hotel sehr verkehrsgünstig lag, sowohl für Autos als auch für Flugzeuge.

Da er gerade gefrühstückt hatte, lehnte er den Tee, den ihm der Psychologe anbot, ab. Das führte bei diesem zu der Bemerkung, eine derartige ablehnende Reaktion hätte er schon mehrmals erlebt und suche nach einer Erklärung dafür. Man könne ihm doch wirklich nicht unterstellen, dass der Tee vergiftet sei oder Substanzen enthalte, die sich auf die Stimmung des Besuchers auswirken sollten oder würden. Kern kam dabei die Aussage Raicks, seines immer noch hochgeschätzten früheren Chefs wieder in den Sinn, der meinte: „Wer Psychologie studiert, der hat es auch nötig." Schließlich kam das Gespräch in Gang. Es fand im Privathaus des Psychologen statt, so brauchte der nicht auch noch anzureisen. Kern saß auf dem Sofa, dem Psychologen gegenüber, dazwischen stand der Tisch.

Der hatte ihm einen sogenannten „Reaktionstest" vorgelegt, mit Situationsdarstellungen und Sprechblasen, comicähnlich, so z. B. eine Situation, in der ein Polizist einen Pkw anhält mit der ausgefüllten Sprechblase: „Sie sind auf dieser Straße 50 km/h gefahren, obwohl hier 30 km/h wegen einer Schule in dieser Straße vorgeschrieben sind." Kern wurde so in die Rolle des Verkehrssünders hineingedrängt. Er hatte innerhalb von 20 Sekunden zu reagieren. So folgten etwa dreißig weitere Fragen ähnlicher Art, wie etwa: „Sie haben diese wertvolle, nahezu unschätzbare Vase (das Bild zeigte die Scherben und die verzweifelte Besitzerin) vom Tisch gestoßen." Die Fragen folgten Schlag auf Schlag. Kern kam in Schwung, er schrieb und schrieb, das Zeitlimit einhaltend, gespannt, was der Psychologe über ihn herausfinden würde. Im ersten Fall oben erklärte er: So etwas wäre ihm noch nie passiert, er wäre ein vorsichtiger Fahrer, der Zeitmesser wäre wohl defekt. Im oben genannten zweiten Fall stritt er ab, die Vase jemals in der Hand gehabt zu haben, und wenn diese so wertvoll sei, wie geschildert, hätte sie niemals auf dieser Tischkante (im oberen Bildteil zu sehen) stehen dürfen.

Dann gab es eine kurze Pause, in der man sich frisch machen konnte. Der Psychologe fasste das Ergebnis seiner Beurteilung zusammen: „Also Herr Kern, ich bin erstaunt, wie Sie reagiert haben. Wenn ich Sie mit einem Hund vergleichen wollte, würde ich sagen, Sie sind eine große Deutsche Dogge, die keinem ein Haar krümmt, es sei denn, man würde sie reizen. Dann allerdings könnte sie zubeißen."

Mit dem Ergebnis könnte man durchaus leben, dachte sich Kern, denn er war durchaus empfindlich in einigen Dingen. Aber wer war das nicht? Schließlich will man sich nicht alles gefallen lassen.

Dann folgte der zweite Test. Er bestand aus einer Bildbeschreibung. Auf dem Bild war ein träumerisch wirkendes junges Mädchen zu sehen, das auf eine Geige blickt, die schräg vor ihm auf einem Tischchen lag.

Kern machte sich an die Arbeit, seine Form stieg weiter an. Genau das, was er sah, schilderte er kurz und bündig und hütete sich, in das Bild mehr als das, was er sah, hineinzudenken, schließlich sollte er das Bild beschreiben und nicht eventuelle Gedanken des Mädchens herauslesen. Er war recht bald fertig damit.

Der Psychologe war ziemlich überrascht, um nicht zu sagen platt. Er sah Kern forschend an und resümierte etwas fassungslos: „Sie haben wohl überhaupt keine Probleme, Herr Kern?" „Wenn Sie das sagen, wird es wohl stimmen.", bemerkte Kern. „Was kommt als Nächstes?" „Lassen wir es dabei bewenden. Ich habe genug herausgefunden."

Kern war es zufrieden. Auf der Bahnreise zurück überdachte er das Erlebte. Er hatte auf jeden Fall wieder mal was dazugelernt, der Psychologe lag gar nicht so daneben. Was er wohl damit anfangen

kann, und wäre er aus dessen Sicht für die ausgeschriebene Position geeignet oder nicht. Egal, er müsste so oder so absagen.
Zu Hause empfing ihn seine Frau: „Sag bloß, Du willst da anfangen? Wir gehen sowieso nicht mit, hörst Du?" „Ja doch."
Du solltest Dich hierauf mal bewerben. Die Stellenanzeige habe ich heute in der Samstagsausgabe gefunden." „Zeig mal her. Naja, zumindest bräuchtet ihr nicht umzuziehen." „Eben."
Kern tippte noch am gleichen Wochenende seine Bewerbung. Übung hatte er genug gesammelt in den letzten Monaten.

Eine neue Herausforderung

Es handelte sich um ein Unternehmen der Grundstoffindustrie mit mehreren Dependancen in der Nähe, die man täglich gut erreichen konnte. Die Zentrale lag in Essen. Ein Umzug war nicht zu befürchten. Die Familie wäre zufriedengestellt, der Haussegen hinge nicht mehr schief.
Genau eine Woche später, an einem Sonntagmorgen, rief eine Dame an, entschuldigte sich, dass sie am Sonntag stören müsse, aber sie hätte viel zu tun, um alles auf die Reihe zu kriegen. Sie wollte einen Vorstellungstermin im Hause vereinbaren und ob das auch an einem Wochenende sein könne. „Ja, das wäre mir sogar sehr angenehm.", erwiderte Kern und bestätigte die Wahrnehmung des Termins.
Beim Vorstellungstermin saßen fünf Leute im Raum, vom Leiter des Vorstandsbüros bis hin zum Betriebsratsvorsitzenden. Der Personalchef des Unternehmens hatte bei all der Arbeit einen Herzinfarkt oder Schwächeanfall erlitten und wurde deshalb von seinem Stellvertreter sowie zwei weiteren Personalabteilungsleitern vertreten.

Das Gespräch fand in angenehmer Atmosphäre statt. Da es fast unter Fachleuten ablief, standen fachliche Themen im Vordergrund und da konnte Kern seine Erfahrungen ausspielen. Am Schluss der Gesprächsrunde wurde, wie üblich, das Gehaltsgefüge angesprochen. Kern gab sein Monatsgehalt bekannt. Eine im Rahmen liegende Erhöhung aufgrund seiner neuen umfangreicheren Funktion als Personalbereichsleiter eines neu hinzugekommenen unteren Unternehmensbereiches war kein Problem. Eine sehr attraktive Betriebspensionsregelung rundete die Bezüge ab. Man bekundete ein gegenseitiges großes Interesse. Ein weiteres Gespräch mit dem kaufmännischen Leiter wurde vereinbart. Erst nach dessen Zustimmung, was aber eher einer Formsache gleichkäme, würde die Einstellung perfekt sein.

Das Gespräch fand kurzfristig statt. Der kaufmännische Leiter wollte ihn tatsächlich nur kennenlernen. Er empfing ihn wohlwollend: „Ach, Sie kommen dann über die 'Strada del Kohle' (die im Ausbau befindliche B 51) über Recklinghausen?" Kern bejahte. Den Ausdruck „Strada del Kohle" hatte er noch nie gehört.

Der kaufmännische Leiter hockte sich in eine Ecke seines Arbeitszimmers, er hatte wohl Probleme mit dem Sitzen und führte von dort das Gespräch weiter. Kern zuckte mit keiner Wimper. Mit einem „Na, dann wünsche ich Ihnen einen guten Start bei uns, es gibt viel zu tun", war die Hürde genommen. Anschließend erhielt er seinen Anstellungsvertrag. Nach einem kurzen Telefonat mit seiner Frau unterschrieb er diesen.

Das war geschafft. Ein neuer Lebens- und Arbeitsabschnitt stand ihm bevor. Er freute sich darauf. Der Aufbau eines relativ neuen Personalbereiches war immer eine große Chance, allerdings auch ein Risiko. Alte Strukturen aufzubrechen, das heißt in seinem Sinne zu gestalten, war wahrscheinlich noch schwieriger. Seine Kündigung im bisherigen Betrieb wurde stoisch hingenommen, eine vorzeitige Freigabe von der Beschaffung eines adäquaten Ersatzes abhängig gemacht. Den hatte Kern schnell gefunden: Ein erfahrener „Kumpel-Typ". Wie geschaffen für diese Branche.

Zwei Tage vor Arbeitsbeginn im neuen Unternehmen wurde er von einem Dr. Pickert angerufen: „Hallo Herr Kern. Mein Name ist Dr. Pickert. Ich bin Ihr neuer Chef und hier vor Ort, um mich um Ihr Büro zu kümmern." Kern, der sich im Stress der Übergabe an seinen Nachfolger befand, erwiderte etwas strapaziert und verwundert: „Das wird aber auch Zeit. In zwei Tagen steh ich auf der Matte bei Ihnen. Auch kenn ich Sie nicht. Soviel ich weiß, waren Sie bei den Vorstellungsgesprächen nicht dabei." „Reißen Sie sich gefälligst zusammen, wenn ich als Ihr Chef mit Ihnen spreche.", tönte es am anderen Ende der Leitung und es wurde aufgelegt. „Das fängt aber nicht gut an, ich bin noch nicht da und habe schon Ärger mit meinem Chef an der Backe.", berichtete er seiner Frau. „Das wird schon nicht so schlimm kommen, schließlich brauchen die Dich dort dringend." „Hoffentlich hast Du recht."

Es gab viel zu tun im neuen Unternehmen. Es galt rund 700 neue Mitarbeiter im Zuge einer Neustrukturierung im Konzern ins Unternehmen einzugliedern, die zunächst skeptisch oder sogar gegen die Übernahme waren. Die Leute mussten vom bisherigen in einen neuen Tarif eingegliedert werden. Alle Übernahmen bekamen mehr Geld. Ärger gab es trotzdem, da einige mehr „Mehr" bekamen als andere. Das lag an der neuen Aufgabenstruktur und war dem Tarifvertrag geschuldet und nicht zu ändern.

Dr. Pickert weigerte sich, Kern zu empfangen. Das fiel aber weniger auf, da Kerns Tätigkeitsbereich viel Außendienst in Herne und anderen Werken mit sich brachte. Die Kollegen waren klasse. Der Leiter Sozialwesen, früher mal Gesamtbetriebsratsvorsitzender, leitete die Übernahmeverhandlungen jeweils in den Hauptverwaltungen der abzugebenden Firma. Kern nahm an allen Verhandlungen teil.

Sein eigentlicher Dienstsitz war Herne. Hier gab es ein Lohnbüro mit einem Leiter, Herrn Körner, der sich Hoffnungen gemacht hatte, Kerns Personalbereich zu übernehmen und sich deshalb bissig und sperrig ihm gegenüber benahm. Kern erfuhr, dass es noch einen Rechnungsführer gab, der die Gehaltsabrechnung für die Angestellten erstellte und auch deren Betreuer vor Ort war. Der wurde ohne Rücksprache und Übergabe seiner Aufgaben plötzlich vom zentralen Leiter Rechnungswesen abgezogen und nach Essen in die Zentrale versetzt. Das geschah kurz vor dem Abgabetermin der Lohnunterlagen an die EDV.

Mit einem feinen Lächeln überbrachte Körner die Nachricht an Kern. Der sah sofort die Gefahr einer eventuellen Nichtzahlung der Gehälter, zumindest die Gefahr einer Blamage durch seine unprofessionelle Leitung seines Bereiches auf sich zukommen. Wollte Körner ihn „auflaufen" lassen? „Geben Sie mir sofort alle Abrechnungsunterlagen, sämtliche Zugänge, Abgänge, Veränderungen der Stammdaten, persönlichen Abzüge und so weiter. Darüber hinaus die Formulare für die Eingabe in die EDV. Nichts darf fehlen. Das Ganze eilt. Das wissen Sie doch, oder?" Körner übergab ihm die kompletten Unterlagen. Am kommenden Sonntag fuhr Kern ins Büro und machte sich mit den Unterlagen vertraut, die im Prinzip nur unerheblich von den ihm bekannten Verfahren abwichen. Aus dem Stand erstellte er die Gehaltsabrechnung termingerecht. Körner bemängelt, dass er bei den vermögenswirksamen Leistungen eine Vertragsnummer mit einer anderen verwechselt hatte. „Sonst war nichts?", fragte Kern ihn. „Nein." war seine Antwort. „Dann habe ich so mir nichts dir nichts mal soeben die Gehaltsabrechnung gemacht. Das hätten Sie mir nicht zugetraut, Herr Körner, oder." „Nein, das muss ich zugeben." In dem Gespräch bemerkte Kern das Interesse Körners, die Gehaltsabrechnung zu übernehmen. „Ich würde Ihnen gerne die Gehaltsabrechnung übertragen. Was sagen Sie dazu?", fragte er ihn. „Das würde ich gerne machen.", bekannte Körner. Kern ließ sich seine Erleichterung nicht anmerken. „Gut, dann machen Sie das in Zukunft. Hier haben Sie sämtliche Unterlagen." Körner bedankte sich. Kern war sehr zufrieden, hatte er doch damit den Rücken frei für die vielen anderen Dinge, die auf ihn einstürmten.

Kern bekam nun doch einen Termin bei Dr. Pickert, der ihn mit den Worten empfing: „Sie sind also der Mann, der sich ständig beschwert." Kern sah ihn kalt an, ein massiger, breiter, dicker Mann mit Brille: „Ich habe mich noch nie beschwert, weil ich mich stets durchgesetzt habe, wenn es erforderlich wurde.", sagte Kern nicht ohne Schärfe und fuhr fort: „Weshalb wollten Sie mich sprechen? Ich stehe zeitlich ziemlich unter Druck." Das war nicht mal übertrieben. „Ich wollte Sie sprechen, um Sie kennen zu lernen, aber wenn Sie keine Zeit haben, können wir das ja auch verschieben. Aber vielleicht könnten Sie mich heute Abend nach Feierabend mitnehmen nach Hause. Sie könnten mich in Recklinghausen absetzen auf Ihrem Heimweg." „Ja, mache ich." Kern verließ sein Zimmer und arbeitete weiter an den Lohnübernahmen für den Personalbereich West, dessen Leiter noch nicht gefunden war. Das dauerte.

Dr. Pickert kam vorbei und fragte: „Wann fahren Sie?" Kern antwortete: „Das kann noch etwas dauern. Vielleicht noch eine Stunde." Dr. Pickert war ungeduldig. Ein Kollege, der Pickert schon mal gefahren hatte, kam zu Kern und fragte: „Warum machen Sie heute so spät Feierabend? Sie könnten den Pickert doch nach Hause fahren, er ist doch unser Chef." „Ein schöner Chef ist das. Er interessiert sich nur wenig für meine Arbeit, er will einfach nach Hause. Das will ich auch, aber ich muss meine Arbeit machen. Die geht vor." Nach einer halben Stunde hatte Kern die Lust an seiner etwas monotonen Arbeit verloren. Er schloss seine Unterlagen ein und fuhr mit Pickert los. Der Verkehr hatte zu dieser Stunde etwas nachgelassen, er kam relativ gut durch. Unterwegs plauderte Pickert ununterbrochen „über Gott und die Welt" und insbesondere über seine Promotion über das kanonische Eherecht. Sichtlich von sich selbst amüsiert, berichtete er, dass es dabei nicht um die Einschränkung der Verwandtenheirat oder die Treuepflicht ging, sondern um die Vollziehung der Ehe zwischen den Ehepartnern und darum, wann der Vollzug der Ehe letztendlich stattgefunden hat, dabei gab er den Abstand zwischen seinem Daumen und dem Zeigefinger an, zum Beispiel bei zwei oder mehr Zentimetern. Kern lachte sich schief über die Sache und diesen Clown, der sein Chef sein wollte. Beinahe hätte er einen Verkehrsunfall verursacht. Auch noch grinsend verließ Pickert, an seiner Wohnung angekommen, Kerns Auto.

„Fahren Sie morgen früh nach Essen?", fragte Pickert. „Nein, ich muss morgen unbedingt zuerst nach Herne und könnte etwa gegen Mittag dort eintreffen."

Das fehlte noch, für den noch Chauffeur zu spielen, dachte sich Kern bei der Abfahrt. Was es nicht Alles gibt. Er fuhr schmunzelnd nach Hause.

Der Werksdirektor

Bei Vorstellungsgesprächen mit Bewerberinnen als Ersatz für dessen ausscheidende Erstsekretärin lernte Kern auch den Werksdirektor Kramm kennen. Kramm war seit längerem kränklich und fehlte immer öfter. Die Werksleiter alten Schlages waren absolute Herrscher in ihrem Werk und duldeten keinen Widerspruch. Und das erst recht nicht von einem externen Personalleiter.

Kramm wollte, dass die bisherige Zweitsekretärin die Erstposition bekommt. Kern war der Meinung, dass sie damit überfordert sei, denn wegen des großen Sitzungszimmers im Werk würden in den nächsten Wochen und Monaten dort oft wichtige Sitzungen mit vielen Teilnehmern stattfinden. Das würde zu umfangreicher Schreibarbeit unter großem Termindruck führen, dem Frau Licke nicht gewachsen wäre. Nur weil ihn seine Krankheit etwas versöhnlicher stimmte, war Kramm bereit, mit Kern überhaupt darüber zu diskutieren. Er blieb bei seiner Meinung, das würde sich mit der Zeit schon geben.

Unter den Bewerberinnen war eine erfahrene Sekretärin mit erstklassigem natürlichem Auftreten und sehr guten Zeugnissen. Kern kannte ihren Hintergrund. Der Vater war Mittelschullehrer, Kern wollte sie unbedingt einstellen. Kramm fand sie auch gut, aber eben nur als Zweitsekretärin. Das konnte die Einstellung gefährden. Kern sprach mit beiden Damen: Er vermied die Bezeichnung „Erst" oder „Zweit" und erklärte beide für gleichrangige Sekretärinnen, wobei Fräulein Licke zunächst die größeren Erfahrungen vor Ort hätte. Damit konnte auch der Betriebsrat leben. Die „Neue", Frau Berken, war klug genug, sich mit dieser Regelung einverstanden zu erklären, denn auch sie fühlte, dass sie die Bessere von den Beiden war. Sie wohnte in der Nähe und zu ihrem neuen Dienstort war es nur ein Katzensprung. Da der geltende Gehaltstarif attraktiv genug war, konnte sie auch einkommensmäßig zufrieden gestellt werden. Kern atmete auf. Das war in seinem Sinne zum Wohle des Unternehmens geschafft. Er war sehr zufrieden, dass er Frau Berken engagieren konnte. Als die ersten größeren Sitzungen des neuen Verbundes im Werk mit den üblichen Bewirtungen, Protokollen und Vertragsvereinbarungen stattfanden, war schnell klar, wer die Erstsekretärin im Werk war.

Für Kramm war es die letzte Entscheidung als Werksleiter. In der Unternehmenszentrale machte man sich Sorgen, dass ihn die gefürchtete Asbestose erwischt hätte. Seine vorzeitige Pensionierung wurde ins Auge gefasst. Kramm sträubte sich dagegen, kam aber nur noch sporadisch ins Werk.

Sein Arzt, bei dem er seit langem in Behandlung war, riet ihm, seiner Pensionierung zuzustimmen. Kramm fühlte sich wieder einigermaßen fit und bat ihn, nochmal ein Belastungs-EKG durchzuführen. Er strampelte langsam auf seinem (Fahrrad-) Ergometer. Der Arzt beobachtete ihn und seine Werte genau. Man unterhielt sich, der Arzt war ganz zufrieden mit ihm, wurde dann aber zum Telefon gerufen. Als er zurückkam, lag Kramm leblos neben seinem Ergometer. Alle Wiederbelebungsversuche versagten. Kramm war tot.

Techtelmechtel

Nach der Übernahmeaktion der Mitarbeiter aus anderen Bereichen waren nun 1.200 Mitarbeiter aus mehreren Werken abzurechnen und zu betreuen. Kerns Personalabteilung musste um einen Sachbearbeiter und eine Abteilungssekretärin verstärkt werden. Entspre-

chende Büroräume, auch für die Sozialabteilung und den Arbeits-
schutz, waren geschaffen worden. Kern hatte nun den funktionieren-
den Personalapparat, den er haben wollte und war der Ansicht, dass
er auch ab jetzt mehr Arbeitszeit dort verbringen würde.

Weit gefehlt! Seine Erfahrungen und seine Arbeitskraft waren in der
Zentrale weiterhin gefragt. So konnte er nur abends auf dem Weg
nach Hause nochmal in Herne vorbeifahren, um nach dem Rechten
zu sehen. Mit Körner gab es stets endlose Diskussionen über die
Personalarbeit im Allgemeinen und im Besonderen, über Tarifausle-
gungen und Handhabungen alter und neuer Betriebsvereinbarungen.
Es schien Kern so, als wenn Körner jeden Abend nur darauf wartete
bis er kam. Das ging oft bis 21:00 Uhr und später, sodass Kern die
Diskussion abbrechen musste, wenn er auf die Uhr schaute: „Herr
Körner, für heute ist Schluss. Meine Frau wartet schon lange mit
dem Essen auf mich." Vielleicht wollte Körner auch nur seine Kondi-
tion testen.

Körner war ein erfahrener und versierter Lohnabrechnungsfach-
mann, mehrere Jahre älter als Kern, ein unerschrockener Besserwisser, der aber auch genau bis pingelig war, sodass man sich auf
ihn absolut verlassen konnte.

Um die nervigen stundenlangen Diskussionen am Abend zu vermeiden, fuhr Kern, so oft es ging, morgens erst nach Herne, um das
Wichtigste in Kürze zu erledigen und dann nach Essen.

Die neue Abteilungssekretärin, Frau Marke, war 23 Jahre alt, verheiratet und hatte ein Kind von ca. anderthalb Jahren. Sie war selbstbewusst, nett, freundlich, sympathisch und irgendwie anziehend. Da
sie gute Zeugnisse vorweisen konnte, die sie für diese Position prä-
destinierten, hatte Kern ihr nach einem relativ kurzen Vorstellungs-

termin spontan erklärt, er würde sie gerne einstellen, wenn sie denn wolle. Sie wollte.

Kern bezeichnete seine Einstellungserfolge oft als Treffer oder als Volltreffer. Sie war ein Volltreffer. Sie erfüllte sofort die in sie gesetzten Erwartungen. Für die neu aufgebaute Abteilung war sie ein Gewinn. In Ihrer Gegenwart gab es keinen Streit, nicht mal mit Körner. Er hätte sie gern nach Essen geholt, weil sich sein Arbeitsschwerpunkt immer mehr nach dort verlagerte, aber sie wollte nicht. Der Anfahrtsweg war ihr zu weit.

Was Kern irritierte, war ihre ungewöhnliche Anhänglichkeit, ja Anlehnungsbedürftigkeit zu ihm. Bei kleinen Umtrunken, zu denen Kern eingeladen war, zum Beispiel wenn ein Neuer seinen Einstand gab oder ein Geburtstagskind „einen ausgab", wich sie nicht von seiner Seite, hakte sich in seinen Arm ein und ließ ihn nicht los, egal wer in der Runde dabei war. Kern ließ sie gewähren, ohne ihr Avancen zu machen. Sie war eine tüchtige Sekretärin und er wollte die Atmosphäre nicht stören. Sie war dabei nicht etwa betrunken, angeheitert oder ausgelassen, sondern sie machte das wie selbstverständlich oder vertraut. Sie ignorierte völlig so manchen verwunderten Blick der Kolleginnen und neidische Blicke der Kollegen zu Kern. Der fühlte sich einerseits geschmeichelt, andererseits war er aber auch etwas verunsichert und auf der Hut. Schließlich war er verheiratet und hatte jetzt drei Kinder. Sie war auch keineswegs sein Typ mit ihren schwarzen Haaren und ebensolchen Augen. Kern stand mehr auf blonde Frauen.

Nach einer spätnachmittäglichen Besprechung in Herne mit dem Betriebsrat und der Sozialabteilung, die sich bis in die Abendstunden hinzog, lud der Betriebsrat noch zu einem kleinen Imbiss in ein Lokal in der Nähe ein. Offenbar war er mit dem Ergebnis der Besprechung zufrieden. Frau Marke, die die Protokolle geschrieben hatte, bot Kern an: „Sie können mit mir fahren, ich bringe Sie wieder zum Werksgelände zu Ihrem Wagen zurück." Warum ließ er sich darauf ein? Im Lokal hakte sie sich, neben ihm sitzend, wieder wie selbstverständlich ein. Kern verzog etwas das Gesicht, konnte ihr aber nicht böse sein. Einige grinsten, was sie aber nicht störte. Wegen der anstrengenden Sitzung wollte so recht keine Entspannung aufkommen. Nur Frau Marke war verhältnismäßig munter. Bald verabschiedete man sich, an den morgigen Tag denkend.

Frau Marke fuhr Kern zurück aufs Betriebsgelände zu seinem Auto. Er saß neben ihr. Sie war eine flotte, temperamentvolle Fahrerin. „Haben Sie gesehen, wie der da vor uns fährt? Der hat seinen Führerschein wohl von Neckermann bezogen." Kern lachte. „Nicht so schnell. Da vorn ist rechts vor links. Vorsicht." „Ja, weiß ich, ich fahre jeden Tag diese Strecke." An Kerns Wagen hielt sie an und stellte den Motor ab. Ein ruhiger Moment trat ein, als wenn jeder sich so seine Gedanken über die Situation machte. „Und jetzt .....", sagte sie, wendete sich zu ihm und bot Kern ihre Lippen zum Kuss an. Ein kurzer, flüchtiger Kuss kam zustande, mehr verheißend für eine eventuelle spätere Gelegenheit. „Vielen Dank fürs Fahren." Kern stieg schnell aus. „Kommen Sie gut nach Hause." Sie startete mit quietschenden Reifen. Kern kam wieder zur Besinnung. Er hatte sich selbst leichtfertig in eine heikle Situation gebracht und beinahe die Kontrolle darüber verloren.

Es gab kein Wiedersehen. Nach wenigen Monaten rief Körner ihn an. Frau Marke wäre seit längerem kränklich gewesen und hätte gekündigt, aus privaten Gründen, wie sie erklärte. Sie war nicht umzustimmen gewesen. Schade, sie war so lebensfroh und tüchtig. Um einen gleichwertigen Ersatz konnte Kern sich nicht mehr kümmern. Das Unternehmen hatte mal wieder eine Überraschung für ihn parat.

Personalleiter einer Tochtergesellschaft

Die organisatorische Anpassung an die neuen Gegebenheiten durch die Verdoppelung der Mitarbeiterzahl kam gut voran. Notwendige neue Betriebsvereinbarungen waren abgeschlossen. Das neue Betriebsverfassungsgesetz von 1972 war schnell eingelesen. Jeder Personalleiter bekam ein Exemplar. Man war aber der einhelligen Ansicht, dass man Personalarbeit „mit dem Betriebsverfassungsgesetz unter dem Arm" nicht machen wollte. Die erfolgreiche Zusammenarbeit mit dem Betriebsrat wollte man nicht auf Spiel setzen.

Kern freute sich daher auf eine ungestörte Arbeit in seinem Personalbereich, für die er ja eingestellt worden war.

Da erreichte ihn die Nachricht, am kommenden Montag um 8:00 Uhr sollte er mit Körner zum Personalchef Herrn Willberg nach Essen kommen. Aber wieso mit Körner, abgesehen davon, dass dieser ab dem Montag im Urlaub war? Was hatte das zu bedeuten?

Am Samstagabend rief ihn sein unmittelbarer Vorgesetzter Neuhaus an: „Kern, Du sollst die Personalleitung der Gebäudetechnik übernehmen, wie ich von Willberg erfahren habe. Die brauchen dort Deine Erfahrungen und Deine Durchsetzungsfähigkeit. Der jetzige genügt nicht den Anforderungen des neuen Vorstandes. Der Vorstand verlangt eine sofortige personelle Veränderung. Da läuft einiges schief." „Das könnte doch der Backmann machen oder sind die Würfel schon gefallen?" „Ja, Willberg hat entschieden, wenn er die Stelle nicht optimal besetzt, bekommt er selbst Schwierigkeiten. Du weißt doch, wie krank er ist." „Ja, ich weiß es. Körner ist im Übrigen im Urlaub." „Das ist zweitrangig, bei dem ging es um Deine Vertretung vor Ort. Das regele ich schon." „Danke für die Vorabinformation." „Ist schon in Ordnung. Du kriegst das hin." Neuhaus legte auf.

Das war es also. Es hörte nicht auf. Immer wieder neue Anforderungen. Hatte man gerade mal eine Sache erledigt, kam schon die nächste Herausforderung. Warum hatte Neuhaus ihn geopfert? War Kern ihm zu stark geworden? Bestand eine Chance, die Aufgabe abzulehnen?

Über diese Tochtergesellschaft wurde in diversen Sitzungen der Personalabteilung immer wieder kurz gesprochen. Kern hörte oft gar nicht hin, er musste schließlich seinen eigenen Personalbereich aufbauen. Aber dass es da nicht lief, wusste er schon.

Wie befohlen, war Kern pünktlich bei Willberg. Bei seiner Einstellung war Willberg, 51 Jahre alt, nicht zugegen. Er war seit längerem erkrankt. Ein Schlaganfall hatte ihn niedergestreckt. Auch jetzt war er, der früher robust gewesen sein sollte, ein dünner, blasser Mann, der um sein Überleben auch im Betrieb kämpfte. Kern konnte es gut mit ihm, Willberg schätzte Kern, weil er seinen Personalbereich, unter anderem wegen seiner Erfahrungen, im Griff hatte. Willberg kam sofort zur Sache. „Bei der Gebäudetechnik geht es nicht voran. Die Personalkosten sind über Erwarten hoch. Die Personalabteilung ist sehr unter Druck geraten. Die Herren Dr. Pickert und Grasse haben sich nur halbherzig um den Bereich gekümmert. Der Dritte, Gerhard, ist der Sache nicht gewachsen. Ich habe keinen Stärkeren als Sie „in Petto". Sie müssen das übernehmen. Sie haben Ihren Bereich in Herne bereits aufgebaut. So sind sie für diese neue Aufgabe frei. Ich schätze Sie sehr, ich weiß, Sie werden das schaffen." Bei seinen

Worten tippte er immer wieder auf eine kleine Figur, mehr ein flacher stilisierter Kopf auf einer Drahtspirale. Kern blickte abwechselnd auf Willberg und die nickende Figur. „Das ist der „Jasager"", erklärte er. „Haben Sie keinen Anderen für diese Aufgabe?", fragte Kern mehr aus taktischen Gründen. „Ich sehe keinen." „Vielleicht bekamen die genannten Mitarbeiter nicht die nötige Unterstützung von der Zentrale. Sie müssen mich dort stützen, geben Sie mir Prokura für diese Gesellschaft. Das würde helfen." Kern meinte es ernst. „Da sehe ich black.", erwiderte Willberg und dabei tippt er den „Jasager" von der Seite an, sodass der den Kopf hin und her bewegte, was bekanntlich nein bedeutet. Er ergänzte noch: „Dort gibt es zurzeit nur zwei Geschäftsführer und keine Prokuristen. Aber ich sage Ihnen, wenn dort Prokuren eingeführt werden, sind Sie der Erste. Sie sind mir direkt unterstellt." Kern gab sich geschlagen. „Okay, ich übernehme das." „Gut. Wir fahren sofort in die Niederlassung. Ich stelle Sie der Geschäftsleitung vor."

Unterwegs im Wagen, er war wohl gerade richtig in Fahrt, sagte Willberg zu Kern: „Und den Gerhard schmeißen Sie am besten sofort als ersten raus." Kern widersprach: „Ich muss zunächst Boden unten den Füßen kriegen, dann sehen wir weiter." „Ist schon in Ordnung.", Willberg lächelte. Er wusste, dass das sowieso nicht einfach werden würde. Dem technischen Geschäftsführer, der kaufmännische Geschäftsführer war bereits entlassen worden, erklärte Willberg kurz und bündig: „Das ist Herr Kern, den ich zum neuen Leiter der Personalabteilung ernannt habe. Er ist mir persönlich unterstellt und handelt in meinem Namen. Zeigen Sie Herrn Kern sein Arbeitszimmer." Und zu Kern gewandt: „Herr Kern, Sie bleiben sofort hier. Falls noch Dinge in Herne zu regeln sind, kann man Sie ja anrufen." Und weg war er, sichtlich erleichtert. Später erfuhr Kern, dass Willberg sehr unter Druck des Vorstandes geraten war, weil er es versäumt hatte, die Personalleitung in der Tochtergesellschaft adäquat zu besetzen.

Den kaufmännischen Geschäftsführer hatte Kern gekannt. Er war vorher Assistent beim Vorstandsvorsitzenden Dr. Bucher, der diesen mit Arbeit so zugedeckt hatte, dass er seinen Aufgaben nicht mehr gewachsen war, und ihn dann in die Gebäudetechnik versetzt. Der technische Geschäftsführer war ihm unbekannt. Er sollte ihm sein Zimmer zeigen, konfrontierte Kern jedoch vorher unter anderem mit der Frage, ob er sich mit Leistungsvergütungssystemen von Führungskräften auskenne: „Wir müssen dringend ein Prämiensystem für die Führungskräfte hier erarbeiten." Kern konterte sofort: „Ich bin hier eingesetzt worden, weil Sie hier besondere wirtschaftliche Probleme haben und dazu fällt Ihnen zuerst eine Vergütungsregelung für Führungskräfte ein? Ich glaub's nicht! Haben Sie sich eigentlich schon Gedanken gemacht, wo und wie Sie Ihre Kosten, zum Beispiel Personalkosten, senken können?" Der Geschäftsführer knickte ein. „Ja, natürlich. Ich habe hier eine Liste mit Namen von Leuten zusammengestellt, auf die wir wegen Auftragsmangels verzichten könnten und müssten." Kern nahm die Liste entgegen. „Gut. Zeigen Sie mir jetzt mein Zimmer." „Ich kann jetzt nicht, ich muss dringend zu einer Besprechung. Meine Sekretärin übernimmt das. Wir sehen uns."

Das Zimmer war relativ groß. In der Mitte stand ein älterer unansehnlicher Schreibtisch aus Holz, der bessere Tage gesehen hatte. Der Stuhl passte dazu. Ein angerosteter Spind aus Metall, ca. 50 cm breit und ebenso tief mit einer Hutablage und einem Kleiderbügel darin, vervollständigte die Ausstattung. Das Fenster und die Tür klapperten leise. „Zumindest ist es hier gut durchlüftet.", ging es Kern durch den Kopf. Er verzog keine Miene. Aha, deshalb musste die Sekretärin das Zimmer zeigen. Er setzte sich auf den alten abgewetzten Ledersessel. Mit einem Hin- und Herrücken prüfte er dessen Stabilität und überdachte seine Lage. Der Chef hatte ihm keine Anweisungen hinsichtlich bestimmter vordringlicher Aufgaben erteilt. Er verließ sich also völlig auf ihn. Vor sich auf dem alten Schreibtisch lag einsam die neue Liste. Damit fange ich jetzt sofort an, es galt auch, sich Respekt zu verschaffen. Dann begrüßte er seine neuen Mitarbeiter, die er zum Teil von früher kannte, erklärte kurz seine Anwesenheit und bat seinen Vorgänger, Herrn Gerhard, zu sich: „Bringen Sie einen Besucherstuhl mit." Er zeigte ihm die Kündigungsliste. „Was halten Sie davon. Die habe ich soeben vom technischen Geschäftsführer bekommen." Gerhard kannte die Leute. „Alles Mitläufer.", sagte er dazu. „Ich wüsste noch weitere. Das kann gehen, ohne dass es Komplikationen gibt." „Gut. Bitte überprüfen Sie nochmal, ob eventuell Betriebsräte dabei sind oder Schwerbehinderte. Haben alle die gesetzliche Kündigungsfrist?" „Ja."

Kern fuhr fort: „In der Zentrale kann man sich die Verluste nicht erklären, man spricht von der Möglichkeit von sogenannten „Blinden", die bezahlt werden, in Wirklichkeit aber gar nicht existieren. Ich kann mir das nun überhaupt nicht vorstellen, aber überprüfen Sie, ob für jeden Beschäftigten eine Lohnsteuerkarte und eine Sozialversicherungskarte vorliegen, auch bei den Niederlassungen. Noch eins: Ich brauche einen Besprechungstermin mit dem Betriebsrat und Frau Scharfenberg soll zu mir kommen." „Wird gemacht."

Frau Scharfenberg diktierte er: „An den Betriebsrat. Wir zeigen Ihnen hiermit an, dass wir beabsichtigen aus dringenden betrieblichen Gründen nachfolgenden Mitarbeitern zum nächstmöglichen Termin zu kündigen." Dann sagte er zu ihr: „Die Liste hat Herr Gerhard. Das eilt sehr." Am nächsten Tag sprach sich herum, dass auch der technische Geschäftsführer entlassen sei. Kern wurde offiziell informiert und bekam Bankvollmacht für alle Geschäftsbanken. Darüber hinaus wurde ihm die Kasse unterstellt. Jegliche Zahlungen mussten erst von ihm genehmigt werden, bevor sie herausgingen.

Der Betriebsrat erwies sich als nervenstark, schöpfte alle Fristen und Möglichkeiten aus mit der Folge, dass die ausgesprochenen Kündigungen nicht fristgemäß erfolgten. Den Arbeitsgerichtstermin nahm Kern deshalb nicht wahr. Er wusste, dass er verliert. Nach dem Termin kamen die meisten der Gekündigten zu ihm und fragten höflich, warum er nicht erschienen sei. „Bei mir ist etwas dazwischen gekommen. Tut mir leid.", erwiderte Kern. „Und wie geht es jetzt weiter?", wurde er gefragt. „Jetzt erfolgt die Kündigung zum nächstmöglichen Termin. Ich weise nochmals darauf hln, dass es um dringend notwendige Kostensenkungen geht. Das hat nichts mit Ihnen persönlich zu tun."

Resigniert verließen sie sein Zimmer.

Durch den aufnahmefähigen Arbeitsmarkt lagen recht schnell zehn Eigenkündigungen vor, die z. T. sofort bei ihren früheren Arbeitgebern unterkommen konnten. Die Aktion war insofern nach wenigen Wochen ein Erfolg. Sie war darüber hinaus ein deutliches Zeichen, das Allen klar machte, was auf dem Spiel stand.

Gerhard meldete, dass für alle Mitarbeiter Steuer- und Sozialversicherungskarten vorlagen. „Blinde" waren daher ausgeschlossen. Eventuelle Schlupflöcher in den Niederlassungen wurden durch die Zentralisierung der Lohn- und Gehaltsabrechnung verbunden mit der bargeldlosen Auszahlung geschlossen.

Lediglich der Betriebsrat der Niederlassung München sträubte sich beharrlich gegen die Einführung der bargeldlosen Lohnzahlung. Angeblich, weil die Monteure ihren Frauen keinen Einblick in ihre Nettobezüge (sprich Auslösungen) geben wollten. Kern besprach die Sache mit dem Niederlassungsleiter und wollte seinen Besuch bei ihm notfalls mit einem Gespräch mit dem Betriebsrat verbinden. „Lassen's des, es bringt nichts. Dös haben mir scho oft versucht, immer vergeblich." Kern konterte: „Es kann mir keiner erzählen, dass ausgerechnet die bayerischen Frauen nicht wissen, was ihre Männer nach Hause bringen." „Doch, doch. Das ist hier so. Anders als bei Euch da droben." „Ich komme runter. Wir haben sowieso noch einiges zu besprechen. Ein Versuch ist es allemal wert." Kern stand unter Druck, der Vorstand saß ihm im Nacken.

Kern wurde vom Flughafen abgeholt. Er hatte die erste Maschine um 6:20 Uhr genommen. Das bedeutete, um vier Uhr aufzustehen und mit dem Auto nach Düsseldorf zu fahren. Etwas unausgeschlafen begannen die Gespräche mit der Geschäftsführung. Um 11:00 Uhr gab es Weißwürste mit Brezeln. Weigel, der Niederlassungsleiter trank dazu eine Flasche Bier. „Wollen's auch a Bier?" „Na." „Des hob i mi denkt."

Mittags aß Weigel „Lüngerl" (Lungenhaschee) eine schwarze Masse, die er mit dem Löffel zu sich nahm. Kern mochte gar nicht hingucken. „Da lob ich mir eine Pfannkuchensuppe und einen Schweinsbraten mit Knödeln.", bemerkte er.

Abends traf sich Kern mit dem Betriebsratsvorsitzenden wie verabredet in einem Lokal unter vier Augen. Das Thema war klar. „Sie bestimmen das Lokal, ich, beziehungsweise die Firma, zahle.", so hatte Kern es vereinbart. Reiter kam in „vollem Wichs", das heißt in erstklassiger Tracht mit weißem bestickten Hemd und ebenso verzierter Trachtenhose mit bunten Hosenträgern. Der Gamsbart auf dem Hut war spitze. Kern war beeindruckt und versuchte das mit seinem Bayerisch, das er in fast zwei Jahren durch den Aufenthalt während der sogenannten Kinderlandverschickung sowohl in Mintraching als auch in Uffing am Staffelsee gelernt hatte, auszudrücken. Damit war der heimatverbundene Reiter zu beeindrucken. Das hatte er nicht erwartet. Kern berichtete und schwärmte von der Isar, in der er unter Gefahren Schwimmen gelernt hatte.

Das Eis war gebrochen, die erste Maß Bier half zusätzlich. Nach einer pfundigen Hax'n kam Kern zum Thema, nachdem er zwei Enzian bestellt hatte, den er unbedingt mal probieren wollte. Reiter war Bauleiter mit rund zwanzig Monteuren auf verschiedenen Baustellen. „Wie haben Sie zum Beispiel die Auszahlung an ihre Leute durchgeführt? Das waren immerhin rund 20.000 DM mit der Auslösung zusammen. Ist das nicht zu gefährlich? Die Auszahlung erfolgt jeweils am vorletzten Arbeitstag. Sowas spricht sich herum." „I hob mi a Pistol'n kaft.", entgegnete Reiter unbeeindruckt und berichtete, dass er, wie die anderen Bauleiter auch, auf der Baustelle die Lohntüten aushändigte.

„Das mit der Pistole macht die Angelegenheit erst recht gefährlich. Davor kann ich nur warnen. Die andere Seite wird dann erst recht schießen. Das ist wirklich lebensgefährlich. Das Geld ist versichert. Es gibt daher keinen Grund das Geld zu verteidigen etwa unter Einsatz des eigenen Lebens." Reiter wurde nachdenklich. Kern bestellte noch zwei Halbe und zwei Enzian. „Nach dem Essen passt noch eins hinein und auf einem Bein kann man nicht stehen." Kern schob nach: „Ich hab heute Mittag Herrn Weigel schon meine Meinung gesagt, dass die bayerischen Frauen genau wüssten, was ihre Männer verdienen. Ich glaub es einfach nicht, dass die viel anders sind als unsere Frauen." „Es gibt scho welche.", mauerte Reiter. „Ausnahmen gibt es immer, auf die Mehrheit kommt es an und auf die Sicherheit. Tapferkeit ist hier fehl am Platze." „Ja, scho." „Herr Ober, noch zwoa Halbe, bittschön.", bestellte Kern. Das Thema darf man nicht überreizen dachte sich Kern und kam auf 1860 München zu sprechen. Das belebte das Gespräch wieder. Reiter war "Sechzger"-Fan. Damit war der Abend gerettet und Kern bestellte noch zwei Halbe.

Inzwischen war es fast 23:00 Uhr. Reiter war sichtlich angeschlagen. Mit der Körperfülle von Kern konnte er nicht konkurrieren. „ich glaub' wir machen jetzt Schluss für heute, was meinen Sie?" „Jo, es is gnua, mir san für morg'n verabredt. Pfueti, und s' wor a guad's Gespräch." Ein Taxi brachte ihn nach Hause.

Kern zahlte die Zeche. Mal sehen, was der morgige Tag bringt. Er war seit 4:00 Uhr auf den Beinen und richtiggehend ausgepumpt.

Am anderen Tag war er kurz nach 8:00 Uhr in der Niederlassung. Der Betriebsrat beriet bereits seit 7:00 Uhr. Die Telefonistin und Pförtnerin war außerordentlich freundlich. Der Geschäftsführer und sein Vertreter empfingen ihn mit den Worten: „Wie haben Sie das gemacht? Der Betriebsrat hat soeben signalisiert, dass die bargeldlose Lohn- und Gehaltsabrechnung seine Zustimmung findet. Herzlichen Glückwunsch." Es war geschafft. Kern war es auch, aber es hatte sich gelohnt.

Auf dem Rückflug nahm Kern sich vor, festzustellen, wie viel ein Monteur pro Stunde kostet, und zwar einschließlich aller Zuschläge und Arbeitgeberanteile zur Sozialversicherung, aller Ausfallzeiten wie Urlaub, Krankheit, Beiträge zur Berufsgenossenschaft. Auch die damals noch zu zahlende Lohnsummensteuer nicht zu vergessen. Gerhard übernahm das.

Nach Abgleich mit der Kalkulationsabteilung stellte sich heraus, dass dort mit einem Stundensatz der unterhalb seiner Ermittlung lag, kalkuliert wurde. Nun schien klar zu sein, wo die Verluste herkommen. Der Vertriebsleiter erklärte allerdings hierzu, dass seit längerem die hereingenommenen Aufträge nicht mehr auskömmlich gewesen wären. Der Markt gäbe nicht mehr her. Man käme nur durch die Ausweitung des Auftrages durch sogenannte Regiestunden beziehungsweise durch Nachtragsaufträge, die lukrativer seien, die sich immer im Laufe eines Auftrages ergäben, über die Runden. Ein gewiefter Bauleiter könne aus einem schlechten durchaus einen auskömmlichen Auftrag machen.

„Ihr Wort in Gottes Ohr.", bemerkte Kern dazu. „Haben wir denn diese geschickten Bauleiter überall dort, wo es dringend nötig gewesen wäre? Die Vergangenheit spricht nicht gerade dafür."

„Doch, natürlich, unser Problem sind die alten Aufträge, die wir beim Erwerb der jetzigen Niederlassungen mit übernommen haben." Einigkeit bestand darin, dass es immer schwieriger wird, am Markt auskömmliche Preise zu erzielen, denn der Bauboom der seit vielen Jahren bestand, zeigte mittlerweile überall Schwächen.

Kern musste sich auf weitere Personaleinsparungen einstellen, das war ihm nochmals klar geworden.

Ein Mittel hierzu war, sich bei Beendigung der großen Bauvorhaben von den vor Ort eingestellten Mitarbeitern zu trennen. Kern suggerierte dem Betriebsrat bei jeder Unterrichtung über Kündigungen, dass es Ziel sein müsse, die Stamm-Belegschaft zu behalten. Hierzu gehörten schließlich auch die Betriebsräte. Wenn Kern in die Sitzung kam, hörte er die Seufzer der Betriebsräte: „Jetzt kommt er schon wieder mit seiner schwarzen Tasche." Notgedrungen tolerierte der Betriebsrat sein Vorgehen, das hieß: Der Betriebsrat schwieg dazu.

Die polnische Beerdigung

Zu den nicht gerade angenehmen Aufgaben Kerns gehörte auch die Teilnahme an der Beerdigung eines jungen Mitarbeiters, 21 Jahre jung und bereits verheiratet.

Zwei junge Männer waren auf der Fahrt zur Baustelle mit dem Auto durch einen tragischen Unfall tödlich verunglückt. Der eine wurde in aller Stille ohne Einladung des Arbeitgebers beerdigt. Zur anderen Beerdigung wurden Kern und der Leiter der Niederlassung eingeladen. Kern nahm eher notgedrungen teil. Er kam etwas zu spät. Das Zeremoniell auf dem Friedhof in Waltrop überraschte ihn dann doch sehr. Der Pastor predigte und betete auf Polnisch. Die Hinterbliebenen beteten das Vaterunser auf Polnisch mit. Die junge Witwe schrie herzzerreißend und wollte sich ins Grab stürzen als der Sarg hinab sank. Zwei kräftige Männer hielten sie mit Mühe zurück. Kern meinte zum Niederlassungsleiter gerichtet: „Sie wird sich etwas antun. Wir müssen etwas unternehmen." „Nein", meinte dieser. „Warten Sie ab, sie wird sich gleich wieder beruhigen." Kern lief so schnell er konnte quer über den Friedhof zu der Telefonzelle an dessen Eingang und rief einen Arzt an. Der meinte lapidar, die Person möge zu ihm in die Praxis kommen, mehr könne er im Moment nicht tun. Wütend lief Kern zur Beerdigungsgesellschaft zurück.

Die Witwe hatte sich inzwischen tatsächlich beruhigt. Sie ging, von den beiden Männern gestützt, aufrecht ins vorgesehene Lokal. Der erfahrene Niederlassungsleiter hatte recht, sie hatte sich gefangen. Wenig später forderte sie ausdrücklich Kern auf, sich zu ihr zu setzen und bedankte sich für die Teilnahme an der Beerdigung. Sie machte einen gefassten Eindruck, nahm Kerns Beileidsbekundung ruhig und dankend entgegen und forderte ihn auf, sich doch an dem bereitgestellten Kaffee und Kuchen zu bedienen. Etwas irritiert vom plötzlichen Gemütsumschwung der jungen Witwe verabschiedete sich Kern nach kurzer Zeit wegen eines dringenden Termins.

Etwa nach einem Jahr, während eines Treffens mit dem Niederlassungsleiter, kam Kern zufällig auf die tragische Beerdigung zu sprechen. „Wie geht es denn der jungen Witwe? Haben Sie etwas von ihr gehört?" „Ja, der Bauleiter berichtete mir, sie hätte kürzlich einen Kollegen ihres verstorbenen Mannes geheiratet." „Sind Sie sicher?", vergewisserte sich Kern. „Ja doch. Mir war klar, dass die nicht lange allein bleibt." „Manchmal geht mir der richtig auf die Nerven.", murmelte Kern vor sich hin.

Ein Unglück kommt selten allein

Ein Unglück kommt selten allein, heißt es im Volksmund. In der gleichen Niederlassung, nur wenige Wochen später hatten sich zwei Elektriker an einer 10 KV-Anlage verabredet, um einen Elektroanschluss für ein Bauvorhaben vorzubereiten. Es war Vorschrift, dies nur zu zweit durchzuführen.

Der eine kam etwas früher an die Anlage und beschloss schon mal die Vorarbeiten für die Hauptaufgabe in Angriff zu nehmen, in der berechtigten Annahme, der zweite Mann komme jeden Augenblick dazu.

Er schloss die Tür zur Anlage auf. Dahinter befand sich ein Eisengitter vom Boden bis zur Decke des kleinen Gebäudes. Ca. in der Mitte des Gitters befand sich eine mit einem Schloss gesicherte Tür, die lediglich eingehängt war. Er öffnete das Schloss – der zweite Kollege war noch nicht da. Er wartete noch etwas, hob dann aber das Türgitter aus der Angel. In dem Moment kam der zweite Kollege dazu: „Vorsicht!", schrie er. „Warte!" Doch der Monteur hob das Gitter hoch, zu hoch, und berühre die oben verlaufende Stromschiene. Ein fürchterlicher Stromschlag durchströmte den Körper des Monteurs. Er war sofort tot. Der Stromschlag war so stark, dass die Schuhsohlen des Mannes durchgeschmort waren ...

„Nein, ich kann nicht mit zur Beerdigung. Ich stehe das nicht durch. Sie müssen ohne mich das Unternehmen vertreten.", beschied Kern den Niederlassungsleiter. Wenige Tage später fand Kern auf seinem Schreibtisch eine Rechnung eines Wirtes vor, die der schlitzohrige Niederlassungsleiter ihm zur Begleichung über der Zeche der Beerdigungsfeier zugesandt hatte. Bei der musste es hoch hergegangen sein. Unglaubliche 12 Flaschen Weinbrand standen auf der Rechnung, die auf das Wohl des Verunglückten geleert worden waren. Der Wirt erklärte auf telefonische Nachfrage, es wären mehrere Runden „geschmissen" worden. Man wäre der Meinung gewesen, die Firma würde bezahlen. Kern sandte die Rechnung umgehend an den Niederlassungsleiter „zuständigkeitshalber" zurück.

Turbulenzen

Die neue Geschäftsleitung, seit einem Jahr im Amt, konnte trotz aller Bemühungen und Verbesserungen das Blatt nicht entscheidend wenden. Das bisherige sogenannte Gesundschrumpfen reichte nicht aus.

Kern hatte mit einiger Mühe eine Leistungs-Lohnvereinbarung zwischen dem Betriebsrat und einer Niederlassungsleitung erarbeitet, zum Teil während seines Urlaubs und an Wochenenden. Basis waren bestehende Vereinbarungen innerhalb der Branche/Innung. Es ging dabei um die Festsetzung des Zeitaufwandes für zergliederte Arbeitsschritte auf der Baustelle. Gleichzeitig wurde eine Vorfertigung auf dem betrieblichen Bauhof eingerichtet. All das sollte helfen „den Karren aus dem Dreck zu ziehen", brauchte aber Zeit.

Aufträge konnten nur mit „Kampfpreisen" hereingeholt werden. Der Vorstand der Muttergesellschaft verlor zunehmend die Geduld. Alle Zahlen mussten auf den Tisch! Sämtliche Baustellen wurden im Einzelnen mit den jeweiligen Bauleitern und Kalkulatoren durchgesprochen und auf den Stand der Fertigstellung und den voraussichtlichen Erfolg hln geprüft. Auch Kern musste mit in die Niederlassungen.

Es stellte sich schnell heraus, dass die Lohn- und Materialkosten immer gedeckt waren, die Overhead-Kosten, wie Datenverarbeitungs-Kosten, Pachten, Kosten der Niederlassungsleitung, Kalkulation, Abrechnung, Strom, Wärme etc. aber meistens nicht. An Gewinn war nicht zu denken. Zufällig, es war schon dunkel, traf Kern beim Herausgehen aus dem Haus einer Niederlassung den zuständigen Vorstand Dr. Kraft.

Der schüttelte den Kopf: „Es ist nicht zu fassen, das Ding hier, es ist nicht zu retten. Das machen wir zu!" Obwohl Kern ebenfalls nur auf unrentable Baustellen bei seinen Prüfungen gekommen war, traf ihn die schonungslose Konsequenz doch unverhofft. „Hoffentlich nicht mit einem lauten Knall.", konnte er nur noch bemerken.

Der Vorstand entschied, die Niederlassung zu verkaufen. Es fand sich ein Interessent, der auch die meisten Mitarbeiter übernehmen wollte. Hektische Betriebsamkeit herrschte, nicht etwa über den

Kaufpreis, der war Nebensache. Hauptsache war, dass der Vertrag zustande kam, dass der Interessent nicht absprang.

Kurz vor der entscheidenden Sitzung mit dem potenziellen Käufer ging Dr. Kraft die Vertragspunkte noch mal durch. Plötzlich polterte er los: „Wer hat das denn hier verbrochen? Dem schneide ich die Eier ab!" Kern, der die Mitarbeiterseite vertrat, war nicht betroffen. Er schaute ernst aber innerlich amüsiert auf die neben ihm sitzende Frau Hofer von der Rechtsabteilung. Sie verzog keine Miene. Mit dem Käufer wurde man sich dann doch einig. Kern saß ihm gegenüber. Der Unternehmer zeigte freundlich auf Kern und sagte: „Und den Herrn möchte ich auch übernehmen." Kern lächelte etwas gequält, hielt sich aber ansonsten zurück, um den Verkauf nicht zu gefährden. Dr. Kraft knurrte: „Das müssen Sie mit dem Personalvorstand besprechen.

In zähen Verhandlungen wurde mit dem Betriebsrat ein Sozialplan für die Mitarbeiter, die nicht von anderen Unternehmen übernommen wurden, ausgehandelt. Die Kriterien Lebensalter und Dauer der Betriebszugehörigkeit waren die Grundlage hierzu. Kern erstellte als Anlage zur Vereinbarung eine Tabelle, in der jeder Mitarbeiter seine Abfindung auf der Abszisse und Koordinate ablesen konnte. Die Mitglieder des Betriebsrates waren alles erfahrene Mitarbeiter mit längerer Betriebszugehörigkeit. Insofern kamen sie, falls sie das Angebot zur Übernahme ablehnten, in den Genuss einer interessanten Abfindung. Erst, nachdem sich jeder von der Höhe der eigenen Abfindung überzeugt hatte, wurde die Betriebsvereinbarung über den Sozialplan verabschiedet.

Aufgrund der allgemeinen guten Lage auf dem Arbeitsmarkt waren keine besonderen Notfälle beim Personal aufgetreten. Ein entlassener Mitarbeiter mit langer Betriebszugehörigkeit meldete sich per Telefon bei Kern und bedankte sich für die Entlassungsabfindung. Er hatte kurzfristig eine gleichwertige Arbeit gefunden. Mit der Abfindung konnte er die Hypothek auf seinem Einfamilienhaus ablösen. Über die Schließung der Niederlassung war nur eine kurze Notiz in der Regionalzeitung erschienen. Der Leiter dieser Niederlassung stand zuletzt so unter Druck, dass er sich am Wochenende von einem Hypnotiseur in einen Dauerschlaf versetzen ließ, wie er berichtete. Kern konnte ihm bei der Lösung seiner Probleme auch nicht helfen. Er hatte selbst genug davon. Unvermittelt geriet er selbst zur Zielscheibe aufgebrachter Mitarbeiter in Form von nächtlichen Anrufen mit Todesandrohungen. Er solle sich in Acht nehmen, wenn er Kündigungen aussprechen sollte. Man wisse genau, wo er wohne.

Schließlich und endlich ist nichts passiert. Wahrscheinlich gehörten die Anrufer zu den Mitarbeitern, die mit laufenden Aufträgen „verkauft" wurden.

Der Verkauf weiterer Unternehmensteile oder Niederlassungen kam gut voran.

Das erfahrene Baustellenpersonal wurde mit den Aufträgen im Allgemeinen ohne große Umstände übernommen. Die Lohnstruktur war in der Branche in etwa gleich. Der Arbeitsmarkt konnte Mitarbeiter aufnehmen. Sozialfälle waren eher selten.

Lediglich in Hamburg gab es einige Schwierigkeiten. Der dortige Betriebsrat lud zu einer Betriebsversammlung ein, der Vorstand und die Geschäftsleitung ließen sich entschuldigen. Willberg und Kern mussten hin. Bereits beim Betreten des Saales warnte der Gesamtbetriebsratsvorsitzende aus Essen hinter vorgehaltener Hand vor

einigen Krawallmachern dort. Sie hätten gedroht mit den vorhande-
nen Aschenbechern zu werfen. Insbesondere von der rundum vor-
handenen Empore wären das gefährliche Wurfgeschosse.

Die Versammlung drohte zu scheitern als Kern das aufgestellte Ton-
aufnahmegerät erblickte und dessen sofortige Entfernung forderte.
Als dem entsprochen wurde, konnte Willberg mit seinem Bericht
beginnen. Die kleine Gruppe der Krawallmacher unterbrach laufend
den Bericht, tumultartige Szenen entstanden. Der erfahrene Willberg
konterte geschickt mit dem bisherigen sozialen Vorgehen in anderen
Niederlassungen, wo bisher noch kein einziger Mitarbeiter entlassen
worden war. Auf der Rückfahrt war Willberg erschöpft. Auch das
sehr schmackhafte Essen (frischer Spargel mit Schinken) hatte ihn
nur kurz aufgemuntert. Durch seine Krankheit war er auch nervlich
nicht mehr belastbar.

Der Fahrer hatte Willbergs Sitz im Auto vorne in Liegestellung gestellt. Kurz vorm Mittagsschlaf sagte er noch zu Kern: „Also nein, so
ein Theater habe ich noch nie erlebt. Sowas müssen Sie durchste-
hen Herr Kern? Sie bekommen ab sofort eine Gehaltserhöhung von
500,-- DM im Monat." Kern bedankte sich sehr für die Anerkennung.
Willberg schlief danach sofort ein und Kern fragte sich, ob er auch
eine Gehaltserhöhung bekommen hätte, wenn alles gut gelaufen
wäre.

Dass die Niederlassung München verscherbelt wurde, war wirklich
schade. Dort fand nämlich jährlich im September während des Okto-
berfests die Gesamtbetriebsratssitzung statt. Die letzte Sitzung im
Vorjahr wurde in Olching abgehalten. Kern kam sich vor wie in der
Fernsehsendung „Einer gegen Alle": Er gegen Sieben. Zunächst
wurde er gebeten, spazieren zu gehen, die Runde musste sich erst

alleine austauschen und sich auf eine gemeinsame Tagesordnung samt Meinung einigen. Kern hatte nur zwei Hauptthemen: 1. Weitere Einsparungen, aber nicht in der Niederlassung München, 2. Einführung einer Arbeitsordnung auf der Baustelle.

Da schönstes Herbstwetter herrschte, ging Kern unter Bäumen gemütlich den dort vorbeirauschenden Bach entlang, der eine angenehme Kühle verbreitete. Einmal hin, einmal her, das war nicht schwer. Ab und zu blickte er zurück, ob man ihn nicht benötigte und ihn deshalb heranwinkte. Das geschah mehrfach für die eine oder andere Frage. Man war sich unter anderem nicht einig bei dem Punkt der Arbeitsordnung: Verbot von Alkohol auf der Baustelle, bei Zuwiderhandlung drohte der Entwurf mit fristloser Kündigung. Die Bayern hatten eine ganz andere Auffassung von Bier als die „Preissen" im Norden. Bier war dort ein Nahrungsmittel, passte wun derbar zu Brezeln und "Weißwurscht" um elf Uhr. Das bayerische Bier war zwar dünner, war die Auffassung, eine Ausnahme für München bei der Arbeitsordnung war für Kern aber nicht opportun. Das konnte beim Mittagessen gleich praktisch in natura getestet werden. Das Fazit: Es wurde zwar kaum etwas erreicht, dafür war die Stimmung aber sehr gut. Man freute sich insgeheim auf den bevorstehenden Besuch des Oktoberfestes.

Kern bekam von der Niederlassungsleitung eine Menge Biermarken, falls er mal jemandem „einen ausgeben" sollte. Dazu eine „Hendl"- und eine „Haxn"-Marke.

Die Niederlassung hatte traditionell Plätze auf der Empore eines imposanten Bierzeltes angemietet, in dessen Mitte eine Blaskapelle spielte. Die Sitzbankreihen waren eng angeordnet, jeweils zwei nebeneinander stehende Bänke, dann die Tische usw., so dass Kern kurz nach dem Platznehmen mit dem Hintern des Hintermanns in

Berührung kam. Der fand das gar nicht gut und stand sofort auf, die Maß in der rechten Hand, was Kern veranlasste, ebenfalls mit dem Literkrug in der Hand aufzustehen und auf ihn herunterzublicken. „Das kann ja heiter werden", befand er.

Die Betriebsräte waren ihm verloren gegangen. Die Holzbänke waren hart, Kern stand auf und ging zur uniformierten Aufsichtsperson, die, am Eingang stehend, aufmerksam die Reihen der Biertrinker beobachtete. Es war ein kräftiger junger Mann, der erzählte, dass er 6,-- DM die Stunde für seine Aufsichtstätigkeit bekam. Plötzlich entstand ein kleiner Tumult und er sprang über zwei Tische und stürzte sich ins Getümmel und sorgte für Ruhe. „Mutig, mutig", sagte Kern zu ihm, als er völlig ruhig und entspannt wieder zu Kern zurückkam. „Sie bräuchten eine höhere Gefahrenzulage". „Na, des is scho so okay ...", meinte der, "die woan schnell wieder stad."

Kern musste austreten. Er reihte sich in die Schlange der „Gleichgesinnten" ein, vor ihm zufällig der Betriebsratsvorsitzende der Hauptverwaltung. Ein Holzverschlag in 1,20 Meter Höhe, auf beiden Seiten mit Regenrinnen versehen, war das Ziel. Man stand sich mit dem Oberkörper beim Wasserlassen direkt gegenüber. Der Betriebsrat blickte seinem Gegenüber etwas länger als normal direkt in die Augen und knurrte: „Scheiße, wenn man nicht pinkeln kann, nicht wahr?"

Der meinte trocken: „Tritt näher heran, er ist kürzer als Du denkst."

Kern verschenkte seine Hendl- und Haxn-Marken sowie die meisten Biermarken an Mitarbeiter, von denen er angesprochen wurde.

Um 22:00 Uhr war Schluss. Eine der letzten dieser praktischen eingehüllten fahrbaren Krankenliegen mit Reißverschluss und Sichtfenster aus Plastik wurde an Kern vorbeigeschoben. Der Geschäftsführer lud noch zu einem Umtrunk im Hotel ein. Kern war aber nicht mehr fähig mitzuhalten und begab sich aufs Zimmer.

Ja, so warn's, die Verhältnisse im letzten Jahr. Und in diesem Jahr? Fehlanzeige, es war wirklich bedauerlich, befand Kern.

Leiter Personalbereich AT-Angestellte

Nach den Irrungen und Wirrungen in der Tochtergesellschaft mit Erfahrungen, die man nicht oder möglichst nur ein Mal im Berufsleben machen sollte, begann für Kern nun der „Rücksturz zur Erde", sprich: Der Weg zurück in die Hauptverwaltung der Muttergesellschaft.

Dort hatte ihn jedoch niemand im Fokus. Alle adäquaten Postionen im Personalwesen waren besetzt. So machte er die Erfahrung vieler Rückkehrer (oder 'repatriats' heutzutage). Einige Angebote außerhalb des Personalwesens lehnte er kategorisch ab. Sein Image war sicher nicht gerade das allerbeste. Beim Betriebsrat ging ihm der Ruf eines eiskalten Rationalisierers voraus. Doch sowas macht keiner gerne. Aufgrund seiner zweifellos erworbenen Meriten konnte der Vorstand ihn aber auch nicht hängen lassen. Schließlich wurde ihm der für ihn neu eingerichteter Bereich „AT-Angestellte" übertragen. Das waren die Angestellten, die oberhalb der tariflichen Eingruppierung standen, also "außertariflich/AT" waren.

Bevor er die Aufgabe übernahm, bat Kern seinen Personalvorstand, einige Fortbildungsseminare besuchen zu dürfen, um eventuell neue Entwicklungen auf dem Personalsektor kennen zu lernen. In den vergangenen vier Jahren ging es stets um ganz spezielle personelle Organisationsverbesserungen und um Rationalisierungs- und Einsparungsmaßnahmen. Jetzt wäre der richtige Zeitpunkt dazu. Kern folgerte, wenn man erst wieder voll im Geschirr ist, fehlt einem die Zeit hierzu. Der Vorstand fand das in Ordnung und war einverstanden.

Bei der Sichtung der Fortbildungsangebote stieß Kern auf die neumodischen Begriffe wie „Jobrotation" und „Assessment-Center" oder „Teamwork", die bisher bei seiner Personalarbeit keine Rolle spielten. Nach kurzer Prüfung der Praktikabilität von Rotationen im Unternehmen, wäre es Zeitverschwendung gewesen, sich damit zu befassen. Er meinte, das wäre unrealistisch, dafür wäre das Unternehmen zu klein. Alle führenden Mitarbeiter waren Spezialisten und nicht untereinander austauschbar. Ein Assessment-Center bei der Personalbeschaffung durchzuführen war wohl, ebenfalls wegen der Unternehmensgröße und der bisher gemachten Erfahrungen, zu theoretisch und zu umständlich. Eine besonders durchsetzungsfähige potentielle Führungskraft herauszufiltern kann auch später nachteilig werden, wenn der erhoffte Karriereschritt nicht geboten werden kann. Ein behutsamer Aufbau – wie bisher praktiziert – schien auch weiterhin die sicherste Variante zu sein.

Der Hund des Vorstandsvorsitzenden

Der wahrlich durchsetzungsfähige Vorstandsvorsitzende (VV) konnte einem Assessment-Center jedoch etwas abgewinnen. Im Allgemeinen kein Kunststück, wenn man ganz oben angekommen ist. In diesem Fall ging es jedoch um die Auswahl seines Hundes.

Er wünschte sich schon lange im Geheimen einen Hund im Sinne eines Wachhundes für sein Einfamilienhaus. Reinrassig sollte er sein, mit Stammbaum, nur von einem renommierten Züchter. Alles standesgemäß, versteht sich.

Der Züchter präsentierte ihm einen passenden Wurf Welpen, aus dem er sich einen aussuchen sollte, der ihm besonders gefiel. Der Vorstandsvorsitzende war nicht auf Schönheit aus, sondern betrachtete den Wurf sozusagen als Assessment-Center. Er wünschte, dass sich „sein Hund" selbst als Kandidat aus der Gruppe anbieten und sich dazu bewähren sollte.

Er ließ einen Topf mit Spezialfutter mehrere Meter von der Gruppe der Welpen entfernt bereitstellen. Sie rochen ihr Lieblingsfutter sofort, wurden unruhig aber zunächst noch zurückgehalten. Als sie losgelassen wurden, schossen sie los, wie vom Vorstandsvorsitzenden vermutet. Der schnellste und rücksichtsloseste Welpe – ein Rüde – der sich gegen alle anderen durchsetzte und als Erster zu fressen begann, war sein Favorit. Bedenken, dass dieser auch später im Rudel daheim die Führung beanspruchen würde, schob er beiseite. Er bekam das Tier, dessen Verhalten er selbst im Leben verkörperte: Rücksichtslosigkeit, Egoismus, Durchsetzungsvermögen und Kraft.

Der Hund bekam das beste Futter, das es auf dem Markt gab und den besten Trainer, der trotz seiner Erfahrungen nur sehr schwer mit dem Tier zurecht kam.

Der bullige Vorstand hatte bei seinem 12-Stunden Arbeitstag nicht die Zeit, sich um seinen Hund Rex zu kümmern. Wenn er abgekämpft nach Hause kam, sprang der Hund ihn knurrend an, er fühlte sich herausgefordert. Lediglich an Wochenenden konnte er sich mit Rex befassen, der seinem Namen alle Ehre machte und tat was er wollte und nicht das, was er sollte. Er landete schließlich im Zwinger, drauβen, was ihm gar nicht gefiel, verbellte alles was sich bewegte und heulte des Nachts. Der Hund wurde abgeschafft. Ob es weitere Versuche gegeben hat, ist nicht überliefert.

Teamwork

Die Veranstaltung über Teamarbeit erschien Kern interessant. Er war aber skeptisch, weil er bisher vielmehr „Einzelkämpfer" war, nicht nur in den zahlreichen Sitzungen mit dem Betriebsrat, wo er alleine die Interessen des Unternehmens vertrat. Er meldete sich an, unter dem Motto „schaden wird es nicht". Es ging – auf deutsch – um Gruppenarbeit, dessen Vor- und Nachteile, das Warum und die Durchführung. Nach dem Einführungsgespräch ging es los. Die Gruppenarbeit über die Gruppenarbeit war schon interessant. Es wurden unter den Teilnehmern Gruppen von je 4 Personen gebildet. Neben Kern waren noch eine Dame und zwei weitere Herren in seinem Team. Die Mitglieder begaben sich an den zugedachten runden Tisch. Man war sich schnell einig, dass kein Gruppenmitglied eine wir auch immer geartete Gesprächsführung übernehmen und somit alle gleichberechtigt mitarbeiten sollten. Es war aber allen klar, dass am Schluss einer das erarbeitete Ergebnis vorzutragen hatte. Wer das war, blieb offen bis zuletzt. Jeder musste sich also seine Notizen machen. Die Gruppe kam mit der vorgegebenen Zeit gut zurecht. Schnell wurde man sich einig über das Wie und Warum in der Zusammenfassung des Ergebnisses. Damit war nur noch offen, wer vortragen sollte. Kern hatte keine besonderen Ambitionen. Die Herren schauten sich gegenseitig ausforschend an. Keiner kam so recht aus der Deckung. Jeder wollte unausgesprochen der Dame den

Vortritt lassen, wie man das immer so machte, wenn eine Dame zugegen war.

„Wollen Sie das nicht übernehmen?", fragte Kern sie zögernd. „Das könnte Ihnen so passen.", polterte die Dame los. „Nur weil ich hier die einzige Frau am Tisch bin, soll ich hier die Arbeit für drei Herren übernehmen? Ich denke nicht daran, Sie in Ihrer Faulheit noch zu unterstützen!" Die Dame stand auf und verließ die Gruppe und setzte sich auf ihren angestammten Platz. Kern und die anderen Herren waren verblüfft. „Was ist denn in Die gefahren?", bemerkte einer. „Unsere Gruppe ist auseinandergefallen.", stellte Kern fest. „Das ist für das Wesen einer Gruppe katastrophal.", sagte der Dritte im Bunde. „Übrigens ich schlage vor, dass Sie, Herr Kern, unser Ergebnis zusammenfassen sollten, wenn die anderen nichts dagegen haben."

Kern fasste zusammen: „Das Ergebnis unserer Team- oder Gruppenarbeit ist, dass es Bereiche gibt, wo Gruppenarbeit wichtig und notwendig ist. Wir denken dabei an die Schule, wo die Schüler in der Gruppe von dem Wissen anderer profitieren, um zu einem Arbeitsergebnis zu gelangen. In der Arbeitswelt, im Besonderen im Personalwesen kann das bei der Beschaffung von Auszubildenden möglich sein. Es gibt jedoch Bereiche, wo Teamarbeit eher hinderlich ist. Wir denken dabei wieder an die Personalbeschaffung. Die Entscheidung über eine Einstellung kann nicht auf ein Team übertragen werden. Es wird selten der Fall sein, dass alle Team-Mitglieder die gleiche Kompetenz, Erfahrung und Kenntnis über die zu besetzende Position und dessen Voraussetzung haben. Der Fachabteilungsleiter und der Personalleiter beziehungsweise Personalbeschaffer haben, wenn sie die Richtigen sind, auch und vor allem den Personalbedarf in der Zukunft im Blick. Durch die wiederkehrenden Vorstellungsgespräche erhält er einen Informationsvorsprung. Es besteht die Gefahr, dass Teamarbeit überbewertet wird, dass Entscheidungen hinausgeschoben werden, dass letzthin keiner mehr bereit ist, Entscheidungen zu fällen und sich lieber in der Gruppe versteckt."

Danach kamen die anderen Gruppen noch zu Wort. Nach Meinung einer Gruppe produzieren Gruppen oft schlechtere Ergebnisse als kluge Köpfe. Entsteht Harmonie in der Gruppe, macht diese sie schläfrig und unkritisch.

Anschließend gab es noch Diskussionen im Besonderen über das Verhalten der Frau am runden Tisch. Sie selbst nahm sich dabei zurück. Es schien für alle Teilnehmer eine besondere Erfahrung zu sein. Ein Einzelfall also? Man war sich darüber nicht im Klaren. Man fand ihre Reaktion einfach überspannt und töricht.

In einem Erfahrungsaustausch zwischen den Personalfachleuten war Kerns besondere berufliche Situation keinesfalls außergewöhnlich. Sowas käme öfter vor. Auf der Rückfahrt resümierte Kern, dass die Fortbildungsveranstaltung für ihn wenig lehrreich war, das lag aber am Thema. Profitieren konnte Kern jedoch von dem Erfahrungsaustausch unter den Kollegen. Eine weitere Erkenntnis war, dass sich in der Personalarbeit kaum was geändert hatte. Es wurde immer noch und überall „mit Wasser gekocht".

Personalbeschaffung

An eine weitere Fortbildungsmaßnahme war im Moment nicht mehr zu denken. Die Arbeit nahm Kern gefangen.

Es ging vordringlich wieder einmal um die Beschaffung möglichst erstklassiger Fach- und Führungskräfte unterhalb der Ebene der leitenden Angestellten, um die sich Kern persönlich zu kümmern hatte.

Das war die Mehrzahl unter den Fachleuten im Unternehmen und überwiegend technische Angestellte. Zur Beschaffung gehörten auch die Arbeitsvertragsangelegenheiten.

Von all seinen Aufgaben waren diese die zeitintensivsten, vielseitigsten aber auch interessantesten Tätigkeiten. Kern hatte auf diesem Sektor die größten Erfahrungen aller Kollegen. Darüber hinaus war es für ihn eine große Genugtuung innerhalb des Spannungsfeldes Vorstand, Abteilungsleiter, Betriebsrat und Bewerber diese für das Unternehmen wichtige, unter Umständen sogar zukunftsweisende Aufgabe, zu erfüllen.

Der Abteilungsleiter erstrebt mit der Besetzung einer zusätzlichen oder offenen Stelle eine qualitative Verbesserung der Ausbildungs- oder Altersstruktur seiner Mitarbeiter und möchte dabei möglichst Know-How einkaufen Der Neue sollte ihn auch entlasten – jedoch keinesfalls ein Konkurrent werden, der ihn über kurz oder lang heraus drängt.

Die Vorstände oder die Hauptabteilungsleiter wollen, falls noch nicht vorhanden, einen zweiten Mann hinter dem Ersten, damit Konkurrenz da ist und sie nicht durch seine Kündigung erpressbar werden.

Der Betriebsrat möchte die Stelle möglichst von Innen besetzen – erforderlichenfalls in einer Reihe von Aufrückern, sodass am Ende ein ausgelernter Lehrling (Azubi) die Vakanz von unten auffüllt. Er besteht daher immer auf einer internen Stellenausschreibung. Er ist natürlich bestens vernetzt, kennt jede Funktion in den Abteilungen und reibt sich oft verwundert die Augen, wenn er den Text der internen Stellenausschreibung sieht, der sehr oft über die Wirklichkeit hinausgeht.

Kern war besonders stolz, wenn im Laufe der Zeit ein von ihm eingestellter Bewerber aus seinem Personalbereich in die Ebene der Führungskräfte unterhalb des Vorstandes aufsteigen konnte.

In den Vorstellungsgesprächen stellte Kern zunächst das Unternehmen in groben Zügen vor. Danach erhielt der Bewerber die Gelegenheit sich selbst vor- und darzustellen. Anschließend erklärte der Abteilungsleiter die Aufgaben seiner Abteilung und die Funktion der zu besetzenden Stelle. Kern versuchte, ein möglichst unverkrampftes Klima in dem Gespräch herzustellen, ohne die Struktur des Gespräches zu verlassen. Auf diese Weise lernte Kern so nach und nach die Aufgaben sämtlicher Abteilungen kennen und auch, wo deren Probleme lagen, die unter Umständen durch den neuen Bewerber gelöst werden mussten oder sollten.

Gleichzeitig lernte er aber auch die Stärken und Schwächen der Abteilungsleiter näher kennen, die er sonst nur vom Ansehen im Verwaltungsgebäude kannte.

Darunter waren Darsteller, die ihre Abteilung in großen Tönen lobten oder Unerfahrene, die in ihrem Arbeitsleben nur wenige Vorstellungsgespräche geführt hatten und verlegen dem Bewerber gegenüber traten und Kern dankbar für seine Beratung waren.

Die Einschaltung eines Personalberaters für die Personalbeschaffung kann im Bereich der Führungskräfte durchaus sinnvoll sein, jedoch weniger im mittleren Management und bei Sachbearbeitern. Verzögerte sich eine Einstellung jedoch, war schnell der Ruf des unter Druck stehenden Abteilungsleiters nach einem Personalberater da, der es aufgrund vielerlei Erfahrungen besser richten könne. So kam es auch vor, dass Kern einen Personalberater einsetzen musste. Das passte ihm gar nicht, denn diese Leute konnten auch nicht zaubern, kannten das Unternehmen nicht genügend, waren verhältnismäßig teuer und wollten nur verkaufen.

Sie kamen oft zu zweit, waren durchaus rege, stellten mehrere Bewerber vor, die sie zum Teil von anderen Einsätzen her kannten. Es war sehr zeitraubend. Der Bewerber sah sich im Vorstellungsgespräch oft zu vielen Leuten gegenüber. Das waren nicht selten

2 Personalberater

1 Abteilungsleiter, der den Bedarf hatte, aber nicht darin geübt war, sich in größerer Runde dazustellen,

Kern, nicht selten dazu noch sein Vorgesetzter,

das heißt 4 – 5 Leute.

Es ist natürlich auch nicht jedermanns Sache, sich in den 1 ½ Stunden vor so einer Gruppe zu öffnen und sich darzustellen.

Auf der mittleren Führungsebene (Abteilungsleiter, Gruppenleiter) wurden fachlich versierte Mitarbeiter gesucht, die wirklich mitarbeiten sollten und keine Darsteller. Potenzial sollten sie aber mitbringen, allzu ehrgeizig war auch nicht gut. Im Vordergrund stand immer: Die Abteilung muss funktionieren, man holt sich keine Probleme ins Haus.

Wie Du kommst gegangen

Das Unternehmen hatte aufgrund seiner relativen Größe, dem Bekanntheitsgrad in der Region und der Branche einen guten Ruf bei Arbeitssuchenden. Eingehende unaufgeforderte Bewerbungen waren daher nicht selten und auch willkommen.

Kern hatte ein bestimmtes Budget für die Personalbeschaffung, das er nicht überschreiten durfte.

Jede Einstellung ohne Investitionskosten war besonders interessant. Es bewarben sich nicht nur Hochschulabgänger, die eine Erststelle suchten, sondern auch Bewerber mit mehreren Jahren Berufserfahrung. Aus unzähligen Vorstellungsgesprächen in unterschiedlichen kaufmännischen und technischen Abteilungen, in denen die Abteilungsleier über ihre Aufgaben berichteten, war er über kommende zukünftige Herausforderungen im Markt und Umfeld beziehungsweise Umwelt im Bilde. Das Phänomen „saurer Regen" mit seinen Wirkungen auf den Immissionsschutz in technischer Hinsicht sei hier nur als Beispiel genannt, was plötzlich neuen zusätzlichen Personalbedarf erzeugte. Dazu kamen Überlegungen über verstärkte Tätigkeiten im Ausland, was bei Einstellungen praktikable Englisch- und Französischkenntnisse voraussetzte.

Kern nahm sich die notwendige Zeit, jede ordentlich abgefasste, komplette Bewerbung aufmerksam bis ins Detail durchzulesen. Das konnte er nur nach dem normalen Arbeitstag tun, wenn er ungestört war. Abends hatte er die nötige Ruhe und den erforderlichen Abstand vom Tagesgeschehen.

Eine der eingegangenen Bewerbungen vom heutigen Abend fand Kerns' besonderes Interesse. Ein Diplom-Ingenieur Verfahrenstechnik mit mehreren Praktika in artverwandten Betrieben suchte eine

„Herausforderung" in der Industrie. Die Bewerbung machte einen sehr guten Eindruck. Die Zeugnisse waren erstklassig. Angefangen vom Abitur über Leistungskurse, Vordiplom bis hin zum Diplomzeugnis, sämtliche im Einser-Bereich. Sein Bild war ansprechend. „Den schaue ich mir mal an.", dachte Kern und legte die Bewerbung an die Seite. Alle anderen Bewerbungen dieses Abends waren uninteressant. Kern besprach die Bewerbung mit dem Fachbereichsleiter, der ebenfalls von dieser angetan war. Nun drängte Kern zu einer baldigen Terminabsprache. Der Bereichsleiter sollte im Hause sein und, wenn Kern einen guten Eindruck vom Bewerber hätte, sollte er ihm vorgestellt werden. Kerns Büro machte einen Vorstellungstermin aus. Im Termin stellte Kern das Unternehmen vor, der Bewerber, der auch persönlich einen sehr guten Eindruck machte, stellte die richtigen Fragen. Ein lebhaftes Bewerbungsgespräch kam in Gang. Der Bewerber gefiel ihm sehr. Alles wäre in Ordnung gewesen, wenn er nur nicht diesen (schönen) „Brilli" am linken Ohrläppchen getragen hätte, was Kern ungemein irritierte, ja ärgerte. Ihm war klar, dass bei dem Fachbereichsleiter dieser Ohrschmuck, so schön und so unauffällig-auffällig er auch war, zu einer Ablehnung des Bewerbers führen würde.

Was bewog diesen erstklassigen Bewerber, sich mit einem „Brilli" im Ohr vorzustellen? Seine Kleidung war im Übrigen passend zu diesem Anlass: Gepflegt, solide und dezent. Was bedeutete das für sein späteres Verhalten im Betrieb zum Beispiel einem Kunden gegenüber?

Kern beschloss, das herauszufinden. Der Bewerber war zu interessant. Die Vorstellung stand bereits auf der Kippe. Nur wenn Kern voll hinter dem Bewerber stand, würde diese Einstellung gelingen, mit dem „Brilli" nicht, auch nicht für einen anderen Bereich. Kern kam zu dem Schluss: Der „Brilli" musste weg!

Zumindest musste über ihn gesprochen werden. Kern fasste das Vorstellungsgespräch zusammen und fragte: „Sind Sie an dieser Funktion in unserem Unternehmen interessiert? Ich muss Sie das fragen, bevor ich mit Ihnen zum Fachbereichsleiter gehe." „Ja, sehr.", antwortete dieser. „Das ist genau das, was ich mir vorgestellt habe. Ich habe gern mit anderen Menschen zu tun und ich verhandele gern." Kern ging in die Offensive. „Haben Sie den Brillianten im Ohr, wenn es einer sein sollte, speziell für dieses Gespräch angesteckt oder tragen Sie den immer?" Der Bewerber wurde verlegen: „Ich komme gerade von meiner Freundin. Für die hatte ich den angesteckt. Ich trage den nur im privaten Bereich. Ich habe ihn völlig vergessen." „Würden Sie ihn ablegen, wenn ich mit Ihnen zum Abteilungsleiter gehe?" „Selbstverständlich. Kein Problem." Er nahm in sofort aus dem Ohr. Kern atmete auf. Zu seiner Sekretärin gewandt sagte er: „Rufen Sie bitte Herrn Tannenberg an, und sagen Sie ihm wir kämen, wie besprochen, jetzt zu ihm."

Der Bewerber nahm auch diese Hürde und wurde eingestellt. Kern war sehr zufrieden, denn er hatte wieder eine offene Position optimal besetzen können. Allerdings hätte die Einstellung auch schief gehen können. Der „Brilli" wurde nie Thema in der Abteilung.

Kern überlegte seit längerem, wie man als Personalbeschaffer am besten vorgeht, wenn einem der (meist jüngere) Bewerber sehr gut gefällt, der alle Voraussetzungen für die Stelle mitbringt, bei dem (fast) alles stimmt, den man seit langem sucht, den man gern einstellen würde, den man aber durch seine legere (Urlaubs-)Kleidung und Haltung beim Fachabteilungsleiter „nicht durchbringt".

Ein Vorgespräch – nur bei der Personalabteilung – kann helfen und gleichzeitig den Abteilungsleiter entlasten, der oftmals wenig Zeit hat und sich deshalb nicht selten auf die fachliche Eignung beschränkt und sich darüber hinaus auf die Personalabteilung verlässt, beziehungsweise verlassen können muss.

Kern versuchte in solchen Fällen den Bewerber mit dem Begriff Berufsbekleidung für das Thema Kleidung im Unternehmen zu sensibilisieren, ohne ihn abzuschrecken. „Sie müssen als Ingenieur nicht täglich mit einer Krawatte erscheinen. Ein Jackett ist fast immer angemessen. Es ist wirklich einfach. Können Sie sich einen Arzt im „Blaumann" (Overall) vorstellen? Oder einen Maschinenschlosser mit weißer Kochhaube, einen Dachdecker im Frack eines Obers? Was glauben Sie was passiert, wenn sich ein Mann mit großem Hut, mit Manchesterhosen mit typischem Schlag und Hosenklappe vorn als Koch bewirbt. Der kann noch so gut sein, er wird mit Sicherheit zweiter Sieger."

Das galt ähnlich auch für weibliche Mitarbeiter, insbesondere bei auffälliger Haarfarbe, greller Kleidung und Schminke, besonders kurzen Röcken und besonders hohen Stöckelschuhen. Aber auch für ein auffälliges Verhalten wie zum Beispiel grelles Lachen.

Der Bewerber war meistens dankbar für jeden Tipp, der zu seinem Ansehen im Unternehmen beiträgt. Für die meisten war es selbstverständlich, sich an die Gepflogenheiten der erfolgreichen Kollegen anzupassen.

Unter Personal-Kollegen kam in regelmäßigen Abständen immer wieder das Thema „weiße Socken" auf. Was tun, wenn der (gute) Bewerber in weißen Socken erscheint? Das Ergebnis war jedesmal dasselbe: Weiße Socken sind einfach unpassend, unangemessen, das geht gar nicht.

Man stellt sich in einem soliden, unauffälligen Outfit, also zum Beispiel nicht in grellen Farben vor. Ausnahmen bei der Fernseh-, Theater- und Unterhaltungsbranche sind eventuell möglich.

Hier ist aber von Industrieunternehmen die Rede. Da sind weiße Socken out! Kommt der Bewerber in weißen Socken daher, sortiert er sich selbst aus.

Auch Personalberater achten darauf. Kern war sich nicht sicher. Er neigte bei gut ausgebildeten jungen Bewerbern dazu, sie nicht von vornherein auszusortieren, insbesondere nicht bei guten Technikern oder Bewerberinnen.

Den Jungen sollte man noch ihre Unerfahrenheit nachsehen, sie kann man noch beeinflussen. Bei älteren erfahrenen Mitarbeitern sah die Sache anders aus.

Es war eigenartig. Mitarbeiter, oft hoch intelligente Leute, die viel Zeit und Geld in ihre Bildung und Ausbildung investiert haben, setzten durch unangemessene Kleidung, sei es aus Unkenntnis, Leichtsinn oder Starrsinn ihre Karriere aufs Spiel.

Kern war aufgefallen, dass der berufliche Erfolg eines Mitarbeiters im Unternehmen so gar nicht der „Papierform", der Personalakte entsprach. Einmal hatte ein Mitarbeiter, ein Diplom-Ingenieur (Maschinenbau), zwei Studiengänge mit sehr gutem Erfolg absolviert, hatte viele Jahre in der geforderten speziellen Technik erfolgreich gearbeitet. Bereits vor seinem Eintritt ins Unternehmen hatte er einschlägige Erfahrungen gesammelt. Er war versiert und zuverlässig. Sein Gehalt lag allerdings im Mittelfeld. Jüngere neueingestellte Ingenieure hatten ihn bereits überholt.

„Woran mag das liegen?", fragte sich Kern wieder einmal. Denn das war kein Einzelfall. Er begann sich für solche Fälle zu interessieren. Alle waren altgediente Mitarbeiter, waren sie noch förderungswürdig? Er erkundigte sich zunächst innerhalb der Personalabteilung speziell über diesen Fall. Der Ingenieur galt als erfahrener Fachmann, nicht besonders ehrgeizig aber als guter Ingenieur. Er erledigte die Aufgaben, die man ihm übertrug, zur Zufriedenheit. Er war niemals irgendwie unangenehm oder negativ aufgefallen. War auch nicht behindert oder längere Zeit krank gewesen. Er galt höchstens als etwas eigenbrötlerisch oder zurückhaltend, war aber im Kollegenkreis nicht direkt unbeliebt. Was an ihm auffiel: Er trug nie eine Krawatte, wie fast alle Kollegen, sondern lief immer in einem älteren oft unmodernen Pullover herum. Mit seinen Haaren machte er eher den Eindruck eines Künstlers, innerhalb der Personalführung kursierte ein Bonmot für in Ungnade gefallene Mitarbeiter: „Der hatte das Pech, morgens mit seinem Vorstand im Aufzug hochgefahren zu sein." Das war auch hier durchaus möglich. Im Verwaltungsgebäude gab es diesmal keinen Aufzug speziell für den Vorstand.

Aber praktisch? Immerhin war er durch seine Kleidung auch in der Personalabteilung bereits aufgefallen. Ist er also dadurch beim Vorstand ebenfalls aufgefallen? Ist die Kleidung im Kundengespräch wichtig? Ja! In der Konstruktionsabteilung? Nein!

Bei der ersten passenden Gelegenheit besprach Kern die Angelegenheit mit dem technischen Leiter und Vorgesetzten des Ingenieurs. Das Ergebnis war unbefriedigend, für Kern aber endgültig: „Lassen Sie die Sache auf sich beruhen. Der Mann hält sich selbst für besser und erfahrener als mich und jeden in meinem Bereich. Er ist der Meinung, dass Kleidung eine untergeordnete Rolle spielt. Es kommt darauf an, was man im Kopf hat und nicht, was man am Leibe trägt. Er macht seine Arbeit, aber mehr nicht. Der Vorstand und ich halten ihn nicht für förderungswürdig. Mit Mitte fünfzig wird er sowieso keine Bäume mehr ausreißen. Übrigens: Einen Auslandseinsatz hat er abgelehnt. Ohne seine Frau, eine Professorin, würde er sowieso nicht gehen und die geht nicht mit." Die Angelegenheit war damit ausdiskutiert. Eine Versetzung innerhalb der Technik auf eine höherwertigere Position schien aussichtslos. Kern resignierte, nicht ohne zu schlussfolgern: „Da hätte man viel früher hinschauen müssen!".

Bei den anderen Fällen lag es ebenfalls am Verhalten der Mitarbeiter, keineswegs an deren Tüchtigkeit. Manche Leute begriffen es einfach nicht. Dabei wäre alles so einfach!

Es lohnt nicht, sich im Moment mit dieser eventuell möglichen Leistungsreserve im Unternehmen zu beschäftigen, aus den Augen wollte er die anderen Fälle aber nicht verlieren.

Kreativität ist gefragt

Kern entnahm erstaunt aus der Fachliteratur, dass die kreativen (und tatsächlich freiwilligen) Zusatzleistungen heute „gefragt sind wie nie". Er erinnerte sich sehr gut an die 60er Jahre, als in der Branche viele der nun wieder propagierten Zusatzleistungen in mühevollen Verhandlungen mit dem Betriebsrat aus Kostengründen gestrichen wurden, wie z. B. Kindergärten, Geburtsbeihilfen, Weihnachtsfeiern, St. Martins-Züge, Jubiläumsgaben und -feiern. Sie wurden als zu teurer sozialer Klimbim betrachtet.

Festzustellen war aus Sicht Kerns ein Auf- und Ab dieser Leistungen. In guten Zeiten eingeführt, in schlechten abgeschafft. Das Vorbild hierfür ist der US-amerikanische Arbeitsmarkt. Dort werden sie „fringe benefits" (besondere Benefits) genannt und sind weit verbreitet. Sowohl für Mitarbeiter als auch für Unternehmer sind solche Benefits oft reizvoller als eine Gehaltserhöhung. Da bleibt mehr Netto vom Brutto. Steuerlich handelt es sich um Sachbezüge (Einnahmen, die nicht in Geld bestehen). Spezielle Branchen bieten spezielle Benefits . Bei Banken bestehen z. B. spezielle Aktienprogramme. Bei der Deutschen Bahn z. B. Freifahrten oder Netz- Card. Die Lufthansa bietet günstige Flugangebote. US-Firmen sind sehr einfallsreich. Egal, ob es um das gesponserte Einfrieren von Eizellen oder um einen Skipass für die Wintersaison geht.

Zusatzleistungen sollten und könnten die Bindung der Mitarbeiter an das Unternehmen stärken. Sie können aber auch wirkungslos verpuffen. Kerns Meinung war klar: Ja, einführen, aber diese Leistungen regelmäßig überprüfen. Und ein Abschaffen ist vielleicht ziemlich mühevoll.

Flops

Der Leiter Einkauf war die unbestritten beste und teuerste, anerkannteste und wichtigste Führungskraft unterhalb des Vorstands. Klar, im Einkauf liegt bereits der Segen! So sah er sich auch selbst. Für die Personalbeschaffung in seiner Abteilung war er beratungsresistent, das musste Kern erst lernen.
Herr Reich zitierte Kern zu sich und überraschte ihn mit einem bereits fertigen Entwurf einer Stellenausschreibung. „Der Vorstand hat mir drei zusätzliche Stellen im Einkauf genehmigt und das ist die

Stellenausschreibung hierzu. Wir gehen in die FAZ. Das wird reichen."

Kern sah sich den Text an und bemerkte: „Die Anzeige ist sehr allgemein gehalten. Was suchen Sie denn genau und welche Fachgruppe soll verstärkt werden?".

„Ich weiß genau, was ich brauche. Außerdem will ich einen jungen Mann als Führungsnachwuchskraft aufbauen. Lassen Sie den Text so wie er ist."

Kern resignierte notgedrungen und tat, wie ihm aufgetragen. Eine Vielzahl von Bewerbungen ging ein und Kern traf eine Vorauswahl und schlug einen Besprechungstermin mit Reich vor. „Nein, nein", reklamierte Reich, „geben Sie mir sämtliche Bewerbungen, die Auswahl treffe ich allein."

So geschah es.

Ca. vier Wochen kam keine Reaktion und Kern fragte bei Reich nach. Der bat ihn zu sich: „Ich habe mir einige Bewerber angesehen, diese drei hier bekommen einen Vertrag, den anderen können Sie absagen." Kern war platt, das war ihm noch nie passiert, dass ohne ihn ein Personalauswahlverfahren durchgeführt wurde.

„Ohne Not verzichten Sie auf meine Beratung und Erfahrungen? Das ist wirklich überraschend für mich."

„Nun, das ist nicht gegen Sie persönlich gerichtet, Herr Kern, ich habe einfach mehr Erfahrungen als Sie und kann auf ihre Beratung verzichten, das können Sie mir abnehmen."

„Wenn Sie meinen, aber vier Augen sehen mehr als zwei, und über meine Erfahrungen in der Personalbeschaffung möchte ich gerne in einem separaten Termin mit Ihnen reden."

„Gut, gut, einverstanden."

Zähneknirschend, aber ohne sich was anmerken zu lassen, stellte Kern die Erlesenen ein.

Nach rund vier Monaten, kurz nach der Probezeit, bat der Erste um Auflösung des Vertrages, weil er etwas Anderes machen musste, als vereinbart war. Er ging zurück zu seinem früheren Arbeitgeber. Der Zweite war fachlich in Ordnung, wie man Kern berichtete, er hatte allerdings die Angewohnheit, sämtliche Angebote mit Preisen und Vor- und Nachteilen dazu in riesigen Transparenten an den Wänden seines Zimmers auszubreiten, was zu Kopfschütteln bei seinen Kollegen führte. Er konnte sich nicht halten und ging schließlich.

Der Dritte, Herr Müller, die sogenannte Nachwuchs-Führungskraft, wurde von den erfahrenen Einkäufern misstrauisch beäugt. Er hatte seltsame Verhaltensauffälligkeiten. Reich übertrug ihm Aufträge über die Organisation im Einkauf, konnte ihn dabei aber nicht immer aus der Schusslinie nehmen. Er fiel Kern schon beim Telefonieren auf. Wenn er sich bei ihm meldete sagte er immer: „Hier Müller am Apparat.", und kam dann umständlich zur Sache.

„Ein komischer Vogel.", stellte Kern voreingenommen fest. Kurz und gut: Müller kam nicht „auf Papier", konnte nicht überzeugen, sich nicht durchsetzen und nicht halten.

Kern war immer noch sauer auf Reich, auch schadenfroh, aber dann auch nachdenklich, ob diese Entwicklung mit ihm auch so passiert wäre.

Flops bei Einstellungen sind keinesfalls zufällig oder zwangsläufig, sondern haben ihre Ursache. Sie sind in der Mehrzahl mit Sicherheit vermeidbar. Kern versuchte stets, Fehler schon bei der Bedarfsermittlung zu erkennen und zu vermeiden. Das ist leichter gesagt als getan. Was macht man zum Beispiel wenn der Vorstand wünscht, dass hinter jedem Abteilungsleiter ein zweiter Mann aufgebaut werden soll, der dem Vorgesetzten „Feuer unter seinem Hintern entfacht", damit der nicht einschläft oder sich ausruht auf seinen Meriten. „Herr Kern, Sie müssen Konkurrenzen schaffen, nur dadurch sind Höchstleistungen zu erwarten."

Ein Körnchen Wahrheit wird auch hier vorhanden sein, dachte sich Kern, aber ein „Hauen und Stechen" bei den Führungskräften der Fachabteilungen hervorzurufen? „Nein, das muss sehr vorsichtig angegangen werden." Selbstverständlich muss man bei jeder Beschaffung auch versuchen, das fachliche Niveau in der Abteilung zu verbessern. Das darf aber nicht zu Streitereien führen, bei denen dann der Bessere die „Klamotten hinwirft" und geht.

Um auf Herrn Reich und seine drei „Neuen" zurückzukommen:

Herr Reich war mit Sicherheit ein erfahrener und erfolgreicher Leiter seiner Abteilung und hatte die besten Absichten bei den Einstellungen.

Kern vermutete aus eigenen Erfahrungen, dass Herr Reich in der Zeit der Personalsuche durch wichtige unaufschiebbare Einkaufsentscheidungen abgelenkt wurde, die großen wirtschaftlichen Schaden anrichten konnten, wenn sie nicht sehr sorgfältig nach allen Richtungen ständig geprüft wurden.

Kern hatte das Problem dieser Ablenkung auch und immer dann, wenn er sich viele Tage oder Wochen ausschließlich auf die Personalplanung d.h. auf Kosten und Zahlen konzentrieren musste.

Dann konnte es ihm passieren, dass er versuchte, bei der Einstellung eines Bewerbers (man hatte „seine Zahlen" im Kopf und war ungeduldig), den Bewerber „auszurechnen" und lediglich Daten gegen zu checken (z. B. des Lebenslaufes).

Dabei traten sonst auffällige Bemerkungen des Bewerbers in den Hintergrund – man las auch die Zeugnisse nicht mehr zwischen den

Zeilen, sondern nur ob die Daten passten. Waren diese (rechne-risch) richtig und nachzuvollziehen, war man geneigt, Alles zu glau-ben. Da war ja noch der Abteilungsleiter – wenn der den absolut haben will, dann gut so – wenn er in das Gehaltsgefüge passt. Der Abteilungsleiter hat ja sämtliche Bewerbungen gesehen. Man kann sich exkulpieren mit dem Ergebnis: der Abteilungsleiter verlässt sich auf den Personalfachmann, der Personaler auf den Abteilungsleiter. Die mit dem Einkaufsleiter Reich gemachten Erfahrungen waren eine Ausnahme. Alle übrigen Abteilungsleiter legten ausgesproche-nen Wert auf die Meinung von Kern. Man kannte sich durch viele erfolgreiche Einstellungen. Wenn es tatsächlich am Ende eines Ein-stellungsgesprächs unterschiedliche Auffassungen gab, ob der Be-werber eingestellt werden soll oder nicht, war nicht selten die Mei-nung von Kern ausschlaggebend.

Oftmals, insbesondere bei Technikern, verließ der Abteilungsleiter sich völlig auf seine Entscheidung. Nicht selten nach einem kurzen Kennenlernen im Vorstellungsgespräch verabschiedete sich der Abteilungsleiter: „Also ich bin einverstanden.", und ging. Er hatte seine eigenen Probleme im Kopf und wusste, dass er sich auf Kern verlassen konnte. Die Bürde der Verantwortung war somit verhält-nismäßig groß.

Kerns anerkannte Erfolge bei den Einstellungen beruhten sicherlich auf seinen Erfahrungen, aber auch darauf, dass er keine Kompro-misse machte. Der Spruch: „Der wird sich noch entwickeln und wir haben ja noch die Probezeit.", war für ihn nicht akzeptabel.

Monate später gab es den Termin mit Herrn Reich über die beider-seitigen Einstellungserfahrungen, vermutete Kern. Doch es kam anders. Herr Reich eröffnete ihm, dass er im Nebenzimmer einen jungen Mann sitzen hatte, der im Unternehmen untergebracht werden müsse, der Vorstandsvorsitzende hätte dem bereits zugestimmt. „Hier sind die Unterlagen, nehmen Sie ihn sofort mit und unterrichten Sie mich, wo Sie ihn einsetzen wollen. Ich habe wenig Zeit." „Herr Reich, so geht das nicht.", konnte Kern gerade noch sagen. Doch der schnitt ihm das Wort ab: „Ich sagte Ihnen doch gerade, dass der Vorstandsvorsitzende die Einstellung genehmigt hat."

Der junge Mann, ca. Mitte 20, gut gekleidet, lächelte verlegen. Selbst im höflichen, unverbindlichen Begrüßungsgespräch wirkte er nervös, verschlossen, verkrampft und schaute an Kern vorbei ins Leere. Etwas stimmte nicht mit ihm.

Im Gespräch überlegte Kern ständig, wo man diesen ausgebrannten Typen einsetzen könnte. Noch nicht mal als Bote würde er funktionieren, stellte Kern fest. Er konnte einem nur leid tun. An eine Beschäftigung in der Hauptverwaltung war nicht zu denken.

Betont aufgebracht rief Kern Herrn Reich an: „Also ich habe mir Herrn Mainzer angesehen. Er ist wieder auf dem Weg zu Ihnen. Ich muss Ihnen leider sagen, dass ich mit ihm nichts anfangen kann und ich werde ihn auf keinen Fall einstellen."

„Das können Sie nicht machen", giftete Reich zurück „die Sache ist entschieden!"

„Doch, um es klar und deutlich zu sagen: Den kann einstellen, wer will, von mir aus irgendwo im Werk, ich stelle ihn jedenfalls nicht ein." Kern legte den Hörer auf. „So," dachte er, nicht ohne Schadenfreude, „das hast Du davon, wenn Du mich und meine Arbeit ignorierst." Natürlich hatte die Angelegenheit noch ein Nachspiel. Kern musste seinem Vorstand berichten. Kern blieb stur. „Ich will ihn hier nicht haben, der taugt zu nichts."

Daraufhin schaute sich der Arbeitsdirektor notgedrungen den Bewerber Mainzer an und musste Kern zustimmen. Nun war die Einstellung Mainzers ein TOP in der nächsten Vorstandssitzung. Reich wurde zurückgepfiffen, das hieß: Mit der Einstellung ein Gegengeschäft zu verbinden, wurde nicht toleriert. Sein Image als unfehlbarer „Macher" war dahin. Allerdings hatte Kern nun einen Spitznamen: „Der Westfale".

Fehlbesetzungen kamen, nach Kerns Meinung, in Führungspositionen eher vor als auf mittleren Ebenen. Sie sind auch teurer. Vorsicht ist daher geboten, wird auch angewandt, doch diese Fehlbesetzungen ereignen sich immer wieder.

Auf der Führungsebene versucht man sich hiergegen mit dem ständigen Weiterreichen an Club-Mitglieder (Lions-, Rotary-Club) abzusichern. Solange die Neuen gestützt werden, obwohl sie's nicht können, „läuft der Laden" trotzdem, wenn der Unterbau funktioniert. Auch wenn es nur eine Zeitlang ist. Anschließend werden sie weitergereicht. Irgendwann sind sie fachlich dann so weit, dass Alles zur Zufriedenheit läuft. Bewährungspositionen (Assistenten) sind Alternativen. Wenn der förderungswürdige Mitarbeiter dem Vorstand irgendwo aus der Klemme hilft oder geholfen hat, gilt er nicht mehr als Fehlbesetzung, auch wenn er sonst wenig konnte. Die Zeit lässt ihn dann reifen und dann später eine Führungsposition gut ausfüllen.

„Vitamin B" (Beziehungen) ist ein anderes bewährtes und immer wieder praktiziertes Mittel. Familienbande sind hier nicht zu vergessen, die gleichzeitig Segen und Fluch sein können. Segen, weil sie verhindern, dass die Mitarbeiter dem Beziehungsgeber oder der Familie "keine Schande machen wollen" und sich entsprechend anstrengen. Fluch, weil sie sich manchmal sehr auf den Schutz verlassen und deshalb, vorsichtig formuliert, ihre Aufgabe nicht erfüllen.

Besonderheit Vorstandsfahrer

Aus Anlass einer Ersatzbeschaffung schaute sich Kern die Personalakten der Vorstandsfahrer an. Von allen Fahrern hatte nur einer eine Kfz-Mechanikerlehre absolviert. Einer war Elektriker, die anderen hatten im Unternehmen gelernt, überwiegend Metallfacharbeiter. Aber alle waren sehr lange im Unternehmen tätig. Kern war überrascht und suchte eine Gelegenheit, mit einem erfahrenen Vorstandsfahrer zu sprechen. Hintergrund war die Überlegung, was geschieht, wenn ein Pkw eine Motorpanne auf einer Landstraße oder Autobahn hätte, fern von einer Reparaturwerkstatt.

„Dafür gibt es Pannendienste der Automarke. Ihre Überzeugung, wir Fahrer könnten heute unterwegs, irgendeine auch noch so kleine Reparatur durchführen, gilt nicht mehr. Das war einmal, selbst die Werkstätten tauschen lediglich ganze Module am oder im Motor aus, die sie durch computergesteuerte Fehlersuche ermitteln. Im Übrigen: Wir pflegen die Autos zwar selbst, aber alle notwendigen Wartungen werden von Vertragsfirmen übernommen. Das muss allerdings regelmäßig und ganz penibel erfolgen."

Kern war überrascht aber auch beruhigt. Die Zeiten haben sich geändert. Es kam also beim Fahrer des Vorstands zu allererst auf die Firmentreue, absolute Vertrauenswürdigkeit, Verschwiegenheit, gute Manieren, unfallfreie Fahrpraxis im privaten Bereich, Belastbarkeit und persönliche Ausstrahlung an. Über einen längeren erfolgreichen Einsatz als Aushilfsfahrer im Pool würde man einen Mietfahrer rekrutieren können. Eine externe Beschaffung wäre mit unnötigem Risiko verbunden. Man müsse sich absolut sicher sein, dass nichts über den Inhalt der Gespräche im Auto nach außen dringt. Das bedeutete aber auch, dass der Vorstandsfahrer mehr erfährt als andere Fahrer, was seine Stellung im Fahrerlager erhöht.

Hinzu kam, dass jeder Vorstandsfahrer nicht nur seinem Chef und der Vorstandssekretärin sondern auch der Familie des Chefs – übertrieben gesagt – Tag und Nacht zur Verfügung steht. Und das sogar im Urlaub.

Wenn der Chef im Hause war, er ihn ca. gegen 8:00 Uhr zur Firma gefahren hatte, stand er der Familie des Chefs zur Verfügung.

Nicht selten besorgte er vorher oder nachher frische Brötchen von einem speziellen Bäcker, dessen Produkte besonders gut schmeckten, egal wie weit weg er wohnte. Danach brachte er, wenn möglich, die Kinder des Chefs zur Schule oder zur Kita beziehungsweise zum Kindergarten. Falls erforderlich fuhr er die Ehefrau zum Frisör oder zum Einkauf, beziehungsweise erledigte Besorgungen.

Kern fiel der Ratschlag seines früheren Chefs Herrn Raick wieder ein, der lautete: „Herr Kern, legen Sie sich nie mit einer Vorstandssekretärin oder einem Vorstandsfahrer an. Deren unmittelbare Zusammenarbeit mit Ihren Chefs kann Sie die Karriere kosten."

Die Nähe zum Vorstandsvorsitzenden kann aber auch von Nachteil, sogar verhängnisvoll sein, wie der folgende Fall beweist.

Ein Vorstandsfahrer kann noch so gut, erfahren, zuverlässig und bewährt sein, sowie seit vielen Jahren zur uneingeschränkten Zufriedenheit gearbeitet haben. Wenn sein Chef ihn nicht mehr ausstehen kann, aus welchen Gründen auch immer, d.h. wenn das Vertrauensverhältnis gestört ist, kann es ein böses Ende nehmen. Selbst wenn oder gerade, weil der Chef der Verursacher hierzu ist.

Der Vorstandvorsitzende Dr. Bucher, ein enorm agiler Mann, ein bekannter Stratege und Visionär hatte eine Eigenschaft, um die ihn viele beneideten und die ihn nahezu unschlagbar belastbar machte: Er konnte sich auch in schwierigsten Verhandlungen bei den unvermeidlichen Pausen durch einen kurzen Tiefschlaf entspannen. Das brauchten manchmal nur 15 Minuten zu sein, zu denen er sich kurz zurückzog (in sein Hinterzimmer). Wenn er dann zurückkam, war er munter, sehr konzentriert und konnte den Faden der Gesprächsführung mühelos wieder aufnehmen.

Während längerer Fahrten mit dem Auto zu wichtigen Treffen studierte er kurz die Akten, danach streckte er sich auf den Rücksitzen aus. Dazu legte er seinen Anzug ab, damit dieser nicht zerknitterte und zog sich einen Trainingsanzug an, der immer in seinem Dienstwagen für ihn bereit lag.

So auch auf einer längeren Fahrt nach Hamburg. Sein Fahrer kannte das Ziel. Der Vorstandsvorsitzende legte sich entspannt auf den Rücksitz, seine geringe Körpergröße war dabei von Vorteil. Etwa nach drei Stunden Fahrt musste sein Fahrer nachtanken. Er hielt an einer bekannten Tankstelle. Nach einem kurzen Blick auf seinen Chef, der ruhig da lag, betankte er sein Auto, zahlte kurz die Rechnung, stieg wieder ein und fuhr los. Nach ca. einer Viertelstunde warf er einen kurzen Blick in den Rückspiegel auf seinen Chef. Er traute seinen Augen nicht: Der Chef war nicht mehr da. Der Schreck fuhr ihm in die Glieder. Ein Fiasko! Das Schlimmste anzunehmende Unglück hatte ihn heimgesucht. Sein Chef musste während des Bezahlens ausgestiegen sein. „Oh, Du meine Güte, so eine Scheiße aber auch!", rief er aus und nahm die nächste Ausfahrt. „Jetzt ruhig Blut. Es hilft nichts, ich muss zur Tankstelle zurück.", redete er mit sich selbst. Dabei kamen ihm die Tränen.

Er nahm die Autobahnauffahrt in entgegengesetzter Richtung mit höchstmöglicher Geschwindigkeit, fuhr an der Tankstelle vorbei, nahm die nächste Ausfahrt und die gegenüberliegende Auffahrt. Nach etwa einer halben Stunde war er wieder zurück am Ort des Missverständnisses angekommen.

„Sie verdammtes Miststück! Wie konnten Sie mich in eine solche Lage bringen?", empfing ihn sein Chef aufgebracht, wie er ihn noch nie gesehen hatte. Er stand im Trainingsanzug vor ihm, ohne Brille, ohne Geld, ohne Papiere. In der Tankstelle konnte er noch nicht einmal telefonieren, man glaubte ihm nicht. Die, die ihm glaubten, amüsierten sich köstlich. Je mehr er auf seine Reputation verwies, auf seine Stellung in der deutschen Wirtschaft, desto größer wurde die Schadenfreude. Er war allein, hilflos. Ein Zustand, den er nicht kannte. Dass er nicht schuldlos an seinem Zustand war, der Gedanke kam ihm nicht.

Diese Blamage! Der kann was erleben… .

Der Zielort wurde pünktlich erreicht, das konnte der Fahrer gerade noch schaffen. „Wenigstens etwas.", stellte dieser fest.

Unterwegs hatte sich der Vorstandsvorsitzende in seine Akten vertieft und jede Entschuldigung seines Fahrers ignoriert. „Halten Sie den Mund, …", schnauzte er ihn an, „… ich habe zu arbeiten."

Die Rückfahrt war eine Tortur für beide. Die, die sich seit Jahren kannten, hatten sich nichts mehr zu sagen. Der Fahrer, bisher stolz und zufrieden mit seiner Position im Fahrerlager, der sozusagen Tag und Nacht für seinen Chef da war, fand kein Gehör mehr bei ihm.

Der lehnte jede Entschuldigung als nicht entschuldbar ab und wollte nicht gestört werden. Der Chef war wütend auf seinen Fahrer, der ihn im Stich gelassen hatte, was unverzeihlich war. Diese Demütigung konnte er sich nicht bieten lassen. Die Fahrt verlief schweigend bis zur Wohnung des Vorstandsvorsitzenden. „Melden Sie sich morgen bei Herrn Willberg," war das Letzte, was der Fahrer von seinem Chef zu hören bekam. „Herr Dr. Bucher, hören Sie mich bitte, bitte doch mal an …". Der Vorstandsvorsitzende schnitt ihm das Wort ab: „Lassen Sie mich in Ruhe.". Daraufhin betrat er sein Haus. Die Aktentasche, die sein Fahrer sonst immer hinter ihm hertrug, hatte er in der Hand.

Es kam wie befürchtet. Der Personalchef, Herr Willberg, eröffnete ihm, dass Dr. Bucher nunmehr von einem seiner Kollegen gefahren wird. „Sie haben erlebt, wie der Alte ausgerastet ist. Da ist nichts mehr zu machen. Sie verstehen?" „Ja, gibt es nach den vielen Jahren, die ich im Unternehmen bisher zur vollen Zufriedenheit gearbeitet habe, eine andere Einsatzmöglichkeit für mich? Eine, in der ich nicht mit Haut und Haaren rund um die Uhr für meinen Vorgesetzten da sein muss?" „Ich denke schon, aber nicht hier in der Hauptverwaltung. Sie werden in einem Zweigwerk eingearbeitet. Falls Sie jedoch in einer anderen Firma als Cheffahrer arbeiten wollen, bitte nicht in unserer Branche. Sie verstehen?" (Die Vorstandsfahrer der Branche kannten sich untereinander).

Für ein gutes Zeugnis verbürge ich mich. Eine Katastrophe, gelinde gesagt, aber nicht zu ändern.

Der Fahrer hatte keine Chance, im Unternehmen zu verbleiben. Sein Missgeschick sprach sich im Unternehmen herum. Eine verhältnismäßig hohe Abfindung war ein Trostpflaster, mehr nicht.

Was aus ihm, der Anfang 50 war, geworden ist, wurde nicht bekannt.

Der Fall wurde totgeschwiegen, war aber noch nach Jahren lebendig.

Jäger und Gejagte

Aufgrund einer überraschend negativen Entwicklung einer neuen Unternehmenssparte, die den Vorstand unvorbereitet traf, beschloss er ein spezielles Controlling für Tochtergesellschaften einzurichten. Gedacht war an eine „schnelle Eingreiftruppe (task force)", die künftige Überraschungen vermeiden sollte. Im Übrigen war das modern und andere Unternehmen hatten das bereits. Das vorhandene Rechnungswesen hatte sich als zu statisch und zu unbeweglich erwiesen.

Die Stelle wurde intern ausgeschrieben. Der stellvertretende Leiter Rechnungswesen, Herr Klein, ein bestens im Unternehmen vernetzter, agiler und ehrgeiziger Schnelldenker, bewarb sich. Der Betriebsrat unterstützte die Bewerbung. Der Vorstand hätte gern eine externe Lösung gehabt, um eine eventuell vorhandene Betriebsblindheit auszuschließen, lenkte dann aber ein, weil er Herrn Klein als guten und fleißigen Mitarbeiter kannte.

Kern kümmerte sich um eine gute Abteilungssekretärin. Klein führte mit Feuereifer als erstes ein detailliertes Melde- und Informationssystem ein, um schnell auf Soll-Ist-Abweichungen reagieren zu können. Er hatte seine Zahlen im Kopf und interpretierte sie gekonnt. Schnell war er fast unentbehrlich.

Der Vorstand strebte inzwischen eine größere Lösung an und erweiterte die Funktion zum „Unternehmensbereich Planung und Controlling". Eine angesehene Personalberatung wurde beauftragt, einen adäquaten Leiter hierfür zu finden, der in Gestalt von Dr. Neustatt präsentiert wurde. Klein wurde Herrn Dr. Neustatt unterstellt, der gleichzeitig die Unternehmensplanung leiten sollte.

Klein passte diese Entwicklung gar nicht. Schließlich hatte er viel Zeit und Energie aufgewandt, eine Position direkt unter dem Vorstand zu bekommen. Unter anderem hatte er, ohne wirkliche Passion hierfür, eine Ausbildung zum Jäger gemacht. Eine zeitraubende Investition, nur weil sein Vorstand auch Jäger war. Und nun diese Degradierung. Er sann auf Mittel und Wege, wie diese zu kippen wäre.

Es dauerte einige Wochen bis Dr. Neustatt seine Tätigkeit aufnehmen konnte. In dieser Zeit verdoppelt Klein seine Anstrengungen im Controlling, dem wichtigsten Part in dem Unternehmensbereich. Dabei kam ihm zustatten, dass dort gerade wichtige Weichenstellungen stattfanden.

Dr. Neustatt kam aus Süddeutschland. Die Suche nach einem neuen Domizil für seine Familie verzögerte sich, auch, weil seine Frau sich noch nicht so recht darauf einstellen konnte, ausgerechnet ins Ruhrgebiet zu ziehen. Er hatte sich wohlweislich vertraglich ausbedungen, bis zu seinem Umzug freitags ab Mittag das Haus verlassen zu können und am Montag anreisen zu dürfen mit der Folge, dass er erst ab ca. 11:00 Uhr im Büro war.

Klein dagegen war bis spät abends erreichbar, jedenfalls immer so lange, wie der kaufmännische Vorstand im Hause war.

Die Sitzungen häuften sich, der Vorstand war ungeduldig. Der Neue hatte kaum Zeit, sich einzuarbeiten. Ihm fehlten vor allem Hintergrundinformationen, die Klein ihm mit Absicht erst Freitagnachmittag auf seinem Schreibtisch legte, nachdem er das Haus bereits verlassen hatte.

Klein verstand es, wichtige Sitzungen mit dem Vorstand auf 13:00 Uhr am Freitag oder auf den Montagmorgen zu legen. Wer fehlte, war Dr. Neustatt. Der Vorstand tolerierte zunächst seine Abwesenheit, dann kam der Knall. Der Vorwurf war, dass Dr. Neustatt, auch wenn er zugegen war, sich nicht entsprechend informiert hätte. Klein stach ihn mühelos mit seinem Detailwissen aus. Dr. Neustatt gab auf. Ein Grund war auch seine Familie, die nicht mitzog.

Klein frohlockte im Stillen, ohne es zu zeigen. Im Vorstand wurde sein Verhalten im Fall Dr. Neustatt, der Bundesbruder des Vorstandsvorsitzenden war, eingehend diskutiert.

Klein wurde mit Arbeit überhäuft, hielt sich aber wacker, jedenfalls so lange, bis der kaufmännische Vorstand sich bei einer wichtigen Unternehmensentscheidung irrte. Die Folge war ein Verlustgeschäft, das ihn fast seine Position gekostet hätte. Gerettet hatte Ihn, dass er angeblich nachweisen konnte, nur aufgrund der falschen Vorinformation von Herrn Klein diese Entscheidung getroffen zu haben, dessen Auswirkungen so nicht absehbar waren. Klein verteidigte sich nicht ungeschickt, war aber nicht mehr zu halten. Er musste das Unternehmen verlassen, obwohl unter Insidern bis zuletzt ein „Verschulden" Kleins nicht wirklich nachgewiesen werden konnte. Sein illoyales Verhalten einem Corpsbruder gegenüber und einer „Gesichtswahrung" des Vorstandes waren wohl ausschlaggebend. Jedenfalls wurde Klein in allen Ehren weitervermittel wurde. Er erhielt eine Top-Führungsposition außerhalb der Branche, auf der er sich voll bewährte.

Der kaufmännische Vorstand wirkte danach angeschlagen. Er, der auf seinem Weg nach oben und dann, oben angekommen, seinen Willen oft brutal durchsetzte, dessen Anwesenheit oft schon zu besonderer Vorsicht bei seinen Mitarbeitern führte, wurde plötzlich

konziliant, höflich und zuvorkommend. „Was war der Grund hierfür?",
fragte man sich. Es blieb nicht verborgen.

Er schlug sich seit einiger Zeit mit seinem Finanzamt wegen seiner
Steuererklärung herum, in der er vom Unternehmen gewährte Sach-
leistungen an seinem Privathaus verschwiegen oder vergessen hätte. Sein stures, uneinsichtiges Verhalten von oben herab gegen ein
ungewöhnlich gut informiertes Prüferteam des Finanzamtes führte zu
einer außergewöhnlichen Steuerprüfung im Unternehmen, mit be-
achtlicher negativer Resonanz im Aufsichtsrat.

Nun musste er die Segel streichen. Man weinte ihm keine Träne
nach.

Nachdem der verdienstvolle Leiter der wichtigen Abteilung Steue-
rungstechnik in den wohlverdienten Ruhestand verabschiedet worden war, stellte sich immer mehr heraus, dass sein auch schon in
Ehren ergrauter Vertreter nicht das Format für die sich abzeichnen-
den zukünftigen Herausforderungen hatte.

Er stand allem Neuen skeptisch gegenüber und argumentierte beim
Vorstand: „Warum mit hohen Kosten verbundene Neuerungen einführen, wenn das immerhin seit Jahrzehnten bestehende Verfahren
sich auch heute noch bewährt?"

Die Einführung einer modernen, EDV-gestützten, elektronischen
Steuerung wurde daher zwei jungen Diplom-Ingenieuren seiner Abteilung als Team übertragen. Das hatte unter anderem zur Folge,
dass er hilflos diesem „Treiben", wie er es nannte, gegenüberstand.
Er fühlte sich bestätigt, wenn in den Probeläufen etwas schief lief.

Beim Vorstand fiel er mehr und mehr in Ungnade. Allerdings wollte
man es auch nicht übertreiben, denn in der Übergangsphase war er
noch vonnöten, auch hatte er zweifellos seine Meriten. Seine Pensi-

onierung war jedoch schon beschlossen, allerdings erst, wenn das
neue Verfahren fehlerfrei funktionierte.

Adrian und Blome, die beiden jungen, gleich guten und gleich ehr-
geizigen Führungsnachwuchskräfte wurden mit Gehaltserhöhungen
bei Laune gehalten.

Diese erkannten durchaus ihre Chancen, ohne darüber zu sprechen.
Sie wetteiferten miteinander, zunächst in einem fairen Wettstreit. Der
Vorstand sah das nicht ungern.

So nach und nach wurden sie jedoch zu erbitterten Konkurrenten.
Sie saßen sich gegenüber an ihren Schreibtischen und redeten nur
noch wenig miteinander. Da sie nicht ständig zu zweit beim Vorstand
anzutreten hatten, befürchtete jeder, der Andere hätte einen Informa-
tions- oder Karriere-Vorsprung. Eine offene Feindschaft trat zutage,
die alles andere als förderlich für das Projekt war. Das blieb dem
Vorstand bei den Präsentationen zum Stand des wichtigen Projektes
nicht verborgen. Die Erkenntnis reifte schnell, einer von den beiden
Kampfhähnen müsse weichen. Für einen der Diplomingenieure bot
sich eine Gelegenheit beim Shareholder des Unternehmens.

Herr Adrian war sofort interessiert. Die angebotene Abteilungsleiter-
position war nicht ohne Risiko, barg jedoch große Karriere-Chancen.
Ein weiterer Grund war dabei nicht unerheblich, nämlich seinem
verhassten Kollegen zu entkommen.

Blome war froh, als Adrian ging. Er hatte im Konkurrenzkampf gewonnen und fühlte sich als Sieger am Platze.

Das Projekt funktionierte. Der Skeptiker konnte pensioniert werden.
Blome wurde sein Nachfolger. Er war ein Meister seines Faches und
in den folgenden Jahren auch beim Vorstand unumstritten, weil sehr
erfolgreich. Allerdings traten immer öfter seine sture Art, seine Ecken
und Kanten zu Tage. Natürlich wusste er vieles besser als der Vor-

stand, hätte dies aber nicht bei jeder sich bietenden Gelegenheit den Vorstand spüren lassen müssen. Die nötige Eloquenz fehlte ihm einfach. Auf Dauer wurde dem Vorstand dieser „Monopolist" zu stark und zu unbequem. Ein Stellvertreter musste aufgebaut werden, den Blome bisher verhindern konnte.

In dieser Phase wurden die Zuständigkeiten im Vorstand neu geregelt. Ein neuer technischer Vorstand kam, in dessen Zuständigkeitsbereich das besonders sensible und technisch hochkomplexe Steuerungsinstrument, d. h. die Abteilung Blomes, gehörte.

Der neue Vorstand war Herr Adrian. Herr Blome fühlte sich wie vor den Kopf geschlagen. Schlimmer konnte es nicht kommen, ahnte er.

Herr Adrian zitierte Herrn Blome nach einigen Tagen zu sich. Als Herr Blome das Zimmer betrat, stand noch ein weiterer, ihm unbekannter Mann, neben Herrn Adrian.

Herr Adrian ging betont freundlich auf Blome zu. „Wie läuft unser früheres gemeinsames Projekt?", fragte er süffisant, obwohl er bereits bestens informiert war. Immerhin war gerade dieses Projekt eine wichtige Sprosse auf seiner Leiter nach ganz oben gewesen.

„Sehr gut. Unsere Erwartungen sind eher übertroffen worden. In der Zwischenzeit …"

Herr Adrian unterbrach ihn. „Bevor sie weiterreden, möchte ich Ihnen Herrn Dr. Christians vorstellen, den ich zu Ihrer Unterstützung vorgesehen habe. Herr Christians hat mein vollstes Vertrauen und kennt sich auf diesem Gebiet bestens aus."

Blome, der ob dieser Entwicklung etwas irritiert war, berichtete stur weiter.

„Meine Herrn," unterbrach Herr Adrian, „gehen Sie bitte in mein Besprechungszimmer, ich erwarte in wenigen Minuten einen wichtigen Gast und muss mich noch einlesen."

Dr. Christians war gut instruiert und ging sehr vorsichtig und zuvorkommend auf Blome ein. Zunächst mussten alle, auch die kleinsten Informationsteilbereiche auf ihn übergehen. Blome war angenehm überrascht einen so freundlichen Kollegen an seiner Seite zu haben. Er wurde unvorsichtig und weihte ihn in alle Feinheiten der Anlage ein.

Der Tag, an dem alte Rechnungen beglichen werden konnten und sollten, ließ nicht mehr lange auf sich warten.

Blome wurde seiner Funktion enthoben und Dr. Christians unterstellt. Blome war außer sich und griff Adrian, seinen ehemaligen Kollegen, verbal an. „Sowas können Sie nicht mit mir machen, Sie sollten sich was schämen. Ich werde mich beim Vorstandsvorsitzenden über Sie beschweren." Der hatte aber keine Zeit für ihn. Blome kapitulierte.

Pro forma wurde mit ihm noch über die Möglichkeit einer Versetzung im Hause und im Konzernverbund erörtert. Blome hatte jedoch die "Nase voll" vom Unternehmen und lehnte alles ab. Mit seiner vorzeitigen Pensionierung war er jedoch einverstanden.

Widerspruch unerwünscht

„Je näher man der Sonne ist, desto heißer wird es.", sagt man mit Recht. Im Arbeitsleben bedeutet das, je näher man dem Vorstand ist, desto höher sind die Anforderungen und umso ungemütlicher kann es werden.

Der Vorstandsvorsitzende ist noch eine Ebene höher angesiedelt. Höher geht es nicht. Es ist eine Ausnahmestellung, das Ansehen ist entsprechend. Von diesem Ansehen profitieren auch seine unmittelbaren Mitarbeiter.

Der Vorstandsvorsitzende residiert auf der sogenannten Vorstands-
etage der Unternehmenszentrale, nicht selten nur über einen besonderen Aufzug zu erreichen. Er ist zusätzlich abgeschirmt durch sein
Vorstandssekretariat, seine unmittelbaren Mitarbeiter. Hierzu gehören, je nach Größe des Unternehmens ein bis zwei Assistenten, eine
Vorstands-Sekretären, eine Zweitsekretärin zu ihrer Unterstützung
sowie der Chef-Fahrer.

Während die Sekretärinnen und der Fahrer höchst selten, etwa wegen Heirat oder Pensionierung das Unternehmen wechseln, wech-
selt der Assistent alle zwei bis drei Jahre.

Ausgepresst wie eine Zitrone, wird er in einem Unternehmensbrenn-
punkt auch durchaus nach oben befördert. Bewährt er sich dort, hat
er beste Chancen, auch in einem anderen Unternehmen innerhalb
der Branche weiter aufzusteigen.

Der Vorstandsvorsitzende sagte dann mit Genugtuung: „Meine
Schule. Er wird es noch zu etwas bringen." Ging die Versetzung
schief, was öfter vorkam, z. B. weil der Vielgelobte sich nicht durchsetzen konnte, wurde er fallen gelassen und hatte im Unternehmen
keine Chance mehr. Er ging dann von selbst oder er wurde gegangen, wenn er den „Wink" von oben nicht verstanden hatte.

Der Vorstandsvorsitzende (heute heißt er CEO) suchte sich seine
Assistenten selbst aus. Kern hatte auch keine besonderen Ambitionen in dieser besonderen Liga. Kamen sie von außen, waren sie oft
weitergereicht.

Einer dieser dynamischen Vorstandsvorsitzenden hatte zweifellos
vielfache positive Eigenschaften, die ihn für seine Führungsposition
befähigten, daneben aber auch eine Charakterschwäche, die nicht
selten in den höheren Unternehmensetagen anzutreffen ist: Er konn-

te keinen wie auch immer gearteten Widerspruch vertragen, um nicht ertragen sagen zu müssen.

Während bei erfolgreichen Kaufleuten Geschmeidigkeit bei der Durchsetzung ihrer Ziele sozusagen Voraussetzung ist, ist bei Technikern Widerspruch öfter an der Tagesordnung, weil es dort meistens um Auslegungen innerhalb eines bestimmten physikalischen Rahmens geht, oder wo man eventuell nochmals nachrechnen muss.

Obwohl selbst Diplom-Ingenieur (also Techniker), betrachtete der Vorstandsvorsitzende jedes geäußerte Gegenargument als Majestätsbeleidigung ihm gegenüber. Die Mitarbeiter in seinem engeren Umfeld passten sich an und hüteten sich, ihm zu widersprechen, selbst wenn sie es besser wussten. Aktenvermerke und Protokolle wurden auf die eigene Karriere schädigenden Bemerkungen hin besonders abgeklopft. Über „Technik" durfte man gar nicht mit ihm diskutieren, er war wirklich beschlagen. Höchstens das Argument „zu teuer" ließ er – manchmal – gelten.

Nun war seit einigen Monaten ein jüngerer promovierter Ingenieur mit erstklassigen Zeugnissen und Referenzen sowie ersten einschlägigen beruflichen Erfahrungen eingestellt worden, dem man auf Dauer eine hervorragende berufliche Entwicklung im Unternehmen zutraute.

Dr. Neuer, ein selbstbewusster, Energie ausstrahlender, jedoch keinesfalls überheblich wirkender Mann war der Meinung, dass nirgendwo auf der Welt die technischen Möglichkeiten ausgeschöpft seien. „Es gibt noch viel zu tun als Ingenieur" war seine Devise. „Packen wir es also an."

Er brannte darauf, sein technisches Wissen auch mal möglichst ganz oben präsentieren zu können, hatte aber bisher noch keine Gelegenheit hierzu.

Beim Führungskräfte-Treffen, zu dem auch sogenannte Nachwuchs-Führungskräfte eingeladen wurden, machte er sich Hoffnungen, sich profilieren zu können.

Dr. Bucher, der Vorstandsvorsitzende, warf in seinem Vortrag wie üblich zunächst einen Blick zurück auf das wiederum erfolgreiche Jahr und dankte allen Mitarbeitern für ihr Engagement, gab dann zu dem laufenden Geschäftsjahr die Prognose, dass es gute Aussichten auf ein ähnlich erfolgreiches Jahr versprach, dazu auch, dass die neuen Geschäftsfelder sich zwar noch in der Anfangsphase befänden, sich aber planmäßig entwickelten, obwohl die umwelttechnischen Veränderungen alles nicht leichter machten. Aber man sei für die Zukunft gewappnet.

Laut Tagesordnung kam nun der Punkt Diskussion. Die erfahrenen Führungskräfte hielten sich zurück. Einerseits wegen früherer gemachter schlechter Erfahrungen, andererseits aus der Überlegung, dass man in so einem Forum sowieso nichts bewirken könne.

Dr. Neuer meldete sich zu Wort. Kern saß in der letzten Stuhlreihe und konnte nur verstehen, dass es um neueste technische Verfahren ging, die auch für das Unternehmen von Interesse wären. Es waren mehrere Sätze, vielleicht ein Satz zu viel. Die Versammelten alten Hasen hielten den Atem an. Wie wird der Alte reagieren?

Dr. Bucher ging mit keiner Silbe auf das Statement ein, sondern fragte etwas verkniffen, ob noch weitere Wortmeldungen vorlägen. Das war nicht der Fall. Dr. Bucher schloss daraufhin die Versammlung mit einem „Glück auf!".

Die Geladenen erhoben sich, die Spannung wich. Unter Gesprächen mit den Nebenmännern begab man sich auf den Heimweg.

Dr. Bucher winkte seinen Assistenten heran: „Wer war das?", fragte er ihn. „Das war Dr. Neuer aus der Entwicklungsabteilung." „Soso. Ist Willberg noch da?" „Er ist gerade gegangen." „Willberg soll morgen früh zu mir kommen. Sagen Sie ihm das."

Willberg hatte es geahnt. Er wurde zum Vorstandsvorsitzenden beordert, der ihm eröffnete, dass sofort und auf der Stelle der Fall Dr. Neuer geregelt werden müsse. Dr. Neuer hätte die Hoffnungen, die das Unternehmen in ihn gesetzt habe, nicht erfüllt. Er müsse sofort das Unternehmen verlassen.

So einen Besserwisser, der gerade mal kurz in unsere spezielle Technik hineingerochen habe und sich aufspiele als hätte er das Perpetuum mobile erfunden, könne man nicht gebrauchen. „Ich will ihn hier nicht mehr sehen. Haben wir uns verstanden?"

Willberg, der lange gesucht hatte, einen dieser gut ausgebildeten Ingenieure zu gewinnen, versuchte zu retten, was nicht mehr zu retten war. „Wir können versuchen, ihn in unserer Tochtergesellschaft ...", Dr. Bucher unterbrach ihn sofort: „Habe ich mich nicht klar genug ausgedrückt? Also: Das Gespräch ist beendet. Ich habe noch mehr zu tun, als mich um Ihre Fehlbesetzungen zu kümmern."

Willberg verließ zähneknirschend das Zimmer. In seinem Büro angekommen, riss er die Fenster auf und rang nach Luft. Erst vor wenigen Tagen hatte er nach einer Herzattacke mit mehreren Wochen Arbeitsunfähigkeit seinen Dienst wieder aufgenommen und jetzt diese unangenehme Sache.

Seine Sekretärin hatte gesehen wie er kreidebleich vom Vorstandsvorsitzenden zurückkam. „Nicht schon wieder" murmelte sie und eilte in sein Zimmer. Willberg sackte langsam in die Knie und fiel vornüber.

Frau Alt ging entschlossen ans Telefon und wählte die Nr. 112. „Ein Schwächeanfall bei Herrn Willberg, Parterre, der Dritte in wenigen Wochen. Kommen Sie sofort."

Willberg brauchte Monate bis er wieder soweit hergestellt war, dass er ins Büro kommen konnte, zunächst nur halbtags.

Der Leiter Führungskräfte als vorübergehender Ersatz hatte die wenig ehrenvolle Aufgabe den Fall zu lösen.

Dr. Neuer wurde sofort suspendiert unter Weiterzahlung der Bezüge bis zum Vertragsende, musste aber jederzeit erreichbar sein. Er wurde mehrfach in einem Schwimmbad in der Nähe einer Telefonzelle gesehen, Handys gab es damals noch nicht.

Keiner weiß, was aus ihm geworden ist. Die, die ihn kannten, waren sich sicher, dass er seinen Weg nach oben – um eine Erfahrung reicher – finden würde.

Ohne Respekt

Der Besuch des Vorstandsvorsitzenden einer wichtigen Shareholder-Gesellschaft, Prof. Dr. Kircher mit seinem Gefolge, war stets ein großes technisches Ereignis und fand in diesem Jahr im modernsten Werk des Unternehmens statt.

Der eigene Vorstandvorsitzende und der Vorstand Technik, selbstverständlich auch der Werksleiter, waren die Gastgeber.

Man erörterte, wie sich die neueste Technik im Betrieb bewährt hatte. Prof. Dr. Kircher war besonders interessiert, wie die Qualität der

Übersee-Kohle war, die hier erstmalig aus Kostengründen in größeren Mengen verfeuert wurde.

„Fragen wir doch mal direkt den Kessel-Ingenieur. Der muss es ja am besten wissen.", schlug er vor. Herr Neuland, ein selbstbewusster erfahrener Kessel-Ingenieur, wurde geholt und befragt. Der brachte es mit seinem trockenen Humor sofort auf den Punkt: „Die kaut unsere Omma auf der Felge!"

Prof. Dr. Kircher lachte amüsiert laut auf. „Danke Herr Neuland."

Neuland ging, der technische Vorstand, Herr Reine, ein ansonsten ruhiger abgeklärter Mann, war verärgert und entschuldigte sich bei Prof. Dr. Kircher. Der winkte ab, er hatte seine Antwort, die konnte besser nicht sein.

Zurückgekehrt, verlangte Reine von Kern die Personalakte Neuland und berichtete die ihm peinliche Situation im Werk. Er war immer noch verärgert.

„Sowas will ich nicht noch mal erleben, der Mann ist unmöglich, der hat uns blamiert. Werfen Sie den auf der Stelle raus. Ich will ihn nicht mehr sehen."

Kern konnte sich ein Lächeln nicht verkneifen. Er kannte Neuland.

„Als Kessel-Ingenieur war er immer gut. Es gab bisher keine Vorkommnisse, weshalb wir ihn auch für unser neuestes Werk ausgewählt haben. Ich werde zunächst mal mit dem Werksleiter sprechen."

Reine lächelte jetzt auch. „Ist schon okay. Nehmen Sie die Akte wieder mit."

An einen weiteren beruflichen Aufstieg für Herrn Neuland war danach nicht mehr zu denken, dazu fehlte ihm das Gespür für sein Verhalten nach außen. So wurde er auch bei Werksbesichtigungen nicht mehr eingesetzt. Die übernahm jetzt ausschließlich der Werksleiter.

Eine Erfolgsstory

Der Leiter Rechnungswesen, Herr Storch, sprach mit Hochachtung von den „vier Millionären" in seiner Abteilung Rechnungsprüfung. Sie wurden im Unternehmen gleichzeitig beneidet und bewundert.

Wie kam es dazu, dass „normale kaufmännische Sachbearbeiter" sich zu Millionären hocharbeiten konnten?

Sie verstanden ihr Handwerk und die Zeichen der damaligen Zeit!

Vielleicht hatten die vier Rechnungsprüfer früher auch einmal von einer beruflichen Karriere im Unternehmen geträumt. Wenn, dann war das lange her. Seit vielen Jahren schon saßen sie in einem Raum mit einem Block von vier Schreibtischen nebeneinander und sich gegenüber und prüften Rechnungen.

Je zwei teilten sich ein Telefon, jeder hatte seine eigene Rechenmaschine neben sich stehen.

Ohne ihren Prüfvermerk wurde keine Rechnung bezahlt. Zwei der Prüfer hatten vor längerer Zeit gemeinsam eine kaufmännische Lehre im Unternehmen abgeschlossen, der Dritte war ein älterer erfahrener Baustellen-Kaufmann, der Vierte war Elektrotechniker, Spezialität Elektro-Installationstechnik und ein Pfiffikus.

Die vier hielten zusammen, vertraten, halfen und informierten sich gegenseitig. Ihre Familien kannten sich auch privat. Man unterhielt sich bei der Arbeit, ohne diese zu vernachlässigen, über Fußball aber auch über Preise und Löhne und dass sie unablässig nach oben tendierten.

Ein Thema war seit langem die Entwicklung der Baulandpreise, die Erschließung von Bauland, Verkehrsplanung, Bau von Autobahnen und Straßen. Der Wohnungsbedarf war enorm, insofern hatte der Wohnungsbau Priorität. Selbst die großen Unternehmen, auch die

Zechen mit ihrem großen Grundbesitz gründeten Siedlungs- oder Wohnungsbaugesellschaften oder beteiligten sich an ihnen.

Der Pfiffikus erfuhr zufällig, dass am Stadtrand ein großes Gebiet für den Wohnungsbau erschlossen werden sollte und wandte sich an seinen Kollegen: „Hans, Du hast mal erzählt, dass Deine Großeltern in der Mark mal ein altes Kötterhaus besaßen mit einem relativ großen Grundstück. Habt Ihr das noch?" „Ja, das werden rund 3.000 Quadratmeter sein. Opa hatte dort eine Nebenerwerbs-Landwirtschaft. Im Haupterwerb war er Bergmann."

Der erfahrene Baustellen-Kaufmann erfasste die Lage als Erster. „Wenn das dort alles Bauland wird, steigt der Wert des Grundstücks enorm an. Gehört Dir dort auch etwas davon?" „Ja, wir haben eine Erbengemeinschaft bestehend aus meiner Mutter, meiner kinderlosen Tante, meiner Schwester und mir." „Du bist ein Glückspilz. Die Lage ist sehr gut, ich würde auch dort gern bauen. Wenn Du schlau bist, baust Du Dir dort ein Haus." Der Pfiffikus ergänzte: „Verkaufen würde ich jetzt nichts mehr!"

Der Flächennutzungsplan wurde von der Stadt zügig verabschiedet. Eine neu geplante Straße führte direkt am Grundstück des Kollegen vorbei. Es war Mischbebauung vorgesehen, d. h. sowohl frei stehende Einfamilienhäuser als auch Reihenhäuser waren geplant. Dazu kamen mehrere 6-Familienhäuser.

Bis vor wenigen Wochen hatte keiner der vier Prüfer an Bauen gedacht. Jetzt drehte sich jedes private Gespräch im Raum um nichts anderes mehr als um Bauen, Kalkulation, Finanzierung, Eigenleistung, Grundrisse und so weiter.

Durch staatliche Wohnungsbauförderungsprogramme war die Finanzierung auch für weniger Betuchte mit Kindern mit wenig Eigenkapi-

tal und viel Eigenleistung möglich. Steuerliche Anreize sowie För-
dermittel wie z. B. Eigenheimzulagen, Kinderzuschüsse, Landesmittel, Darlehen an junge Familien, jeweils mit Zinssätzen von 0,5 und
1%, machten es realisierbar. Die vier Rechnungsprüfer waren nach
kurzer Zeit Experten auf dem Gebiet der Baufinanzierung und staat-
lichen Förderungen und Steuererleichterungen. Nach einem Jahr
war das Bauvorhaben erschlossen, Straßen angelegt und parzelliert.
Nach einem weiteren Jahr war der erste Bauabschnitt mit zwölf 1-½-
geschossigen Häusern im Rohbau fertig. Die vier Rechnungsprüfer
gehörten zu den ersten Bauherren. Die vier zogen nach einem weiteren Jahr ein und Bilanz.

Alles hatte gut geklappt, die Familien fühlten sich in ihren neuen
Häusern sehr wohl. Die Zinsbelastung lag in Höhe ihrer bisherigen
Miete. Der erfahrene Baustellen-Kaufmann meinte, im Grunde war
das alles gut zu schaffen: „Deshalb sage ich Euch: Das erste Haus
war für jeden das schwerste. Von nun an geht alles leichter." „Wie
meinst Du das?" „Wir sollten die Gelegenheit weiter nutzen. Hans
hat ja noch zwei seiner Grundstücke nicht bebaut, da passen zwei
Mehrfamilienhäuser drauf, was meinst Du, Hans?" „Das wird schon
gehen, die Banken haben unsere Häuser als Sicherheit. Macht Ihr
wieder alle mit?" „Ja."

Die vier waren sich untereinander einig, dass jeder für sich finanziert
und dass keine Gesellschaft gegründet wurde. Der mit den Grund-
stücken hatte es am leichtesten. Weitere Häuser kamen hinzu. Die
Vermietung und damit Verzinsung war zufriedenstellend. Die Baulandpreise stiegen, die Mieten auch. Die vier prüften weiter Rechnungen.

Durch Zukäufe bzw. Ersteigerungen von Häusern deren Eigentümer
sich übernommen hatten, wuchs das Vermögen der vier stetig wei-

ter. Sie blieben aber immer „auf dem Teppich", so dass unangenehme Überraschungen ausblieben. An einer Karriere im Hause war
keiner von ihnen interessiert.

Eine Versetzung

Kern hatte eine gute, selbstständig arbeitende und erfahrene Abteilungssekretärin unterzubringen, deren Arbeitsplatz eingespart wurde,
weil die Abteilung durch Umorganisation aufgelöst worden war.
In Nähe ihres Wohnortes wurde eine gleichwertige Stelle als Sekretärin des Werksleiters frei und Kern war erleichtert, den Fall kurzfristig durch eine Versetzung lösen zu können. Die nötigen Vorgesprä-
che waren sehr zufriedenstellend verlaufen. Kern moderierte das
Vorstellungsgespräch zwischen der Bewerberin und ihrem zukünftigen Chef.
„Wenn Sie sich kurz vorstellen wollen, Frau Wolter. Die Umstände
Ihrer Versetzung sind bekannt. Herr Ottern kennt Ihren Hintergrund
und möchte Sie persönlich kennenlernen."
Routiniert schilderte sie ihren beruflichen Werdegang. Herr Ottern
hörte aufmerksam und wohlwollend zu. Kern registrierte, dass die
„Chemie" zwischen den Beiden stimmte. Der Fall war somit gelöst.
Zum Schluss geschah etwas Ungewöhnliches. Der Werksleiter bedankte sich für ihre Worte und erklärte: „Jetzt will ich Ihnen mal mitteilen, wie mein Leben verlaufen ist und mit wem Sie es hier zu tun
haben. Mein Name ist Karl Ottern, ich bin Jahrgang 1925, habe in
Mannheim Maschinenbau studiert bis zum Diplom-Ingenieur und
habe bei namhaften Maschinenbau-Unternehmen gearbeitet, bis ich
dann hier die Leitung dieses Werkes übernommen habe. In Fach-

kreisen wird mir bescheinigt, dass ich zu den begnadetsten Ingenieuren in Deutschland gehöre."

Kern verschlug es den Atem.

„Darf ich kurz unterbrechen? Ich habe noch einen wichtigen Termin
und möchte dieses angenehme Gespräch nicht weiter stören. Ich
darf mich verabschieden. Wir telefonieren."

Dass sich so ein erfahrener Werksleiter seiner zukünftigen Sekretärin vorstellt, war ihm bisher noch nicht untergekommen.

Die Versetzung ist jedoch dann noch gut gelaufen.

Gleichberechtigt – doch natürlich anders

Kern erinnerte sich: Der Chef hatte endlich eine Mitarbeiterin zur
Unterstützung der zwei Personalsachbearbeiter gefunden, die zusammen 2.800 Angestellte abrechneten.

Die neue Kollegin hatte sich schnell eingearbeitet und machte ihre
Sache gut. Kurz nach ihrer erfolgreichen Einarbeitung und Probezeit
bat sie die Kollegen, freundlicherweise die Schreibmaschine aus
dem Schrank auf ihren Schreibtisch zu stellen. Einen speziellen
Schreibmaschinentisch an ihrem Schreibtisch hatte sie nicht. Vor
dem Feierabend bat sie ihn, die Maschine wieder in den Schrank zu
stellen.

Da sie die Maschine bisher bei Bedarf immer selbst aus dem
Schrank nahm und sie auch wieder zurückstellte, musste es Gründe
hierfür geben. Pitt raunte Kern zu, als sie mal das Zimmer verließ:
„Weißt Du was? Das Fräulein ist bestimmt schwanger, warte mal
ab." Dabei grinste er schelmisch.

Kern hatte den Zusammenhang noch nicht richtig registriert, musste ihm aber zustimmen. „Das würde ihr Verhalten zweifellos erklären. Na, das wäre ein Ding. Da wird sich der Chef aber ärgern. Wenn er es nicht schon weiß." Er wusste es noch nicht, bekam es aber bald schriftlich in Form einer hierfür besonderen Bescheinigung des Arztes: Voraussichtliche Niederkunft am ... Beginn der Mutterschutzfrist (6 Wochen vorher) ab ...

Das hieß im Ergebnis: In wenigen Monaten musste wieder eine Ersatzkraft eingestellt werden, wenn man eine Einarbeitungszeit von einigen Wochen berücksichtigte.

Der Chef war sauer, jetzt musste er wieder von vorn anfangen.

Eine Aushilfe für eine begrenzte Zeit einzustellen kam für die Personalabteilung nicht in Frage. Die vertraulichen Personaldaten, insbesondere die Gehälter, konnte man vor der Aushilfe im täglichen Arbeitsprozess nicht gut geheim halten.

„Das ist mir eine Lehre.", meinte er. Er beschloss, eine altgediente ledige Dame aus der Buchhaltung anzusprechen, die bereits in der Menopause war. Mit ihr würde auf längere Sicht wieder Kontinuität auf der Position hergestellt sein.

Fräulein Otto war erfreut über dieses Angebot und nahm es an, obwohl sie bisher nicht an einen Wechsel aus der Kontokorrent-Buchhaltung gedacht hatte. Sie fühlte sich sehr wohl in dieser Abteilung, in der nur ältere erfahrene Damen seit Jahren zur Zufriedenheit arbeiteten. Sie waren auch privat miteinander befreundet und halfen sich gegenseitig, wenn mal „Not am Mann" war.

Die Versetzung war für beide Seiten ein Erfolg, der bis zur Pensionierung von Fräulein Otto andauerte.

Kern und Pitt diskutierten über das uralte Thema. So etwas kann immer mal passieren, es war sozusagen höhere Gewalt. Die Stelle musste unbedingt besetzt werden, da war der Chef zeitlich unter Druck. Bisher war auch immer alles gut gegangen mit den jungen ledigen Damen. Peinlich war es ihm gewiss, dass ausgerechnet er in diese Lage geraten war. Er hatte wohl nur Pech. Vielleicht ging es der ledigen Kollegin mit ihrer Schwangerschaft ebenso.

Als Kern später die Leitung Personalplanung und Beschaffung übernommen hatte, in der es schwerpunktmäßig um externe Personalbeschaffung ging, machte er sich Gedankten darüber, wie man die Einstellung einer schwangeren Dame vermied. Fragen in dieser Richtung wollte und durfte er nicht stellen, das war klar. Andererseits war Ärger programmiert, wenn sich wenige Monate, wie damals bei der neu eingestellten Dame, in der eigenen (Personal-) Abteilung herausstellte, dass die „Neue" schwanger war und dass diese Schwangerschaft bei der Einstellung bereits vorlag. Die Häme konnte sich Kern sehr gut vorstellen, hatten die Kollegen sich seinerzeit doch auch über den Chef amüsiert.

Die Abteilungsleiter standen meistens unter Druck und verstanden keinen Spaß, wenn sie den Eindruck hatten, dass sie bei der Besetzung ihrer Sekretärinnen- oder Schreibkräftestellen von der Personalabteilung nicht in erforderlichem Maße unterstützt wurden.

Kern hatte Verständnis für die Chefs, aber in der Sache war er natürlich macht- und schuldlos. Gedanken machte er sich dennoch, wie man sich theoretisch dagegen wappnen könne. Kern hatte nichts gegen Kinder, er hatte selbst zwei. Das war es nicht. Aber blamieren wollte er sich auch nicht. Ihm ging es nur um die Dienstleistung die die Personalabteilung zu erbringen hatte. Er beschloss dieses über den betriebsärztlichen Dienst anzugehen. „Mal sehen, was dabei herauskommt.", dachte er sich.

Vor jeder Einstellung war eine ärztliche Eignungsuntersuchung zwingend erforderlich. Auch im Verwaltungsbereich – also bei den Angestellten im Büro – war sie vorgeschrieben.

Kern konnte sich nicht erinnern, jemals eine Mitteilung des Betriebsarztes erhalten zu haben, dass ein Bewerber für die Verwaltung ärztlicherseits nicht geeignet gewesen wäre. Er amüsierte sich jedes Mal über die abschließende Formulierung eines Werkarztes über die Eignung im Attest: „Der Untersuchte ist an allen Gliedern frei beweglich."

Bei der Einstellung einer Abteilungssekretärin war Kern wegen des Kündigungstermins unter Druck. Unter diesem (tatsächlichen) Vorwand rief er bei der Betriebsärztin an und erkundigte sich, ob sie die Einstellungsuntersuchung bereits vorgenommen hatte und ob er den Arbeitsvertrag aushändigen konnte.

„Ja, habe ich.", sagte sie.

„Und? Ist Alles in Ordnung?", fragte Kern. „Ja." „Haben Sie sie gefragt, ob sie schwanger ist?" „Das geht Sie nichts an. Das unterliegt der ärztlichen Schweigepflicht." „Das weiß ich, aber wie stehe ich da, wenn sie tatsächlich schwanger wäre?", entgegnete Kern und fuhr fort: „Sie wissen doch von der Einstellung einer schwangeren Kollegin für unsere Abteilung." „Nein, da war ich im Urlaub."

Kern schilderte die Begebenheit. „Ich kann Ihnen trotzdem nicht helfen. Das ist Ihr Problem. Sagen kann ich aber, dass ich sie geröngt habe. Sind Sie nun zufrieden?" „Ja, herzlichen Dank."

Ein Anruf wurde zuständigkeitshalber an Kern weitergereicht. Eine junge Dame, Diplom-Ingenieurin Maschinenbau, hatte gerade ihren Abschluss gemacht und war auf der Suche nach einer Anfangsposition. Kern bekam in den letzten Jahren öfter Anrufe, ob sich eine Bewerbung lohne. Eine Vorgehensweise, die es in früheren Jahren gar nicht gab und die als unsolide, bequem, zumindest nicht als seriös galt. Die Zeiten hatten sich geändert und Kern hörte inzwischen genau hin, wenn es solche Bewerbungsanfragen gab.

Die junge Dame war sehr redegewandt, schien resolut und durchsetzungsfähig zu sein. Während er zuhörte überlegte er, wo man eine solche Bewerberin einsetzen könne. Bedarf hatte er konkret keinen, eventuell könnte man sie als Nachwuchskraft aufbauen.

Kern hatte den Auftrag stets bei Einstellungen von Außen die Bereitschaft des Kandidaten ins Ausland zu gehen, zu prüfen. Eigene gute Ingenieure für einen Einsatz im Ausland zu finden, wurde immer schwieriger.

Eine Frau auf einer Baustelle im arabischen Raum einzusetzen wurde bisher als außerordentlich riskant beurteilt. Es gab dort noch nicht mal getrennte Toiletten oder Duschen für Frauen. „Haben Sie praktische Erfahrungen auf Baustellen gesammelt? Wie erprobt sind Ihre Englischkenntnisse? Sind Sie bereit, nach einer entsprechenden Einarbeitung für ein oder zwei Jahre auf Baustellen im Ausland zu arbeiten?" Pause am anderen Ende der Leitung. Kern wurde unvorsichtig: „Es ist für Frauen auf türkischen oder tunesischen Baustellen nicht so einfach zu arbeiten. Jedenfalls gibt es für uns noch keinerlei Erfahrungen hierüber."

Die Reaktion hierauf war bestürzend: „Was haben Sie gegen Frauen in Führungspostionen? Gehören Sie auch zu diesen Machos, die uns Frauen den beruflichen Aufstieg versperren oder ihn uns nicht gönnen? Was bilden Sie sich eigentlich ein?"

„Ich meine es nur gut. Es ist auch nicht einfach, intern männliche Bewerber fürs Ausland zu gewinnen und sei es nur aus privaten Gründen.", konnte Kern dagegen halten.

„Ich warne Sie, ich werde Sie verklagen!", schrie die Bewerberin, sämtlicher Chancen beraubt und legte auf.

Kern atmete durch. So was war ihm noch nie passiert. Er beschloss in Zukunft vorsichtiger zu sein, denn wie gut man es auch meinte, so ein Schuss kann auch nach hinten losgehen, am besten man behielt seine Bedenken für sich.

„Aber wo sind denn bei uns Frauen in Führungspositionen?", fragte er sich. Seine Antwort: „Wir haben keine, auch in mittleren Funktionen nicht. In der Rechtsabteilung gab es eine gut bezahlte Juristin. Das war's. Vorstandssekretärinnen wurden gut bezahlt, weil sie dort eine besondere Vertrauensstellung innehatten, waren jedoch keine Führungskräfte.

„Bei nächster Gelegenheit will ich darauf verstärkt achten.", beschloss er.

Die Gelegenheit kam schneller als gedacht. Per Stellenausschreibung (intern und extern) wurde ein Nachfolger für den aus Altersgründen ausscheidenden Leiter der Betriebsbuchhaltung gesucht. Die Auswertung aller internen und externen Bewerbungen und der Vorstellungsgespräche ergab, dass von allen Bewerbern Frau Buse die geeignetste war. Der Vorgesetzte Hauptabteilungsleiter wollte keine Frau auf dieser Stelle, sondern suchte einen Mitarbeiter mit Potential für die zukünftige Übernahme höherwertiger Aufgaben im kaufmännischen Bereich. Kern argumentierte, auch das brächte Frau Buse mit. Sie sei eigentlich die ideale Besetzung für die relativ kleine Abteilung. „Sie haben doch wohl nichts gegen Frauen?" „Natürlich habe ich nichts gegen eine Frau auf dieser Position.", aber aus Erfahrung wüsste er, dass aufgrund des hohen Frauenanteils in der Abteilung ein Mann die bessere Wahl sei, aber mit Frau Buse könne man es tatsächlich mal probieren.

Frau Buse erfüllte alle in sie gesetzten Erwartungen. Die Probezeit hatte sie glänzend bestanden, in Besprechungen machte sie eine gute Figur.

Wenn Kern den Hauptabteilungsleiter im Hause traf, fragte er ihn stets nach der Entwicklung von Frau Buse. „Alles bestens. Sie haben meine Bedenken ad absurdum geführt. Sie hat unser Besprechungsklima positiv bereichert. Ich bin sehr zufrieden mit ihr." „Sehen Sie, ich hatte ja gesagt, dass das gut geht.", freute sich Kern.

Nach einem Jahr rief Frau Buse bei Kern an, mit der Bitte um einen Termin bei ihm. Kern freute sich über das Zusammentreffen, wie immer, wenn er die von ihm Eingestellten, die die Erwartungen erfüllt hatten, traf.

„Na, wie geht es Ihnen hier bei uns. Ich höre nur Gutes über Sie."

„Das freut mich sehr. Ich wollte Ihnen aber mitteilen, dass ich schwanger bin."

Kern konnte sich gut zusammenreißen, wenn es erforderlich war. „Das freut mich sehr für Sie. Andererseits hätte ich nichts dagegen gehabt, wenn Sie damit noch etwas gewartet hätten."

„Ich auch nicht.", sagte sie.

Kern rief den Abteilungsleiter an. Frau Buse war gerade bei ihm gewesen. „Kaum hat man eine Vakanz geregelt, schon muss man wieder von vorn anfangen.", schnauzte er.

„Bauen Sie einen Vertreter auf, um die Zeit des Mutterschutzes zu überbrücken."

„Ja, natürlich, aber sie fehlt uns. Sie hat schließlich fest mitgearbeitet. Sie ist schwer zu ersetzen. Die Frage ist doch, kommt sie überhaupt zurück und wenn ja, wann?"

Der Abteilungsleiter war sauer: „Verdammt, mit einem Mann wäre das nicht passiert." „Natürlich nicht, aber sie war die Beste von Allen."

„Warten wir's ab, vielleicht kommt sie ja 8 Wochen nach der Geburt zurück."

Der Chef kam nach einem Besuch eines Personalberaters zu Kern.

Mit den Worten: „Sie suchen doch immer nach einer Klasse-Frau, die für spätere Führungsaufgaben geeignet ist. Hier hätte ich eine."

Er übergab Kern die Bewerbungsunterlagen. „Das Ganze macht einen sehr guten Eindruck, auch das Foto spricht für die Bewerberin. Schauen Sie sich die Bewerberin an und überlegen Sie, wo sie bei uns eingesetzt werden kann."

Kern prüfte die Unterlagen. Es handelte sich um eine Diplom-Ingenieurin mit zwei Abschlüssen sowohl für Chemie als auch für Verfahrenstechnik. Sie promovierte zurzeit an der Uni. Diese war so weit fortgeschritten, „dass sie es sich vorstellen könne, bereits jetzt zusätzlich eine Stelle in der Industrie annehmen zu können", schrieb sie. Der Vorstellungstermin fand kurzfristig statt. Kern gegenüber saß eine aparte schwarzhaarige Schönheit. Auf den ersten Blick war nicht zu erkennen, dass dies ihr Problem war. Sozusagen ein „Aushängeschild" für unser Unternehmen, fand Kern. Er fand sie zwar etwas zu freundlich, zu nett und zu nachgiebig, insofern zu schade für technische Aufgaben in einer Männerwelt, aber schließlich hatte sie sich den Beruf ausgesucht. Kern klärte ab, ob sie auch an einer

Trainee-Stelle interessiert sei, sie sei zurzeit ja noch dabei zu promovieren und ob er in diese Richtung einen Einsatz im Unternehmen abklären könne. Sie stimmte sofort zu: „Das wäre mir sehr angenehm. Ich hatte auch in diese Richtung gedacht, schließlich fehlt mir die Praxis." Kern besprach die Angelegenheit mit dem Leiter Technik. Der war einverstanden, noch mehr als er sie kennenlernte.

In der ersten Station sollte sie in einem Werk vor Ort die Praxis kennenlernen, die zweite Station war in der zentralen Betriebstechnik vorgesehen. Jede Station war zunächst mit einem halben Jahr angedacht, jedoch jederzeit änderbar.

Kern war sehr zufrieden mit seiner Regelung und der neuen vielversprechenden Bewerberin.

Kurz vor Ende der sechsmonatigen Probezeit erkundigte er sich, ob Alles wie geplant laufe und wie Frau Esser sich eingearbeitet und bewährt habe. „Alles bestens.", wurde ihm geantwortet. „Prima.", war Kerns Gedanke. „Das kann was werden."

Nach weiteren Monaten bekam Kern einen Anruf von ihr mit der Bitte um ein Gespräch. Erfreut und in der Überlegung, welche Station man nun ins Auge fassen sollte, wurde kurzfristig ein Gesprächstermin vereinbart. Kern war gespannt, eine Tasse Kaffe für sie stand bereit.

Nachdem sie diese dankend ausgetrunken hatte, eröffnete sie Kern etwas gehemmt und dabei nicht gerade glücklich aussehend, dass sie kündigen, und sich beruflich anders orientieren wolle. Auch ihre Promotion wolle sie aufgeben.

Kern traf fast der Schlag. Er sah sie verständnislos an. „Sowas hätte ich nicht vermutet. Was ist passiert und was kann ich tun, damit Sie Ihre Meinung ändern?" Ich habe noch nicht die kleinste Andeutung erhalten, dass Sie bei uns unzufrieden wären. Sollen wir nicht erst die nächste Trainee-Stufe besprechen?"

„Die Gründe liegen nicht in Ihrem Unternehmen, sie sind rein privater Natur." Sie wirkte ziemlich entschlossen, als sie das sagte.

Kern begriff, da war kaum mehr etwas zu ändern. „Was werden Sie in Zukunft machen?", fragte er aber doch.

„Ich habe an einer privaten Schule eine für mich passende Position als Dozentin gefunden, die mir sehr zusagt.", erklärte sie. Kern konterte: „Die werden Ihre jetzigen Bezüge nicht zahlen können."

„Da haben Sie recht, es sind ca. 50 % weniger, die ich dort erhalte."

„Wollen Sie es sich nicht doch noch überlegen? Um es direkt zu sagen: Ich halte Ihre Entscheidung für falsch.", reagierte Kern.

„Ich bitte Sie, meine Entscheidung zu akzeptieren. Hier ist meine schriftliche termingerechte Kündigung." Sie stand auf und verabschiedete sich.

Er öffnete ihren Brief. Sie bat um möglichst vorzeitige Beendigung ihres Arbeitsverhältnisses. Dem wurde entsprochen.

„Was mag wohl dahinterstecken? Das ist keineswegs normal!" Kern war noch lange sauer. Nach Monaten erfuhr er dann, dass diese Frau es einfach leid war, sich ständig der Zudringlichkeiten des Doktorvaters zu erwehren, der verheiratet und wesentlich älter war als sie, und sie um den Preis der Promotion für sich gewinnen wollte. Er hatte die Charakterstärke dieser wirklichen Dame unterschätzt.

Es ist zum Haare ausraufen! Man tut, was man kann und dann sowas.

Sein früherer Förderer Raick hatte für solche Fälle einen Spruch auf Lager, der lautete: Die Verhältnisse waren nun mal stärker.

Der Exot

In der Hauptverwaltung war Kern ein Mitarbeiter mit schwarzer Hautfarbe aufgefallen. Er war der einzige Schwarze im Unternehmen. Er stammte aus dem französischsprachigen Afrika. Er sprach daher fließend französisch, darüber hinaus ebenso englisch und natürlich deutsch.

Kern erfuhr, dass er der Sohn des Oberhauptes eines Stammesverbundes war, der seine Ersparnisse aufgewandt hatte, ihn studieren zu lassen. Damit sollte er später den Unterhalt der Großfamilie sicherstellen und die Oberhauptwürde übernehmen. Über ein Entwicklungshilfeprogramm der BRD gefördert, studierte Nitalla erfolgreich in Deutschland Elektrotechnik bis zum Diplom-Ingenieur.

Nach seiner Einstellung im Unternehmen in die Abteilung Messtechnik heiratete er eine Deutsche, die auf keinen Fall nach Afrika übersiedeln wollte. Sie hatten zwei Kinder, die völlig integriert und höchstens an einem Besuch der Großeltern interessiert waren.

Kern war sich sicher, dass Nitalla seinem Stammesverbund regelmäßig Geld zukommen ließ. Die Investition der Familie trug insoweit Früchte. Eine Rückkehr nach Afrika kam jedoch nicht infrage. Das Förderprogramm der Bundesregierung für Afrika war damit unterlaufen worden. Volkswirtschaftlich war für Afrika – mit Ausnahme der Geldüberweisungen – kaum Nutzen entstanden und wenig erreicht worden.

Nitalla selbst kann aufgrund seiner Ausbildung und seiner Sprachkenntnisse mit seiner beruflichen Entwicklung und persönlichen Situation nicht wirklich zufrieden sein, vermutete Kern.

Eine Kosten-Nutzen-Analyse sollte hier aber nicht erstellt werden.

Für das Unternehmen generell stellte sich Kern die Frage, ob und wo „Exoten" (im positiven Sinne) eingesetzt werden können.

Nitalla war in einer sehr speziellen Abteilung des Betriebes, in der zentral angesiedelten Gruppe Messtechnik gelandet, in der sämtliche betrieblichen Daten abgelesen oder ermittelt und ausgewertet werden. Er war mit Sicherheit überqualifiziert für diese Aufgaben, war aber offensichtlich zu seiner eigenen und auch betrieblichen Zufriedenheit eingesetzt. An eine besondere betriebliche Förderung beziehungsweise Weiterentwicklung aufgrund seiner Sprachkenntnisse, war bisher nicht gedacht worden. Wohl auch, weil Nitalla keine besonderen Ambitionen zu erkennen gegeben hatte.

Das war im Betrieb ein Einzelfall. Kern fragte sich jedoch, warum ein Mitarbeiter mit solch guter Ausbildung und sehr guten Sprachkenntnissen in der unattraktiven zentralen Messtechnik mit stets wiederkehrenden schematischen Aufgaben tätig und dort zufrieden ist.

Kern besprach das Thema mit verschiedenen Abteilungsleitern der Technik. Die Meinung war, dass „Exoten" im Allgemeinen sehr gut ausgebildet seien und sie für die Planung, Zeichnung, Konstruktion, Entwicklung und Forschung sehr gut geeignet seien. Weniger gut oder ungeeignet wären sie als Bauleiter oder Betriebsleiter mit Personalverantwortung vor Ort. Das wüssten sie auch selbst und lehnten eine solche Position ab. Diese Mentalität sei auch bei deutschen Ingenieuren anzutreffen. Bei der zunehmenden Ausrichtung des Unternehms auf ein Auslandsgeschäft, das Bau-, Umbau- und Ertüchtigung von Industriewerken umfasste und in dem „deutsche Ingenieurskunst" mit Betriebserfahrungen gewünscht und angeboten werden konnte, war das ein Problem.

Die Personalabteilung war deshalb beauftragt, nur Ingenieure einzustellen, die nach der Einarbeitung auch als Betriebsingenieure mit

Personalverantwortung und auch im Ausland eingesetzt werden können.

Pensionierungen mit Hindernissen

Noch bis in die 80er Jahre des vorigen Jahrhunderts schieden die (gesunden) Mitarbeiter mit Vollendung des 65. Lebensjahres aus dem Arbeitsleben aus. Sie wurden bis zuletzt gebraucht. Fast die gesamten Jahrgänge 1919 – 1925 waren im Krieg geblieben und fehlten daher.

Später wurde das Renteneintrittsalter auf Vollendung des 63. Lebensjahres herabgesetzt. In den Genuss einer vorzeitigen Pensionierung konnte man auch kommen, wenn man mit 60 Jahren längstens 32 Monate arbeitslos und in den letzten 15 Jahren rentenversicherungspflichtig beschäftigt war. Viele Mitarbeiter machten gern davon Gebrauch, andere zögerten.

Kern sprach die Mitarbeiter an, ohne Druck auszuüben. Von selbst kamen wenige, man befürchtete, sich in eine schlechte Position zu bringen, obwohl die Regelungen allen Interessierten bekannt und auch attraktiv für sie waren. In Grenzfällen beriet die Sozialabteilung die Mitarbeiter und führte auch Rentenberechnungen durch.

Die Gespräche fanden stets in einer angenehmen Atmosphäre statt. Überraschungen waren daher selten.

Nicht selten bekam Kern Besuche von Ausgeschiedenen, die stolz erzählten, wie es ihnen ergangen ist.

Ein Techniker hatte sich einen VW-Bus umgebaut und fuhr mit seiner Ehefrau durch halb Europa. So gut wie zurzeit wäre es ihm noch nie gegangen.

Ein Ehemaliger berichtete, dass er vor Kurzem noch in Kanada zum Lachsfischen war und seinen früheren Kollegen in Amerika mit dem Fang überrascht hat. Dafür musste er mit dem Auto rund 5.000 Kilometer nach Süden fahren. Er hatte Schwierigkeiten unterwegs genügend Eis zu beschaffen. Der umfangreiche Fang passte nicht mehr in seine Kühlboxen. Langeweile gab es bei ihm nicht. Seine Pensionierung hat er nie bereut.

An einen Besuch konnte Kern sich aber besonders gut erinnern. Der Pensionär hatte eine schwere Herzoperation hinter sich. Man hatte ihm eine künstliche Herzklappe eingesetzt. Das Geräusch der Klappe bei jedem Herzschlag konnte Kern auf der anderen Seite des Schreibtisches vernehmen. Wie man damit schlafen kann, mochte Kern nicht fragen.

Ein kürzlich verabschiedeter Abteilungsleiterkollege schaute auch kurz herein. Er war schwerbehindert und mit 60 Jahren in den Ruhestand gegangen.

„Karl, wie geht es Dir im wohlverdienten Ruhestand? Vermisst Du uns etwa und wie fühlst Du Dich?" Er gestand etwas geknickt: „Weißt Du, was ich wirklich vermisse? Dass ich nichts mehr zu sagen habe." Er hatte mal fünf Mitarbeiter.

Kern hatte selbst noch keine Gedanken an seine eigene Pensionierung verschwendet. Aufgrund der Schilderungen würde seine eigene vorzeitige Pensionierung keinen besonderen Schrecken bei ihm auslösen. Wichtig wäre wohl, dass man beim Ausscheiden aus dem Berufsleben noch einigermaßen gesund ist, fand er.

Dass die Arbeit im Personalwesen immer wieder Überraschungen parat hat, selbst bei Pensionierungen, musste Kern bald erfahren.

Zu den allgemeinen Diensten der Hauptverwaltung gehörte u. a. die Poststelle, in der überwiegend Männer mittleren Alters mit gesundheitlichen Problemen als Boten tätig waren. Es waren Spätfolgen ihrer schweren beruflichen Tätigkeiten in den Betrieben, zum Teil auch unter Tage. Die Leute waren froh, noch leichte Tätigkeiten verrichten zu können. Das Unternehmen war ebenfalls froh, solche Arbeitsplätze für angeschlagene, schwerbehinderte Mitarbeiter anbieten zu können.

Der Krankenstand dieser Mitarbeiter war überdurchschnittlich hoch. Fast jeden Morgen kam der Leiter der Abteilung zu Kern ins Büro und meldete seine personelle Unterdeckung und bat kurzfristig um Hilfe. Dann musste Kern schnell für Ersatz sorgen beziehungsweise diesen genehmigen. Es gab „Springer", z. B. oft Studenten in den Semesterferien oder „Mikis", also Mitarbeiterkinder, die sich durch mehrfachen Einsatz bereits bewährt hatten und sich gut auskannten. Oft war aber guter Rat teuer, sodass selbst Kern seinen Sohn aus der „Herumlungerei" seiner Semesterferien mit viel Druck aktivieren musste.

An diesem Tage war dieses Problem bald gelöst und der Abteilungsleiter Sutter kam schnell auf einen seiner Boten zu sprechen, der vor Jahren durch einen Strebbruch unter Tage mehrere Stunden verschüttet wurde und deshalb psychisch angeschlagen war. Er war schwerbehindert und auch im Besitz eines Bergmannsversorgungsscheins, der ihm die Möglichkeit bot, mit 55 Jahren in Knappschaftsrente gehen zu können.

Die für solche Fälle zuständige Sozialabteilung hatte ihn angesprochen und ihm die betrieblichen Regeln für seinen Austritt vorgestellt. Er hatte durchaus Interesse, besprach die Dinge mit seiner Frau und gab sein Einverständnis, sodass mit der Knappschaft die Formalitäten durchgesprochen wurden und er die entsprechenden Anträge unterschrieb.

Nach seiner Unterschrift bekam er Angst vor den Folgen seines Austritts, insbesondere zog er die ausgerechnete Höhe seiner Knappschaftsrente in Zweifel. Die Sozialabteilung nannte ihm Kollegen, die die gleichen Voraussetzungen hatten wie er und denen es gut ging. Nach mehreren Gesprächen, nach denen er beruhigt war, alles einsah und wieder sein Einverständnis gab, folgten regelmäßig seine Zweifel und er zog sein Einverständnis wieder zurück.

So wurde der Termin seines Ausscheidens immer wieder verschoben, man wollte ihn auf keinen Fall drängen. Jetzt aber, meinte Sutter, wäre er wieder einverstanden und Kern könne – wie es schien – nun mit ihm den Arbeitsvertrag auflösen und ihn in den Ruhestand entlassen. Er könne aber nicht dafür garantieren, dass es diesmal klappt.

Bei dem folgenden Pensionierungsgespräch machte der Mann auf Kern einen ruhigen, unauffälligen Eindruck. Er war auch nicht nervös sondern ließ alles über sich ergehen, wie einer, der in den wohlverdienten Ruhestand geht. Er hatte sogar erzählt, dass er sich in der Lüneburger Heide eine Kate gekauft habe, wohin er nach seiner Pensionierung ziehen wollte. Sutter war bei dem Gespräch zugegen, zu ihm hatte er volles Vertrauen. Ohne Zögern unterschieb er den Auflösungsvertrag.

Nachdem der Bote, ein großer schlanker und kräftiger Mann gegangen war, blieb Sutter noch kurz zurück und sagte zufrieden: „Das ging leichter vonstatten als ich vermutet hatte. Vielleicht mache ich mir aber auch zu viele Gedanken über ihn." „Eigentlich war er ganz zufrieden jedenfalls machte er einen solchen Eindruck.", bemerkte

Kern. Sutter verabschiedete sich: „Also dann bis morgen." „Ja, bis morgen."

Am anderen Morgen kam die Überraschung. Kaum hatte Kern sein Büro erreicht, stand Sutter in der Tür: „Ich muss Sie dringend sprechen. Herr Wolf, unser Fall von gestern, ist in der letzten Nacht durchgedreht und hat mit einem Hammer die Küchenmöbel zertrümmert. Seine Frau hat mir alles berichtet. Er sitzt jetzt weinend inmitten des angerichteten Chaos. Was machen wir denn jetzt?" Kern überlegte kurz.

„Den stellen wir wieder ein.", erwiderte er. „Oder haben Sie eine bessere Idee?"

„Nein, aber im Ernst, wollen Sie das wirklich machen?"

„Ich sehe keine andere Möglichkeit. Wir müssen es ihm anbieten, sonst haben wir ihn möglicherweise auf dem Gewissen. Wer weiß, was der noch alles anstellt in seiner Psychose. Sagen Sie seiner Frau, sie soll mit ihm sobald wie möglich hierher kommen und den Austrittsvertrag mitbringen."

Wenig später saß Wolf kleinlaut mit seiner Frau vor ihm. Sutter war auch dabei. Frau Wolf weinte. Kern begann das Gespräch: „Herr Wolf, haben Sie den Vertrag mitgebracht?" Frau Wolf antwortete schnell: „Den haben wir in der Eile vergessen."

Kern fuhr fort: „Herr Wolf, ich habe gehört, was passiert ist. Jetzt bringen wir die Sache zu Ende. Sie fangen morgen wieder bei uns an.", und zu Sutter gewandt: „Wann ist Dienstbeginn in der Poststelle?" „Sieben Uhr."

„Gut, dann bis morgen, Herr Wolf, seien Sie pünktlich, wie bisher immer."

Herr Wolf war sichtlich verblüfft und verlegen.

„Können wir jetzt gehen?", fragte seine Frau.

„Selbstverständlich.", Kern stand auf.

Die Wolfs gingen ohne ein weiteres Wort.

„Das ist ja ein Ding.", sagte Sutter, „Dann muss ich ihn für morgen einplanen?"

„Warten wir's ab. Frau Wolf wird da noch ein Wörtchen mit ihrem Mann reden. Sie möchte in die Lüneburger Heide, sonst hätte sie den Austrittsvertrag mitgebracht."

Wolf ist danach im Hause nie wieder gesehen worden.

Ein Kollege hat ihn mal in der Heide besucht. Es wäre ihm noch nie so gut gegangen wie jetzt, ließ er ausrichten.

Kern erinnerte sich an seinen Vater, den man wenige Wochen vor Vollendung seines 60. Lebensjahres ohne Vorwarnung mitteilte, dass er mit 60 Jahren aus dem Unternehmen ausscheiden müsse. Er war nie krank und hatte bis dahin nie an eine vorzeitige Pensionierung gedacht. Einige Versicherungszeiten vor der Knappschaft waren noch nicht geklärt. Ausgeschieden war er aber bereits, als das auffiel. Als er den Knappschaftsältesten fragte, wovon er bis zum Beginn der Rentenzahlung leben sollte, erklärte dieser lapidar, er hätte ja Kinder, die in solchen Fällen für ihn aufkommen müssten. Kerns Vater bekam einen gehörigen Schreck. Er wollte auf keinen Fall seinem Sohn, die beiden Töchter hatten kein eigenes Einkommen, auf der Tasche liegen. Er erregte sich so sehr darüber, dass er einen Darmverschluss bekam und mit fürchterlichen Schmerzen mit Blaulicht ins Krankenhaus gefahren wurde.

Nachdem Kern vom Krankheitszustandes seines Vaters benachrichtigt wurde, erfuhr er von der Pensionierung, erkannte aber zunächst nicht den Zusammenhang. Er fuhr sofort ins Krankenhaus. Sein Vater lag bleich in einem Einzelzimmer. „Ein Totenhemd haben sie mir schon angezogen.", sagte er ängstlich.

Kern sprach mit dem Oberarzt, der zeigte ihm auf dem Röntgenbild seines Vaters eine Stelle im Unterbauch, an der er einen Tumor entdeckt haben wollte. „Sehen Sie hier, der Tumor ist noch relativ klein. Er muss jedoch sofort entfernt werden. Je früher desto besser. Die Heilungschancen sind zurzeit besonders hoch."

Kern konnte nichts erkennen. „Ich kann nichts erkennen.", sagte er. „Das kann man auch nur als Facharzt sehen." „Verstehe, aber mein Vater ist so tiefblass, er, der nie krank war, hat plötzlich Todesängste. Er ist jetzt noch nervlich völlig fertig. Der Darmverschluss hat sich durch Massage im Uhrzeigersinn gelöst. Sie müssen die Operation verschieben. Ich nehme meinen Vater jetzt mit nach Hause. Er muss sich jetzt erst erholen. Dann sehen wir weiter."

„Das geht nicht, dafür kann ich die Verantwortung nicht übernehmen." „Das sollen Sie auch nicht. Ich nehme die Verantwortung auf mich."

Der Oberarzt kapitulierte. „Sie müssen ihn nicht mitnehmen. Wir bringen ihn morgen nach Hause. Aber sie werden das bereuen."

Kerns Vater hat danach noch 28 Jahre gelebt, ohne krank gewesen zu sein.

Kern nahm sich vor, den Mitarbeitern unbedingt genügend Zeit zu lassen, sich an den Gedanken zu gewöhnen, nicht mehr gebraucht zu werden.

Kluse war 62 Jahre alt, Diplom-Ingenieur in der Forschungsabteilung. Sein Spezialgebiet war infolge einer Änderung der Unternehmensphilosophie entfallen. Die Fachabteilung stellte ihn für eine Versetzung in eine andere Abteilung frei. Versetzungsmöglichkeiten bestanden jedoch nicht, beziehungsweise andere Fachabteilungen waren nicht interessiert aufgrund seiner allzu speziellen Erfahrungen und seines Alters. Da er ein kluger Mann war, sah er seiner Pensionierung mit Interesse entgegen. Die Sozialabteilung hatte seine gesetzliche Rente berechnet, nach über 25-jähriger Betriebszugehörigkeit war auch seine Betriebspension durchaus attraktiv.

Das Pensionierungsgespräch verlief dann in angenehmer Atmosphäre. Kluse druckste jedoch zum Schluss – vor der Unterschrift unter den Vertrag – merklich herum. Das passte eigentlich nicht zu seinen optimistischen Aussagen hinsichtlich der Dinge, die er sich für seine Pensionszeit noch alles vorgenommen hatte und für die er nun bald die entsprechende Zeit hätte, wie er sagte. „Herr Kluse, wir haben doch alles besprochen. Brauchen Sie noch etwas Bedenkzeit? Wir können uns vertagen, sagen wir für nächste Woche, oder können Sie mir jetzt sagen, wo der Schuh drückt?" Kern war in solchen Gesprächen aus Erfahrung immer sehr vorsichtig.

„Nein, es ist alles in Ordnung, nur meine Frau ist mit meiner Pensionierung absolut nicht einverstanden. Sie vermutet, dass nicht das Unternehmen mich pensionieren will, sondern dass ich das nur vorschiebe und selbst in den Ruhestand treten will. Sie fürchtet, dass ich ihr zu Hause zur Last falle oder sie störe."

Kern konnte ein Lächeln nicht unterdrücken. Daher wehte der Wind. Er wusste, dass seine Frau Zahnärztin war und eine gutgehende Praxis hatte. Kern überlegte kurz, dann sagte er: „Herr Kluse, ich bin bereit mit ihrer Frau zu sprechen und ihr die betriebliche Seite ihrer Pensionierung zu erklären."

„Danke, Herr Kern, so kann die Sache laufen." Kluse unterschrieb.

Wenige Tage später rief Frau Kluse an und beklagte sich bei Kern, dass er die Pensionswünsche ihres Mannes erfüllt habe. Sie wirkte sehr resolut und einschüchternd mit ihrer tiefen Stimmlage.

„Beschäftigen Sie ihn gefälligst weiter. Sie können mir nicht erzählen, dass Sie keine Einsatzmöglichkeit für ihn haben. Mein Mann ist eine Intelligenzbestie, der weiß alles. Er hat nur einen gewaltigen Nachteil: Er hat zwei linke Hände. Ich kann ihn hier nicht gebrauchen. Machen Sie die Sache rückgängig."

„Das kann ich nicht.", entgegnete Kern. „Wir müssen bei unseren Personalanpassungsmaßnahmen immer eine soziale Auswahl treffen. Dabei sind Pensionierungen stets die beste Lösung. Im Übrigen: Der Arbeitsplatz Ihres Mannes ist weggefallen. Das wird er Ihnen bestimmt mitgeteilt haben."

Frau Kluse blieb uneinsichtig. „In Ihrem großen Unternehmen muss es doch Möglichkeiten geben ..." Kern unterbrach sie: „Ja, im Ausland. Wollen Sie das etwa?" „Warum eigentlich nicht?"

„Frau Kluse, ich habe noch ein Gespräch auf der anderen Leitung. Ich muss auflegen." Damit brach Kern das Thema ab. „Jetzt ist es aber genug.", murmelte er und legte auf.

Dipl.-Ingenieur Mohrland gehörte zu den wenigen Männern, die den zweiten Weltkrieg unbeschadet überstanden hatten. Nach Notabitur mit 18 Jahren wurde er Soldat und Offizier. Nach dem Krieg und überstandener Gefangenschaft studierte er Maschinenbau an der ersten Technischen Hochschule, die ihren Lehrbetrieb wieder aufnahm.

Stolz erzählte er Kern, dass er gleichzeitig das erste und das dritte Semester belegt sowie anschließend das zweite und das vierte Semester absolviert habe. Sein Studium hätte er bereits nach drei Jahren mit gutem Erfolg abgeschlossen. Das hätte vor ihm noch keiner geschafft.

Im Unternehmen stieg er aufgrund seiner hervorragenden Sachkenntnis bald zum Stellvertreter des Abteilungsleiters auf. Mohrland hatte daher die berechtigte Hoffnung, nach der Pensionierung seines Chefs die Leitung der Abteilung übernehmen zu können. Entsprechend stellte er ein übertriebenes Selbstbewusstsein zur Schau. Auch gegenüber dem Vorstand, dem er nicht nur einmal klarmachte, dass er sein Metier bis ins letzte Detail beherrschte und keinesfalls zu Kompromissen bereit war.

Der technische Vorstand war von seinen Kenntnissen überzeugt, konnte sich aber nicht durchringen, ihm die Leitung der Abteilung zu übertragen. Mohrland war ihm in zunehmender Weise zu sperrig, rechthaberisch, detailversessen und undiplomatisch für diese Position. Mit Mohrland im Rücken konnte auch ein Neuer mit der Aufgabe betraut werden, dachte man. Mohrland bekam eine angemessene Gehaltserhöhung und wurde zur Loyalität dem Neuen gegenüber verpflichtet.

Das war mit ziemlicher Sicherheit eine Fehleinschätzung, ein teures Unterfangen. Denn recht bald stellte sich heraus, dass der Neue nicht die Kraft und auch nicht die Erfahrungen hatte, um gegen Mohrland bestehen zu können. Dieser hatte mit wenigen Fragen herausgefunden, dass der Neue „keine Ahnung" hatte und begann einen „Kleinkrieg", ohne zu übertreiben, um nicht selbst in die Schusslinie zu geraten.

Darin befand er sich aber in kurzer Zeit – ohne es zu ahnen.

Es war ein Dilemma. Jetzt erst recht konnte der Vorstand seine Entscheidung nicht zurücknehmen. Mohrland machte nicht nur Probleme – er war das Problem. Dieses Problem war zu lösen. Kern bekam zusätzlich den Auftrag, einen erstklassigen Diplom-Ingenieur mit ersten Erfahrungen aus der Branche zu engagieren, der das Potenzial hatte, in einigen Jahren Abteilungsleiter Maschinentechnik zu werden. Damit sollte verhindert werden, dass noch einmal nur Mohrland als Nachfolger in Betracht kam.

Ein vielversprechendes Talent wurde Dank des guten Rufs des Unternehmens bald gefunden. Selbst Mohrland fand anerkennende Worte für Dr. Jung und nahm den Kollegen unter seine Fittiche.

Der neue Abteilungsleiter allerdings gab entnervt auf und kündigte. Die Stelle war wieder schneller als erwartet neu zu besetzen.

Mohrland macht sich erneut Hoffnungen; berechtigte, wie er feststellen konnte, denn er wurde nun hofiert. „Setzen Sie sich zu mir." In Sitzungen saß er neben dem Vorstand, der sein exzellentes Fachwissen dringend benötigte. Für Eingeweihte war jedoch klar, der Vorstand konnte nicht mehr zurückrudern.

Eine Unternehmensberatung präsentierte Dr. Möller, der überzeugte. Mit ihm sollte das Problem nun endgültig gelöst sein.
Als Dr. Möller vom Vorstand in der Abteilung vorgestellt wurde, fühlte Mohrland auch ihm noch vor versammelter Mannschaft ungeniert auf den Zahn. „Wo waren Sie bisher tätig? Ich habe bisher noch nichts von Ihnen gehört oder gelesen." – in der Branche kannte man sich. Dr. Möller war nicht auf den Kopf gefallen und konterte geschickt mit Auslandserfahrungen und guten Sprachkenntnissen in Englisch und Französisch. Der inländische Markt war seiner Meinung nach ziemlich ausgeschöpft. Die Zukunft liegt im europäischen, wenn nicht

sogar im überseeischen Markt. Das dauere zwar, aber man müsse frühzeitig die entsprechenden Weichen stellen.

Aha, ein Vertriebsmann, erkannte Mohrland. Der braucht mich erst recht, ohne mich ist der aufgeschmissen. Dr. Möller fuhr fort: „Es ist daher erforderlich, dass insbesondere die führenden Kräfte in der zweiten Reihe ihre Sprachkenntnisse aktivieren müssen. Dafür werde ich mich einsetzen."

Die Vorstellung war damit zu Ende. Nachdenklich gingen die Mitarbeiter zur Tagesordnung über. Mohrland meinte, als alter, erfahrener Fuhrmann müsse er nicht mehr Englisch pauken. Dr. Jung sah das ganz anders. Er selbst war in der englischen Sprache fit und Mohrland müsse sich wohl oder übel auf die neuen Zeiten einstellen.

„Junger Mann, glauben Sie mir, die Sprachkurse sind unnötig, denn im Großmaschinenbau ist Deutschland führend. Also was soll das?"

„Ich muss Ihnen leider widersprechen, denn die Japaner drängen zurzeit auf den Markt. Das sind Fachleute wie wir, aber ihre Preise sind zurzeit unschlagbar. Wir werden sie bereits nächste Woche testen, wie Sie wissen."

Der Tag der Verhandlung mit Mitsubishi kam. Die Unterlagen hatte Mohrland vorzubereiten und sie Dr. Möller auf den Tisch zu legen, damit dieser sie mitnehmen konnte. Das tat er, jedoch war Dr. Möller da bereits unterwegs.

Dr. Jung schaute kurz bevor er losfuhr, noch bei Dr. Möller vorbei, sah die Unterlagen und nahm sie an sich.

Die Verhandlungen begannen in englischer Sprache. Mohrland konnte dem Verlauf nicht ganz folgen.

„So, Herr Mohrland, geben Sie mir jetzt unsere Vertragsunterlagen."

Scheinheilig erwiderte Mohrland: „Die habe ich Ihnen, wie befohlen, auf Ihren Schreibtisch gelegt."

„Wie bitte? Das ist doch wohl nicht Ihr Ernst?"

Die Japaner merkten auf.

Die Stunde des Dr. Jung war gekommen. „Ich habe Ihren Ordner auf Ihrem Schreibtisch liegen sehen und ihn vorsichtshalber mitgenommen."

Dr. Möller war erleichtert. Nicht auszudenken, was hätte passieren können.

„Wir sprechen uns noch.", war alles, was Dr. Möller zu Mohrland gewandt, herauspresste.

Dr. Jung erläuterte den Japanern in perfektem technischen Englisch die Anforderungen des Projekts. Die Japaner machten einen fachlich hervorragenden Eindruck und gaben anschließend an, ein Vertragsangebot in den kommenden 3 – 4 Wochen vorlegen zu wollen.

Mohrland war abgemeldet und fühlte sich auch so.

Dr. Möller und Dr. Jung unterrichteten den Vorstand. Dabei kam auch das Verhalten von Mohrland zur Sprache.

Der Vorstand beschloss, Dr. Jung zum Stellvertreter zu ernennen, und Kern wurde beauftragt, eine vorzeitige Pensionierung in allen Ehren für Herrn Mohrland vorzubereiten, notfalls mit einem anschließenden Beratervertrag, um auf sein Wissen zurückgreifen zu können.

Im Pensionierungsgespräch tastete sich Kern vorsichtig an das Thema heran.

„Was meinen Sie, Herr Mohrland, mit 61 Jahren könnte man auch mal über ein Leben nach dem Arbeitsleben nachdenken, oder?"

Mohrland war erstaunlich locker.

„Ach wissen Sie, Herr Kern, in meinem Alter und mit meinen Erfahrungen jetzt noch zusammen mit jungen Ingenieuren Englisch zu lernen, gefällt mir gar nicht. Im Übrigen haben wir in Dr. Jung einen tüchtigen Mann gefunden, den ich mir herangezogen habe. Insofern habe ich mein Feld bestellt und sehe einer Pensionierung zwar mit gemischten Gefühlen aber doch mit Interesse und Neugier entgegen. Wenn die Bedingungen passen, gehe ich ohne Groll." Kern war platt. So einfach hatte er sich das Gespräch nicht vorgestellt. Mohrland war jedoch immer noch der alte Fuchs. Kerns Verhandlungen mit ihm zogen sich in die Länge. Lächelnd, gut vorbereitet und eiskalt stellte er eine überzogene Forderung nach der anderen. Er kalkulierte, der Vorstand würde allem zustimmen. Er hatte natürlich Recht und bekam, was er forderte. Ein gut dotierter Beratervertrag war auch darunter.

Zeugnisse

Jeder ausgeschiedene Mitarbeiter hat gesetzlichen Anspruch auf ein qualifiziertes Zeugnis. Für dessen Inhalt gibt es arbeitsrechtliche Regeln, die man, kurz zusammengefasst, wie folgt bezeichnen kann: Ein qualifiziertes Zeugnis muss wahr und wohlwollend sein.

Eine Bewerbung ohne Vorlage von Zeugnissen und dem Lebenslauf, unter Akademikern auch Curriculum Vitae – kurz CV genannt – ist daher fahrlässig.

Form und Inhalt einer Bewerbung entscheiden zunächst, ob man zur Vorstellung eingeladen wird oder nicht. Auch hier gilt allerdings auch: Ausnahmen bestätigen die Regel.

Zu Kerns Aufgaben gehörte es auch, Zeugnisse auszufertigen. Sein früherer Chef Raick betrachtete das Zeugnis als Aushängeschild des Unternehmens. Kern ärgerte sich seit langem über die im Unternehmen gebräuchliche Formulierung am Ende eines qualifizierten Zeugnisses: „… zu unserer vollsten Zufriedenheit." Er suchte nach einer ebenbürtigen Formulierung zu der manifestierten Formulierung, die einfach nur falsch war. Voll ist nun mal nicht zu steigern.

Er fand die Formulierung „zu unserer uneingeschränkten Zufriedenheit" besser und natürlich sachlich richtiger. Sie wurde Standard im Unternehmen. Das ging bis zu dem Zeitpunkt gut, zu dem ein gut ausgebildeter und ebenso eingebildeter Ingenieur, der ca. zwei Jahre im Unternehmen tätig war und den nächsten Karriereschritt anpeilte, im Zeugnis ausdrücklich das „zu unserer vollsten Zufriedenheit" haben wollte. Im Wort „uneingeschränkt" vermutete er eine versteckte Geheimsprache der bösen Personalabteilung.

Kerns neuer, junger Vorgesetzter riet: „Tun Sie ihm den Gefallen und die Sache ist erledigt."

Kern sperrte sich: „Das sollten wir nicht tun. Das macht keinen guten Eindruck nach außen. „Vollst" ist nun mal nicht korrekt, auch wenn die Formulierung sich eingebürgert hat. Das Zeugnis ist ausgefertigt. Es ist übertrieben wohlwollend gut. Wenn er daran gemessen wird, bekommt er Schwierigkeiten. Er hat an jeder Stelle seiner Beurteilung etwas zu meckern gehabt und wir sind ihm weit entgegengekommen. Wir sind bis an die Grenzen zum Grundsatz wahr und wohlwollend gegangen."

„Was Sie sagen ist okay. Ich werde das Zeugnis jedoch wunschgemäß ändern. Sie wissen doch, es gibt jedes Jahr tausende Zeugnisprozesse an deutschen Arbeitsgerichten.", entschied sein Vorgesetzter.

Er war Jurist. Die "Vollst"-Hyperbel (sprachliche Übertreibung) ist dann tatsächlich später überall gebräuchlich geworden.

Kern erinnerte sich an den Fall eines Kollegen. Die Erstellung seines Abgangszeugnisses war äußerst mühsam. Im Grunde war man froh, dass er weg war. Jede Formulierung über seine Qualifikation konnte nicht hoch genug sein. In seiner Funktion in der neuen Firma wurde er daran gemessen. Er hatte sich aus Selbstüberschätzung übernommen und dort Fehler gemacht, die nach den Formulierungen im Zeugnis, nie hätten vorkommen dürfen.

Jemanden „wegzuloben" kann ins Auge gehen. Der neue Arbeitgeber rief bei Kern an und erklärte, man habe den ehemaligen Kollegen nur aufgrund dieses Zeugnisses eingestellt. Er stellte das Zeugnis infrage. Nie und nimmer hätte er die Qualifikation gehabt, wie sie im Zeugnis stand. Man behalte sich vor, Regress zu verlangen. Wachsam konterte Kern: „Bei uns im Haus war der Mann fachlich versiert, er war lediglich unzufrieden, weil er bei uns keine Aufstiegsmöglichkeiten vorfand. Über die Fehler dort in einer offensichtlich höheren Funktion kann ich mir kein Urteil bilden. Waren die so bedeutend?"

„Ja. Wir haben uns von ihm trennen müssen."

Oha! Regressansprüche wurden jedoch nicht angemeldet.

In einer Tochtergesellschaft suchte man seit langem einen Lagerverwalter mit Erfahrungen und EDV-Kenntnissen. Man hatte ihn endlich gefunden und Kern bekam die Einstellungsunterlagen für die Ausfertigung des Arbeitsvertrages. Der Bewerber hätte bei der Vorstellung einen sehr guten Eindruck hinterlassen und wäre kurzfristig verfügbar. Die Angelegenheit wäre eilig, eine Vorstellung bei Kern wäre nicht nötig. Kern war angetan von der Zeitersparnis, sah sich aber die Bewerbungsunterlagen abends in Ruhe nochmal an.

Obwohl es sich nur um eine kleine Zweigniederlassung handelte, war bei dieser Funktion Vorsicht angebracht, da im Lager nicht unerhebliche Werte an Materialien und Maschinen deponiert wurden. Korrektheit, Genauigkeit und Zuverlässigkeit ist hier besonders gefragt.

Warum war der Mann auf dem Markt? Das Zeugnis war auf den ersten Blick in Ordnung, doch etwas machte ihn stutzig. Es hatte über und unter dem Mittelteil zwei unscheinbare dünne Striche. Sie waren nicht durchgehend quer über das Papier gezogen, aber wenn man die Striche im Geiste verlängerte, könnte man an eine Einfügung eines ganzen Absatzes denken. Dieser betraf ausgerechnet die wichtigsten Daten für die Aussagefähigkeit eines Zeugnisses.

Kerns Misstrauen war geweckt. Am anderen Morgen rief er bei dem Unternehmen an und erkundigte sich über ihn.

Eine offensichtlich gut gelaunte Sekretärin war am Telefon. Als er den Namen des Bewerbers nannte, lachte sie laut und eine wohl in der Nähe befindliche Kollegin stimmte mit ein.

Der Mann war nur kurz dort beschäftigt und wegen Unterschlagungen entlassen worden. Er bekam zum Abschied nur eine kurz gefasste Arbeitsbescheinigung. Zwischen dem oberen Teil der Bescheinigung mit Daten und Firmenlogo und dem unteren Teil mit den Unterschriften hatte er eine positive Tätigkeit und Beurteilung einkopiert und das mit derselben Schreibmaschine, wie Kern unschwer feststellen konnte, geschrieben. Die Einstellung wurde von Kern selbstverständlich abgelehnt. Die Niederlassungsleitung war auf einen Blender hereingefallen. Der Mann hätte sich wahrscheinlich sowieso nicht lange gehalten, wäre er eingestellt worden. In dieser Zeit allerdings hätte er manchen Betrug machen können. Wenn man nach einer langen Suche genervt ist und Kompromisse eingeht, kann es teuer werden.

Zeugniscodes wurden wiederholt in der Presse eingehend und übertrieben kolportiert. Die Formulierung „er hat sich stets bemüht" musste dabei oft als Paradebeispiel herhalten, in dem man angeblich Negatives positiv darstellen wollte. Verschlüsselte Negativurteile im Zeugnis sind selbstverständlich verboten. Amüsant ist folgendes Beispiel:

Eine Verkäuferin in einem Metzgergeschäft ließ einige Knochen für den Hund ihres Vaters mitgehen. Sie wurde daraufhin entlassen.

Kern fand, man hätte ihr mit Sicherheit wegen dieser Lappalie nicht gekündigt, sondern verwarnt, wenn sie bisher ehrlich und zuverlässig gewesen wäre. Sie hätte wenigstens fragen können.

So nutzte man die Gelegenheit, ohne bei der Kundschaft anzuecken.

Bei der Formulierung eines qualifizierten Zeugnisses bewies der Metzger eine besondere Kreativität mit den Worten: „Sie war fleißig und ehrlich bis auf die Knochen." (Wenn die Geschichte wahr wäre.)

Bei Bewerbungen ist die Vorlage von Zeugnissen unabdingbar. Der Bewerber kann allerdings, ist er in einem ungekündigten Arbeitsverhältnis, über diese Zeit kein Zeugnis vorlegen. Legt er ein Zwischenzeugnis vor, ist sofort die Frage fällig, warum er das Zwischenzeugnis verlangt hat. Seine Chancen könnten dadurch eher verschlechtert als verbessert werden. Aus Erfahrung legte Kern sehr viel Wert auf das Bewerbungsschreiben und den Lebenslauf, d. h. wie stellt sich der Bewerber vor, was hat er zu bieten? Wie war der bisherige berufliche Werdegang? Waren Form und Inhalt fundiert und belegt, freute er sich, ihn persönlich kennen zu lernen. Hielt dann der Be-

232

werber das, was seine Unterlagen versprachen, war er froh, wieder eine offene Stelle besetzt zu haben.

Zurück auf Anfang

In der Büroorganisation hatte sich viel verändert. Nach Meinung von Kern, der die Entwicklungen in diesem Bereich hautnah miterlebt hat, das Meiste hin zum Positiven. Dazu gehörte zweifellos auch der Bereich der Vervielfältigungen in dem es enorme echte Arbeitserleichterungen ohne große Umstellungen gegeben hat.

Kern musste beispielsweise in den 50er Jahren noch in wichtigen Angelegenheiten Abschriften erstellen, die anschließend beglaubigt werden mussten. Es gab aber auch Schreibpapierblöcke mit 10 Blättern, in denen das Kohlepapier bereits fest eingebunden war. Das DIN-A4-Format war dünner und deshalb unansehnlicher als das normale weiße Schreibpapier. Kern tippte den Text und gleichzeitig neun Kopien. Die „Neunte" konnte man nur mit gutem Willen als solche bezeichnen. Nach unten wurde die Schrift immer schwächer, auch wenn man beim Tippen dieser Schreibblöcke stärker als sonst in die Tasten haute. Das Produkt bezeichnete man deshalb auch treffend als Durchschläge. Man nahm am Ende den Blocksatz oben am perforierten Rand auseinander, das sehr dünne Kohlepapier wurde weggeworfen.

Vertippen durfte man sich auf keinen Fall, eine Korrektur war nicht möglich.

Es gab auch Vervielfältigungsmaschinen mittels Druckerschwärze. Damit konnte man einen Text hundertfach drucken. Zunächst musste eine Matrize anfertigt werden. Sie bestand aus reißfestem Papier, das mit Wachs überzogen war. Diese konnte man wie einen normalen DIN-A4 Bogen in die Schreibmaschine einspannen und beschreiben.

Die Typen der Schreibmaschine durchschlugen die Wachsschicht und stanzten dadurch Löcher in die Matrize. Anschließend wurde sie auf eine Rolle der Druckmaschine aufgespannt und Druckerschwärze innen auf die Rolle aufgetragen. Mittels einer Handkurbel wurde die Rolle gedreht und gleichzeitig das spezielle Druckpapier eingezogen. Die flüssige Druckerschwärze musste laufend nachgefüllt werden. Gleichzeitig musste man dafür sorgen, dass sie sich in der Rolle gleichmäßig verteilte. Nach mehrmaligem Kurbeln entstand ein passables, brauchbares Druckerzeugnis.

Für die Vervielfältigungen von Zeichnungen dienten Lichtpaus-Maschinen. Ungetüme, geeignet für Lichtpausen von rund einem Meter Breite. Die Länge konnte beliebig sein. Die Maschine zog die Zeichnung (auf Transparentpapier) gleichzeitig mit einem speziellen Lichtpauspapier ein. Die Lichtquelle in der Maschine entfernte die Beschichtung des Lichtpauspapiers mit Ausnahme der Schatten, die die Zeichnung warf. Mit dem Dunst von Salmiak-Geist wurde anschließend die Zeichnung entwickelt, d. h. die Linien der Schatten der Zeichnung wurden schwarz. Die Kunst war dabei, den Untergrund weiß, die Linien der Zeichnung schwarz zu bekommen.

In der Personalplanung mussten die Berichte und Aufstellungen in mehrfachen Ausfertigungen erstellt werden. Hier waren Kopierer und Kopien eine große Hilfe und Arbeitsersparnis.

Nebenan in der Konzernzentrale befand sich eine spezielle Kopieranstalt. Sie unterstand organisatorisch der Hausverwaltung. Deren Leiter war Prokurist. Nur mit seiner Unterschrift auf einem Antragsformular bekam man seine Kopien. Das konnte auch mal einen ganzen Tag dauern.

Das änderte sich im Laufe der 60er Jahre gewaltig. Jede Abteilung hatte bald ihren eigenen Kopierer. Er stand im Vorzimmer des Leiters. Das wurde bald für die Sekretärin lästig und es wurde ein zweiter für die Abteilung angeschafft.

Die zentrale Kopieranstalt wurde aufgelöst. Der Kopierer im Nebenzimmer war eine große Arbeitserleichterung für Kern.

Die Anzahl der Kopien im Unternehmen stieg und stieg und damit stiegen auch die Kosten. Die Revisionsabteilung wurde eingeschaltet. Es war schnell klar: Die Ursache konnte nur an der privaten Nutzung der Kopierer liegen.

Ein Umdenken begann. Die Kosten mussten herunter. Die Kopierer wurden dezimiert. Nur der Abteilungsleiter bekam einen für die Abteilung. Seine Sekretärin sollte darauf achten, ob die Kopien nötig oder privater Natur waren. Die beabsichtigte Abschreckung blieb aus. Ein Formular wurde eingeführt. Nur mit der Unterschrift des Abteilungsleiters war die Kopie genehmigt.

Der Abteilungsleiter hatte Besseres zu tun, als sich um die Notwendigkeit von Kopien seiner Mitarbeiter zu kümmern. Der Kopierer wanderte wieder zurück in eine zentrale Kopieranstalt des Konzerns.

Rache ist süß und selten legal

Der eingefleischte Junggeselle war seit über 25 Jahren im Unternehmen beschäftigt, war oft für längere Zeit im Ausland tätig gewesen und hatte sich eine tückische Krankheit zugezogen, die ihm zunehmend schwer zu schaffen machte. Er wusste, sein Leben könnte dadurch in Gefahr geraten. Und das mit erst 50 Jahren. Er wurde immer nachdenklicher und, als er seine Situation überdachte – zu Ende dachte –, überkam ihn die Schwermut.

Wer würde ihn unter die Erde bringen? Frau und Kinder hatte er nicht. Die Eltern waren seit langem verstorben, seinen Kollegen waren keine weiteren Anverwandten bekannt.

Irgendwann werde ich das noch regeln müssen, sagte er zu sich, zurzeit ist es ja nicht so eilig.

Was ihn am meisten ärgerte, war der Gedanke, dass seine Sozialversicherungsrente und die nicht unattraktive Betriebsrente von über 25 Jahren Betriebszugehörigkeit verloren war, wenn er das Zeitliche segnen muss. Dass die Firma ungeschoren davon kommen sollte, machte ihn fast wütend, denn seiner Meinung nach wäre er bei Beförderungen öfter übergangen worden. Sein jetziger Chef war sowieso eine "Pfeife" und viel zu jung für die Position. Er hatte viel mehr Erfahrungen. Einmal werde ich es ihnen heimzahlen, schwor er sich verbittert. Ein Gedanke kam ihm:

In der Nachbarwohnung auf seiner Etage wohnte eine Frau, ca. 40 Jahre alt mit einer 11-jährigen Tochter, offenbar alleinstehend. Er hatte sie nur selten angetroffen.

Sie war ihm bis jetzt gleichgültig gewesen. Er versuchte, sie im Treppenhaus anzutreffen. Dazu achtete er auf die Geräusche im Hausflur, trat heraus, wenn das Kind aus der Schule kam, grüßte freundlich. Die Grüße wurden kurz, unverbindlich, aber seiner Meinung nach nicht unfreundlich erwidert.

Seine Krankheit setzte ihm weiter zu, aber mit seinen Medikamenten hatte er sein Leiden im Griff. Ein Auslandseinsatz kam nicht mehr infrage. Seine Krankheitszeiten häuften sich. Auch bei kleineren „Wehwehchen" blieb er zu Hause. Schließlich hatte er sich sozusagen für die Firma geopfert, nun müsse die Firma auch mal etwas für ihn tun. Sein Arzt war großzügig. Eine Kur wurde ins Auge gefasst. Er traf die Nachbarin jetzt öfter, Belanglosigkeiten wurden ausgetauscht, ihr Kind wurde zutraulicher.

Dann wurde das Kind krank, eine Kinderkrankheit nur, aber er war besorgt, kaufte ein Geschenk, klingelte an ihrer Tür und übergab ihr eine Aufmerksamkeit und wünschte gute Genesung. Die Nachbarin bedankte sich, ein kurzes aber freundliches Gespräch kam in Gang und er konnte einen Blick in ihre Wohnung werfen, die sauber und sehr ordentlich war, aber auch auf keine großen materiellen Güter schließen ließ.

Seine Einladung zu einer Tasse Tee oder Kaffee lehnte sie ab, sie wolle sich voll und ganz auf die Genesung ihrer Tochter Sofia konzentrieren. Danach sollte er sie besuchen, sie wäre zuerst dran, meinte sie.

Das war durchaus ein Fortschritt, dachte er und so in Ordnung.

Beim Besuch, er hatte eine Flasche Wein mitgebracht und bestand darauf, sie auch selbst zu öffnen und einzuschenken, erfuhr er, dass sie als Verkäuferin tätig und geschieden war und nur wenig Unterhalt bezog. Dadurch, dass sie sich um Sofia kümmern musste konnte sie keine Vollzeitstelle annehmen, aber sie käme über die Runden.

Er registrierte, dass sie „ihr Kratzen" hatte, also nicht „auf Rosen gebettet" war. Das war sogar für seinen Plan förderlich, geradezu Voraussetzung.

Bei ihrem Gegenbesuch kam er mit der Sprache heraus. Er schilderte seine Befindlichkeit, sie unterbrach ihn mitten im Redefluss, sie hätte nicht vor, eine Beziehung weder zu ihm noch zu anderen einzugehen. Sie wollte den Besuch beenden und erhob sich.

Er war bestürzt. Hastig erklärte er ihr: „Ich habe nicht mehr all zu lange zu leben. Ich will auch keine Beziehung eingehen, aber ich möchte Ihnen etwas Gutes tun. Ihnen und Ihrer Tochter."

„Ist das eine neue Masche Frauen anzumachen?"

„Nein, jetzt lassen Sie mich doch mal ausreden, bitte." Er erklärte ihr seinen Plan und schloss mit den Worten: „Ich sehe nicht ein, warum ich der Firma oder dem Staat meine Rente schenken soll, wenn ich abtreten muss."

„Wieso ich? Was verlangen Sie dafür? Sie wollen doch eine Gegenleistung, oder? Und was steckt dahinter?"

„Ich habe wirklich keine Hintergedanken, glauben Sie mir."

„Ich vertraue Ihnen, aber wie soll das gehen?"

„Wenn das klappen soll, müssen wir standesamtlich heiraten, am Besten recht bald."

„Dann fällt aber die Unterhaltszahlung meines Ex weg."

„Das denke ich auch. Den Ausfall ersetze ich Ihnen selbstverständlich. Für den Bezug von Hinterbliebenenbezügen aus meiner betrieblichen Altersversorgung ist es sowieso erforderlich, dass ich den Familienunterhalt überwiegend bestreite."

„Meine Wohnung will ich aber nicht aufgeben, auf keinen Fall.", bemerkte sie, eine Zustimmung andeutend.

Jetzt war alles heraus und gesagt, dachte er zufrieden und er war einverstanden. „Da wir die gleiche Adresse haben, sogar jetzt schon auf der gleichen Etage wohnen, wird jeder annehmen, dass wir zusammenleben."

Die standesamtliche Trauung fand in aller Stille statt. Mit Sofia hatte er ein gutes Einvernehmen.

Ob das Zweckbündnis seinen Zweck erfüllt hat, ist nicht überliefert. Es war selbstverständlich nicht legal. Denn in den Fällen, in denen die Ehe nur geschlossen wurde, um Hinterbliebenen Leistungen zu verschaffen, entfällt ein Rentenanspruch. Vielleicht hatten sie Glück, dass sie nicht aufgeflogen sind. Wo kein Kläger, da kein Richter.

Aus Schaden wird man klug

Die bevorstehende Fertigstellung eines großen Bauvorhabens war in etwa 14 Tagen terminiert. Das entsprach der Kündigungsfrist des Baustellenpersonals. Einige Abnahmen waren bereits erfolgt.

Bei der personellen Anpassungsmaßnahme wurden die Mitarbeiter der delegierten Stammbelegschaft geschont, den vor Ort angeworbenen Mitarbeitern wurde fristgemäß gekündigt. Auf dem Arbeitsmarkt in der Region gab es zwar Angebote, aber die Gekündigten waren trotzdem sauer.

Sie empfanden das als ungerecht und schworen Rache. Sie waren seit fast zwei Jahren im Projekt tätig, kannten jede Ecke und bekamen nun die Kündigung. Am Tag nach der Aushändigung der Kündigungsschreiben fehlte die Hälfte von ihnen. Sie meldeten sich krank: Rückenschmerzen. Am nächsten Tag fehlten weitere.

Der Bauleiter Elektrotechnik hatte es geahnt und davor gewarnt. Die Kündigungsaktion kam viel zu früh. Für viele Funktionsprüfungen fehlten nun Mitarbeiter. Er geriet unter Zeitdruck. Da die Elektroleitungen in den Schaltkästen alle zugeordnet und bezeichnet waren, sollte durch Mehrarbeit der Abnahmetermin einzuhalten sein.

Dann die Überraschung: Sehr viele Leitungen, die in der künftigen Schaltzentrale zusammenliefen waren gekürzt und die Verdrahtungshinweise abgetrennt worden. Eindeutig Sabotage stellte er fest, denn die Leitungen hatten jetzt die Bezeichnungen wie „Sucht mal schön", „Kannst ja durchklingeln", „Hier kein Anschluss" und verschiedenes Andere mehr.

Eine Katastrophe! „Sabotage!" schrie der Bauleiter laut. „Wie soll ich jetzt den Termin halten?" Eine Krisensitzung der Gesamtbauleitung wurde eiligst einberufen. Die Suche nach den Saboteuren war erfolglos und half nicht weiter. Zusätzliches Personal aus der Niederlassung wurde angefordert. Der Schaden war immens.

Der Mensch ist leider nachtragend, wenn er ungerecht behandelt wird oder sich so fühlt.

Eine Auslobung einer Prämie bei termingerechter Fertigstellung anstelle von Kündigungen wäre besser gewesen. Aus Schaden wird man klug.

Ähnliche Erfahrungen wird man auch bei der angesehenen Meyer-Werft in Papenburg irgendwann einmal gemacht haben. Anlässlich einer sehr interessanten Werftbesichtigung erklärten zwei nette Damen, wie diese moderne Werft bei betrieblich notwendigen personellen Anpassungsmaßnahmen vorgeht, falls ein Anschlussauftrag, aus welchen Gründen auch immer, nicht zustande kommt oder sich verschiebt.

- Es besteht höchste Geheimhaltungsstufe, nichts darf durchsickern.

- An einem Wochenende werden im kleinsten Kreis die Namen der zu entlassenden Mitarbeiter festgelegt und deren Zugang mittels Sperre der Personalkarte blockiert.

- Bei Schichtbeginn am Montagmorgen werden die ahnungslosen Mitarbeiter aufgefordert, in einer besonderen Halle zu einer Informationsveranstaltung zu erscheinen. Hier wird ihnen ihre Kündigung ausgehändigt und sie werden sofort vom Dienst freigestellt bis zum Ende der Kündigungsfrist. Sie dürfen ihren Arbeitsplatz nicht mehr betreten und müssen das Betriebsgelände umgehend verlassen.

Die verführerischen Putzlappen

Kern vertrat im paritätisch besetzten Gutachterausschuss des Verbesserungsvorschlagswesens die kaufmännische Seite. Alle anderen Ausschussmitglieder waren Techniker bzw. Handwerker. Er war jedesmal beeindruckt, zu erleben, wie „einfache Handwerker" Vorschläge zu Verbesserung komplizierter Betriebsabläufe einreichten und damit oft die zuständigen Gutachter, erfahrene Betriebsingenieure, in Verlegenheit brachten. Sie ärgerten sich nicht selten, dass sie nicht selbst auf diese Idee gekommen waren. Dennoch mussten sie den Nutzen abzüglich der Investitionskosten berechnen, damit der Einreicher eine Prämie dafür bekam.

Am Ende eines jeden Jahres wurde dann der Netto-Jahresnutzen aller Verbesserungsvorschläge in der Betriebszeitung veröffentlicht. Der Einsender des besten Vorschlags mit dem höchsten Nutzen wurde dabei besonders herausgestellt.

Es gab auch „einfache" und durchaus kuriose Vorschläge, darunter diesen: „Die Verbesserung der Qualität der Putztücher im Betrieb."

Die Qualität der in den Werkstätten verwendeten Putzlappen war wirklich nicht besonders gut. Sie waren grob und fädrig und nahmen den Staub nicht gut auf. Die Armaturen bekäme man mit ihnen nicht sauber genug.

Die Betriebsleitung fand das weit übertrieben, sodass man seit Jahren in der Sache nicht voran kam. Das bewog einen pfiffigen Handwerker, die Sache im Rahmen des Verbesserungsvorschlagswesens als Vorschlag einzureichen. Nun musste man sich offiziell mit der Sache befassen, auch im Betriebsrat. Die Angelegenheit wurde langsam lästig. Nach Rücksprache der Betriebsleitung mit dem Zentraleinkauf hatte man ein Einsehen und beschloss, angesichts der bisherigen geringen Kosten, eine „Qualitätsverbesserung" einzuführen. Anstelle der grauen, groben und rauen, traten nun weiche, hellgelbe bis orangefarbige etwas größere Putztücher, zunächst zur Probe. Die Werke bekamen sie mit der Auflage, diese nach Verbrauch der alten Tücher auszuprobieren.

Die Leute waren von dem weichen, besonders gut staubaufnehmenden Material sehr angetan. Somit war der Verbesserungsvorschlag eingeführt. Der Zentraleinkauf bestellte einen Jahresverbrauch, gemessen an der bisherigen Verbrauchsmenge pro Jahr. Der Einsender hoffte auf eine Prämie.

Bereits nach wenigen Monaten war der bisherige Jahresverbrauch erreicht. Dem Zentraleinkauf wurde dringender Ersatzbedarf gemeldet.

Dieser bestellte einen weiteren Jahresverbrauch, der ebenfalls nach kurzer Zeit aufgebraucht war. Nun wurde den Verantwortlichen klar, das ging nicht mit rechten Dingen zu und auch nicht so weiter.

Der Betriebsrat wurde informiert und um eine Stellungnahme gebeten. Der lehnte aber ab. Dass die Belegschaft sich die Tücher eventuell unter den Nagel gerissen hätte, wies er weit von sich. Alle waren bemüht, das Thema möglichst auf kleiner Flamme zu halten, es war einfach zu peinlich. Der Gutachter hatte ein Problem, führte doch die Einführung des Verbesserungsvorschlages zu höheren Kosten.

Erst recht peinlich wurde es, als ein Mitarbeiter des Einkaufs einen Verbesserungsvorschlag in der Sache einreichte, mit dem Inhalt, die neuen teuren Putzlappen durch etwas weniger auffällige und kostengünstigere graue, aber mit etwas besserer Qualität als der früheren zu ersetzen. Der Einkaufsleiter als Gutachter schätzte die Einsparung auf rund 9.000 DM pro Jahr. Im Gutachterausschuss wurde lang und breit diskutiert. Von Diebstahl war mit keinem Wort die Rede.

Als dem Leiter des Vorschlagswesens die Erleuchtung kam, dass beide Vorschläge eventuell gar keine Verbesserungsvorschläge im Sinne der Verbesserungsvorschlagsrichtlinien wären, sondern eher Verbrauchsvorschläge, wie etwa z. B. die Heizung im Haus niedriger einzustellen, um Kosten zu sparen, war man rundherum erleichtert. Beide Verbesserungsvorschläge wurden so beschieden und gingen an die Einsender zurück. Die kostengünstigeren grauen mit der besseren Qualität wurden dann eingeführt.

Betriebssport

Kern war bis auf wenige Ausnahmen bis zum Pensionsalter relativ fit und belastbar. Als Junggeselle nach Feierabend, wenn das Wetter es zuließ, machte er Waldlauf (heute würde man Joggen dazu sagen) und ging gerne schwimmen. Im Leichtathletik-Verein versuchte er früher, es unter anderem mit Speerwerfen, Hochsprung, Diskuswerfen, 400 Meter Lauf.

Mit 16 Jahren, während einer Freizeit mit der Jugendgruppe in Essen, schwamm er allein quer durch den Baldeney-See und wieder zurück. Keiner traute sich, mit ihm zu schwimmen.

Im Urlaub in Brey am Rhein schwamm er mit einem anderen Urlauber durch den Rhein und wieder zurück. Durch die Strömung wurden beide weit abgetrieben. Auf der anderen Rheinseite angekommen, mussten sie die doppelte Strecke zu Fuß zurückgehen, um halbwegs wieder am Ausgangspunkt anzukommen.

In allen Unternehmen in denen Kern tätig war, stand Fußball beim Betriebssport ganz weit oben. Kern betrachtete das aus Erfahrung mit gemischten Gefühlen, denn beim Fußball war die Verletzungsgefahr besonders hoch. Er selbst hatte sich im Unternehmen zu einem Fußballturnier zwischen der Hauptverwaltung und zwei anderen Werken gemeldet und dabei verletzt.

Der angepachtete Platz war in schlechtem Zustand und so uneben, dass er umgeknickt war und sechs Wochen an einem geschwollenen Fuß laborierte. Ein Bluterguss am linken Knöchel hatte einen blauen Ring rund um den Fuß erzeugt.

Das war ihm eine Lehre. Mit Turnschuhen, untrainiert aus dem Stand mal so eben 60 Minuten Fußball zu spielen, kann böse enden.

Dabei hatte er noch Glück. Es hätte viel schlimmer kommen können, beispielsweise mit einer längeren Arbeitsunfähigkeit. Das passierte einem Kollegen. Beim Kampf um den Ball und einem Foul des überreagierenden Gegners war er gestürzt und hatte einen Beckenbruch davongetragen. Er war ein Jahr lang arbeitsunfähig.

Das Dilemma in jedem Unternehmen war, es hatte keinen eigenen Sportplatz. Kein Fußballverein gab den gepflegten Platz der ersten Mannschaft für externe Firmen her. Die Trainingsplätze waren ungleichmäßig gemäht oder unterschiedlich beansprucht, Verletzungen an Knien und Fußgelenken waren an der Tagesordnung. Es kam hinzu, dass die Spieler untrainiert waren und zu ehrgeizig zu Werke gingen.

Die Betriebssportgemeinschaft (BSG) im neuen Unternehmen bestand aus den Sportarten Luftgewehrschießen, Tischtennis, Basketball und ... Fußball natürlich. Im Laufe der Jahre schwand das Interesse für Basketball und Luftgewehrschießen. Auch deshalb, weil es immer schwieriger wurde, geeignete Sportanlagen zu finden und zu pachten.

So blieb es bei Tischtennis und Fußball. Es war klar, ohne Fußball wäre die BSG nicht aufrecht zu erhalten. Aber genau das war das Problem. Unternehmen engagierten sich im Betriebssport, um Gesundheitsförderung zu betreiben, Stress zu verringern, das Arbeitsklima zu verbessern und Fehlzeiten zu senken. Die im Betriebssport agierenden Mitarbeiter waren nach einer Studie des Instituts für Arbeitsmarkt- und Berufsforschung zufriedener, engagierter und denken seltener über einen Jobwechsel nach.

Nach Kerns Erfahrungen waren zumindest mit Fußball die Ziele Gesundheitsförderung und Senkung der Fehlzeiten nicht zu erreichen. Ein Dilemma für eine BSG.

Er war zudem der Ansicht, dass die genannten anzustrebenden Ziele insgesamt eher durch Gruppensport zu erreichen waren, als durch Einzelsport, wie zum Beispiel Tischtennis. Wenn man gegen seinen Chef antreten muss, kann man schon unter Stress geraten. Schnell ergibt sich die Frage, wenn man dazu fähig ist, soll man ihn gewinnen lassen oder nicht. Besser wäre es wohl, wenn er gewönne als wenn er verlöre. Er könnte nachtragend sein. Ein Vorgesetzter ist schließlich auch nur ein Mensch und der verliert nicht gern. Schon gar nicht gegen einen jungen Mitarbeiter.

Kern hatte schlechte Erfahrungen mit seinem Chef gemacht. Allerdings beim Skatspielen. Das Problem ist jedoch das Gleiche: Die Konfrontation mit dem Chef.

Kern erinnerte sich. Er spielte vor Jahren mit zwei älteren Kollegen und dem Büroleiter Thiem regelmäßig, alle 14 Tage, in einem Lokal Skat. Kern verlor oft gegen die erfahrenen Skatexperten. Er wurde jedesmal zur Freude der Mitspieler leichtsinnig, wenn er Bier getrunken hatte. Thiem gab am Ende der Partie eine Runde Wacholder aus – wenn er gewonnen hatte und war es nur einen Pfennig. Wenn er nur einen Pfennig verloren hatte, war seine Laune dahin. Nach jedem Spiel wurde nachgekartet, Thiem war da besonders aktiv. Kern bekam immer etwas mit. Wenn er aber Thiem kritisierte, sagte der, er müsse schließlich nach seinen Karten spielen. Hatte Kern mal nicht aufgepasst, quengelte Thiem zu oft und zu lange. Kern gab dann immer klein bei, schließlich war er sein Vorgesetzter.

Das ging über Jahre relativ gut. Dann kam der Knall. Kern hatte Karten für einen einfachen Kreuz-Solo ohne eine vernünftige Beikarte, jedoch ein ausbaufähiges Null-Spiel. Er ging bis 23, Thiem hielt die 23, Kern sagte: „Weg." Thiem sagte Kreuz an, Kern zögerte zunächst respektvoll, gab ihm dann doch Kontra. Es war ja nur ein Spiel. Thiem verlor und war von nun an richtig sauer. Er kartete nach wann er konnte, schalt Kern einen „Maurer". Obwohl Thiem sein Chef war, wurde es Kern zu bunt. „Herr Thiem, bitte, hören Sie auf mit Ihrer Nörgelei. Ich bin sicher, Sie hätten nicht anders gehandelt als ich." Nach einer Stunde ging es wieder los: „Kern, Sie haben mich ins offene Messer laufen lassen. Das war nicht in Ordnung." „Ist okay, Herr Thiem, aber wenn Sie weiter nachkarten, dann spiele ich nicht mehr weiter." Nach einer weiteren halben Stunde: „Kern, Sie sind ein Maurermeister." „Herr Thiem, das ist hier nur ein Spiel." „Ja, aber das hätten Sie nicht machen sollen." Kern rief: „Herr Wirt, zahlen." Dann ging er. Schade. Im Eifer des Gefechts hatte er es am nötigen Respekt gegenüber dem Chef fehlen lassen. Er hatte eine „rote Linie" überschritten. Selbst Schuld. Es war eine schöne Zeit, aber sich nach Feierabend auch noch über seinen Chef ärgern zu müssen, wollte er auch nicht.

Nach allen Erfahrungen und Abwägungen war Kerns Empfehlung deshalb: Singen im Betriebschor.

Er trat unmittelbar nach Eintritt ins neue Unternehmen dem Betriebs-Chor der Hauptverwaltung bei. Die Proben fanden alle 14 Tage im Anschluss an die normale Arbeitszeit in einem Lokal in der Nähe des Unternehmensstandortes statt. Es war ein gemischter Chor von ca. 30 – 40 Kolleginnen und Kollegen. Kern war sofort integriert. Alle duzten sich. Es gab – mit Ausnahme des Chorleiters – keine Hierarchien. Kaum hatte Kern das Notenblatt in der Hand, vergaß er den Stress und Ärger des Tages. Es gab keine Verletzungsgefahr bei der Ausübung. Die Kollegen in den anderen Abteilungen kennenzulernen, war gut für das Betriebsklima.

Die intensive Probenarbeit wird mit Sport verglichen – und der ist zweifelsohne gesund. Singen selbst auch. So hieß das Thema einer Rundfunksendung „Wer im Chor singt, lebt gesund", denn Singen sei auch Gesundheitsverhalten und es habe nicht nur positive Auswirkungen auf das physische Wohlbefinden, sondern eine klare gemütsaufhellende Wirkung.

Besondere Bedeutung wird dem Musizieren im Chor beigemessen. Singen stärkt die Gemeinschaft und fördert das Wir-Gefühl in gleichem Maße wie das Selbstwertgefühl und Selbstbewusstsein jedes einzelnen Sängers.

Kegeln wäre eigentlich auch noch eine gute Sache gewesen. Es wurde aber nicht angeboten. Kegeln ist ein wirklich guter Einzel- und Mannschaftssport, bei dem man den täglichen Berufsstress gut abschütteln konnte. Kern schloss sich deshalb einem privaten Kegelclub an, in dem mehrere Arbeitskollegen Mitglied waren. Das war richtig entspannend, dabei konnte er auch gleichzeitig glänzen. Für ihn waren die Bauern kein Problem, die Gasse zu treffen eher. Früher war man auf einen Kegeljungen angewiesen, der die gefallenen Kegel wieder aufstellte. Dieser "Arbeitsplatz" ist seit längerem eingespart worden. Die Aufgabe hat eine Maschine übernommen, die man mit den verschiedenen Bildern, wie z. B In die Vollen, ohne Vorderholz oder ohne König programmieren kann. Selbst auf der Kegelbahn ist rationalisiert und auf Computer umgestellt worden, der tatsächlich schneller und sicherer arbeitet als der Kegeljunge.

Computer als Schiedsrichter?

Kern befand sich inzwischen im sogenannten wohlverdienten Ruhestand.

Im Unternehmen waren seine Erfahrungen auf dem Gebiet der Rekrutierung und Auswahl von Mitarbeitern besonders gefragt gewesen. Seine Erfolge auf diesem Gebiet beruhten zunächst auf der genauen Kenntnis der zu besetzenden Stelle und dem daraus resultierenden Anforderungsprofil. Darüber hinaus auf seiner sehr intensiven, oft nur in den Abendstunden nach der üblichen Tageshektik möglichen, Prüfung aller Unterlagen und Informationen über den Bewerber. Eine ungestörte Konzentration auf den Bewerber im Vorstellungsgespräch war Voraussetzung. Um den richtigen Mitarbeiter zu finden, nahm er sich die nötige Zeit und machte keine Kompromisse. Nicht selten war auch noch ein abendliches Telefonat oder ein Vorgespräch im Hause nur zwischen ihm und dem Bewerber hilfreich und klärend - für beide Seiten.

Zu seinem Erstaunen las Kern in der Fachliteratur, dass dem Gebiet der Eignungsdiagnostik nunmehr eine stärkere Bedeutung zugemessen werden soll, als in den vergangenen Jahren.

Völlig unerfindlich für ihn war, dass nun ausgerechnet ein Computer während des Vorstellungsgesprächs mit technischen Mitteln Kompetenzen und Verhalten des Bewerbers erkennen soll.

Ein Unternehmen aus Aachen hat tatsächlich eine solche Software entwickelt. Anhand von Wortwahl und Stimmlage, wie schnell oder laut man spricht, wie oft man zögert, schließt die Software auf persönliche Eigenschaften wie z. B. auf Neugierde, Risikofreude, Motivation oder Belastbarkeit.

Man geht sogar noch weiter.

Bewerber telefonieren in Zukunft nach einer Stellenausschreibung 15 Minuten mit einem Computer, anstatt zu einem Vorstellungsgespräch zu fahren. Der Computer stellt ihnen Fragen, analysiert ihre Wortwahl, Satzstruktur und Stimme mit Hilfe komplexer Algorithmen und entscheidet dann, ob sie in die nächste Auswahl kommen.

Während Wissenschaftler noch über die Genauigkeiten der Analyseverfahren streiten, testen einige Großunternehmen bereits die Technologie.

Kerns Ansicht hierzu ist: „Wer meint auf diese Weise exzellente Leute zu bekommen, der irrt sich gewaltig. Andererseits: Wer sich darauf einlässt, ist selbst schuld."

Zukunftsträchtiger für die Auswahl von Bewerbern wird dagegen die Live-Schaltung per Skype sein, die eine neue, unkomplizierte Art von

Bewerbergesprächen über Tausende von Kilometern Entfernung ermöglicht. Für Kern eine fast logische Weiterentwicklung der Computerisierung im Personalwesen. Auch diese Art hat Tücken für beide Seiten. Für eine Vorauswahl könnte sie jedoch sehr hilfreich und kostensparend sein. Verständlich, dass heute immer mehr Unternehmen diese Art des Vorstellungsgespräches favorisieren.

Was wird als Nächstes kommen? Sicher ist wohl, es wird immer weiter rationalisiert und auf Computer umgestellt, die schneller und sicherer arbeiten können als der Mensch. Diese Entwicklung ist kaum aufzuhalten.

Auch nur als ein Anfang erscheint die „Fahrkarte unter der Haut" zu sein. Schwedens Bahn akzeptiert jetzt in die Hand implantierte Chips als Ticket. Der reiskorngroße Chip wird mit einer groben Spritze auf die Oberseite der Hand zwischen Daumen und Zeigefinger oder in die Handkante unterhalb des kleinen Fingers geschossen. Bei immer mehr schwedischen Arbeitgebern ersetzt ein Chip Passier-, Drucker- und Kopierkarten.

Der Chip könnte auch als Zugangs- und Identitätskontrolle in Unternehmen eingesetzt werden.

Der Fachliteratur ist jedoch entnehmen, dass es in Zukunft in der Arbeitswelt wahrscheinlich keine Festanstellungen mehr gibt. Der Anteil der Selbstständigen wird weiter steigen. Werkverträge oder befristete Arbeitsverhältnisse sowie lediglich projektbezogene Arbeitsverträge werden die Regel sein.

Algorithmen können aber noch mehr. Der 2013 von zwei Forschern aus Oxford, Karl Benedikt Frey und Michael A. Osborne, für ihre Berechnungen entwickelte Algrorithmus schätzte, dass 27 Prozent der Arbeitsplätze in Amerika in 20 Jahren hochgradig gefährdet sind. Danach besteht z.b. bis 2033 eine 98-prozentige Wahrscheinlichkeit, dass Schiedsrichter im Sport ihren Job an Algorithmen verlieren. Für Kern, als Fußball-Fan, wäre es eine Horror-Vorstellung. Allerdings ist mit dem neuen sogenannten Videobeweis bereits ein Schritt in diese Richtung gemacht worden.

Natürlich werden bis 2033 reichlich neue Berufe entstehen, etwa Designer für virtuelle Welten. Das entscheidende Problem wird nicht die Schaffung neuer Arbeitsplätze sein. Das entscheidende Problem ist die Schaffung neuer Jobs, die Menschen besser verrichten als Algorithmen.
Soweit die Prognosen der Trendforscher.

Niemand weiß jedoch wirklich, wie die Arbeitswelt z. B. im Jahr 2033 aussehen wird.
Prof. Christian Scholz, Universität Saarbrücken, gibt zu bedenken: „Prognosen dieser Art gibt es schon seit Jahren. Passiert ist wenig. Was Trendforscher gerne ignorierten, sei die Frage nach der Akzeptanz eines Trends unter den Betroffenen. Dominiere die Ablehnung, schwäche sich der Trend ab. Trendforscher argumentieren sachrational, Menschen aber sind emotional und die vorherrschende Emotion im Zusammenhang mit der neuen virtuellen Arbeitswelt mit ihren schwachen Bindungen zwischen Unternehmen und Mitarbeitern sei Verunsicherung".
Auch Management-Denker und Autor Rowan Gibson bezweifelte, „dass es Unternehmen sehr schätzen, wenn ihre freien Mitarbeiter gleichzeitig auch für den Wettbewerber arbeiten.". Wirkliche Exklusivität erhalte nur, wer Mitarbeiter an sich bindet. Ein Unternehmen

braucht Mitarbeiter, die sich sehr stark mit dem Unternehmen identifizieren.

Bedenklich stimmen die neuesten Erkenntnisse über die Künstliche Intelligenz (KI), die lernfähigen Computer, die Bilder und Sprache erkennen. Die Forscher sind erstaunt, wie leicht sich der Computer hereinlegen lässt. Ein kleiner bunter Farbfleck im Sichtfeld der Kamera angebracht und der Computer spielt verrückt. Den hypnotischen Farbfleck könnte sich jeder Laie herunterladen, ausdrucken und missbrauchen, um z. B. bei Identitätskontrollen oder Demonstrationen von den Überwachungskameras nicht erkannt zu werden. Auch die automatische Spracherkennung ist angreifbar. Der Computer fällt auf kaum hörbare Störsignale herein, die dem Text beigemengt wurden. Keine Software könnte dann noch hilfreich bei der Personalsuche sein. Gegen diese Widrigkeiten wird selbstverständlich weiter geforscht und getüftelt. Je weiter die Künstliche Intelligenz in den Alltag vordringt, desto heikler wird ihre Anfälligkeit auf Attacken sein. Wo es auf Sicherheit ankommt, sind selbstlernende Computer bis auf weiteres ein schwer kalkulierbares Risiko ("Zu Dumm", Manfred Dworschak, Der Spiegel 6/2018).

Zurzeit ist menschliche Arbeit zumindest in Deutschland gefragt wie selten zuvor und entsprechend teuer. Das gilt nicht nur für die Hochqualifizierten, sondern auch für durchschnittlich ausgebildete Arbeitnehmer. Das Angebot an Arbeitskräften wird knapper, weil geburtenstarke Jahrgänge bald in Rente gehen und wenige Junge nachrücken.

Zunehmend diktieren die Angestellten die Bedingungen. Es gibt höhere Gehälter und zusätzlichen Urlaub.

Wann, wo und wie stark auch immer die Algorithmen die Arbeitswelt verändern, Kern ist sich sehr sicher, es wird auch dann Chefs mit ihrem Stab an Mitarbeitern geben, die andere jagen bis sie selbst müde sind und dann ihrerseits gejagt werden.

Und die Mitarbeiter werden die wichtigste Ressource in allen Unternehmen bleiben.

ENDE

Dank

Danke sage ich allen, die mich auch bei meinem dritten Buch wieder unterstützt haben. Vor allem Rolf, der mein Geschriebenes redigiert und zu einem Buch formatiert hat. Klaus war mit Schreiben behilflich, Leonard hat beim Durchsehen noch Verbesserungsfähiges gefunden.